Souviens-toi demain

OLIVIER FOUCAUD

Souviens-toi demain

ISBN 979-10-415-3153-0
Dépôt légal : novembre 2023

En bataille, en amour, en toute chose,
le lendemain est un grand jour.

– Delphine de Girardin

Prologue

Je me suis souvent demandé si j'aurais pu empêcher, d'une manière ou d'une autre, les évènements suivants de se produire. Entraver leur déroulement, perturber leur logique implacable.

Mais j'ai découvert que tout arrivait pour une bonne raison. Personne ne se trouve au mauvais endroit au mauvais moment. Il n'existe pas de hasard.

Plus je ressasse cette histoire et plus je comprends que tout était écrit d'avance.

Première partie

La chute

1.

La cérémonie

"Vous l'avez fait, Marc ! Vous êtes le plus jeune architecte à décrocher ce trophée. C'est tout simplement magnifique !"

– Maggy

Samedi 20 juin 2015

Le maître de cérémonie, vêtu d'un smoking noir sur mesure, monta sur la scène d'un pas solennel. Il se plaça derrière le pupitre et parla dans le micro avec un effet dramatique :

— Mesdames et Messieurs, j'ai l'honneur de vous annoncer que le 20e trophée du Golden Compass est attribué à…

La salle retint son souffle pendant qu'il décachetait avec une lenteur infinie l'enveloppe dorée qu'il tenait entre les mains.

— Marc Leclerc, pour l'Agence Berthelot Brothers !

Une explosion de cris retentit au fond de la salle. Je n'eus pas le temps de me retourner que les projecteurs se braquèrent sur moi et m'aveuglèrent. Steinberg en profita pour bondir à mes côtés et venir me féliciter de manière ostentatoire devant les caméras. Quand il eut fini de me broyer la main, Maggy me serra fort dans ses bras tout en laissant couler ses larmes derrière ses lunettes rouge papillon.

— Vous l'avez fait, Marc ! Vous êtes le plus jeune architecte à décrocher ce trophée. C'est tout simplement magnifique ! Je suis si fière et heureuse pour vous. Vous êtes le digne héritier des Frères Berthelot.

— Merci Maggy, mais je n'y serai jamais arrivé sans vous. Cette victoire, c'est aussi la vôtre.

— Oh, Marc…

Elle enfouit à nouveau son visage dans un mouchoir et souffla bruyamment. Sur la scène, le maître de cérémonie commençait à s'impatienter.

— On attend le gagnant pour un discours, annonça-t-il.

— Vous ne voulez pas y aller à ma place ? demandai-je à Maggy. J'ai horreur de ces grandes cérémonies.

— Ne soyez pas ridicule, Marc. Tout le monde vous attend.

Je me résolus à monter sur scène au milieu des applaudissements et des flashs qui crépitaient dans ma direction. Arrivé au pupitre, je levai les yeux vers le fond de la salle. Ils étaient là, tous les six, arborant fièrement les T-shirts et casquettes à mon effigie, hurlant leur joie à gorge déployée et applaudissant à tout rompre.

Je saluai le jury et fis un discours assez bref, faisant l'éloge de mes parents et de mes proches qui m'avaient permis d'en arriver là, sans quitter des yeux Maggy et le groupe du fond de la salle qui continuait de célébrer bruyamment ma victoire.

À ce moment-là, tout était parfait.

*

Sept heures plus tard, à la fin d'une soirée plus agitée que prévu, je me tenais devant des placards entièrement vides avec un message qui brillait sur mon écran de téléphone :

Je suis désolée, Marc, mais je dois m'en aller. J'aurais préféré une issue différente, mais je n'ai pas eu le choix. Il y a certains évènements qui nous dépassent et celui-ci en faisait partie. Mais je m'en vais le cœur léger car désormais, tout est réparé.

Je ne peux pas te donner plus d'explications, parce que tu n'aurais pas compris. Tu mérites d'être heureux et j'espère sincèrement que tu trouveras quelqu'un qui t'aimera autant que je t'ai aimé. Mais je dois partir. Ne me cherche pas, car je ne reviendrai pas.

Adieu, Marc.
Léna

2.

L'Architecte du Futur

"N'essayez pas de jouer au plus malin
avec nous, Leclerc. Nous parlons d'un
meurtre."

– Bozillon

3 ans plus tard – Lundi 2 juillet 2018

Cela faisait un mois que j'étais rentré à Paris.

J'avais repris possession de mon ancien appartement, qui était situé dans un coin paisible du 14ᵉ arrondissement, à l'abri de l'agitation des grands axes et des lieux touristiques. Niché au septième et dernier étage d'un immeuble ancien, il bénéficiait d'une situation agréable, baignant de lumière grâce à de grandes baies vitrées qui couraient tout le long de la façade. Le salon était spacieux et donnait sur une terrasse verdoyante sans vis-à-vis, qui permettait de pouvoir profiter du soleil toute la journée sans avoir à subir le regard de voisins indiscrets.

Outre sa situation confortable, mon appartement possédait le grand avantage de n'être qu'à une vingtaine de minutes à pied de mon lieu de travail. Pour m'y rendre, plusieurs parcours s'offraient à moi, mais celui que je préférais remontait la rue de l'Ouest, traversait l'avenue du Maine et redescendait ensuite la rue de la Gaîté. Deux trésors cachés s'y trouvaient : Madame Tanaka, un excellent restaurant de *Teppanyaki* où il fallait réserver un mois à l'avance pour avoir une table, et le Harlem Café, un club de jazz privé reconnaissable à sa devanture en briques rouges, dans lequel j'avais essayé d'entrer à plusieurs reprises mais où je m'étais fait refouler minablement car je ne possédais pas de carte de membre. Quant à la rue de la Gaîté, il y régnait une effervescence particulière quelle que soit l'époque de l'année. En été, les locaux s'installaient en terrasse pour lire leur journal tout en dégustant un pain au chocolat ; en hiver, ils se réfugiaient à l'intérieur le temps d'un café, avant de partir travailler. Les serveurs allaient et venaient dans une course frénétique, aboyant leurs commandes au milieu des crissements des machines à moudre le grain. Chaque nouvelle journée apportait un défilé de bruits et d'odeurs singulières dont je me délectais. Je me surprenais parfois même à y venir le week-end pour apprécier toutes les nuances de ce ballet ; les locaux de la semaine étaient alors remplacés par les poivrots du dimanche et les jeunes amoureux qui venaient partager un petit déjeuner après une nuit agitée.

L'Agence était située dans une ruelle derrière le boulevard du Montparnasse. En pénétrant dans le hall d'entrée, je passai rapidement devant l'accueil où Cynthia, une jeune femme au sourire chevalin qui affichait un air endormi quelle que soit l'heure de la journée, m'adressa un bonjour mielleux. Je longeai les ascenseurs, pris la cage d'escalier pour monter jusqu'au premier étage et arrivai à mon bureau, qui se trouvait tout au fond du couloir.

Avant même que je n'aie eu le temps de poser mes affaires, je vis Maggy débouler pour me dresser le topo de la semaine.

— Bonjour Marc ! dit-elle d'une voix énergique. Vous voulez un pain au chocolat ?

— C'est gentil, Maggy, mais j'ai déjà bien déjeuné ce matin.

— Tant pis pour vous, ils sont très bons.

Elle posa l'assiette sur mon bureau et sortit son agenda.

— La date de clôture pour la remise des dossiers du Grand Cinéma de Paris vient de tomber. Ce sera le 10 août.

— D'accord.

— Ce qui signifie qu'il nous reste à peine un mois pour tout boucler, insista-t-elle.

— Parfait. Vous voulez un café ?

Elle referma son agenda et me regarda d'un air sévère.

— Je ne plaisante pas, Marc ! Vous avez l'air de prendre ce projet à la légère, mais c'est une mission capitale pour l'Agence. Réaliser le plus grand cinéma de Paris avec une expérience visuelle et sonore totalement immersive, ce n'est pas rien ! Et c'est très important pour vous aussi. Vous ne pouvez pas vous reposer sur vos lauriers après le Golden Compass et vos trois ans à Copenhague, il vous faut confirmer !

— Du calme, Maggy, dis-je avec un sourire. Je connais bien l'importance de ce projet et croyez-moi, tout sera prêt à temps. Et puis je ne vois pas ce qu'il pourrait nous arriver tant que vous êtes là.

Elle rougit légèrement, marmonna quelques phrases dont je saisis simplement les mots « ne se rend pas compte » et « pas toujours là pour penser à tout », puis sortit de mon bureau en emportant avec elle son assiette de pains au chocolat.

Plus tard dans la matinée, je reçus la visite de Stanislas Darambert, un jeune architecte prétentieux qui avait rejoint l'Agence en même temps que moi et dont le seul talent résidait dans le carnet d'adresses de son père. En 2015, à l'occasion du Golden Compass, son projet avait terminé à l'avant-dernière place tandis que le mien avait fini premier, ce qui m'avait permis de décrocher la mission à Copenhague tout en provoquant chez lui une jalousie maladive.

— Tiens, tiens… lança Darambert en entrant dans mon bureau sans frapper. Je pars quelques jours en vacances et qu'est-ce que j'apprends en revenant ? Que l'immense Marc Leclerc est de retour parmi nous !

— Tiens tiens, j'avais oublié à quel point ta présence était désagréable, répondis-je sans lever les yeux de ma maquette.

— Alors comme ça on ne dit plus bonjour à ses collègues ? On s'estime trop important pour ce genre de banalité ?

— J'ai encore de la marge pour être à ton niveau.

Il s'assit dans mon fauteuil et attrapa le magazine qui reposait sur la table. Il s'agissait du numéro d'*Architectural Talents* qui était paru une semaine plus tôt et dans lequel un article entier était consacré à mon projet au Danemark. Maggy avait tenu à me l'offrir le jour de sa sortie car c'était, selon elle, « la preuve écrite de ma réussite ». Cependant, le journaliste parlait de moi en des termes trop élogieux pour être sincères, et j'avais compris que Steinberg, le Directeur de l'Agence, avait tiré les ficelles en coulisses pour me glorifier dans l'unique but de faire de la publicité pour son intérêt personnel.

— L'Architecte du Futur, vraiment ? reprit Darambert en feuilletant l'article. Ils ne savent vraiment plus quoi inventer…

Il jeta le magazine avec dégoût et se mit à jouer avec le stylo qui était posé juste à côté.

— Tu sais, Leclerc, on était bien sans toi ici. Tu n'étais vraiment pas obligé de rentrer.

— Dégage de mon fauteuil, Darambert.

— Que s'est-il passé ? Tu en avais marre des Danois ?

— La mission était terminée. Ils m'ont fait une offre pour que je reste mais je voulais rentrer à Paris.

— Comme c'est mignon… Tu n'avais pas d'amis là-bas ? Tes petits copains te manquaient ?

— Ferme-la et dégage de mon fauteuil. C'est la dernière fois que je te le dis.

Il m'adressa un sourire mauvais et continua de jouer avec mon stylo.

— Dans le fond, dit-il d'une voix faussement compatissante, j'espère que c'est ce qui t'a motivé à rentrer. Parce que si tu pensais gravir les échelons ici, tu te mets le doigt dans l'œil. Et ce n'est pas ta petite statuette qui changera les choses.

— On verra ça. Au fait, comment va papa ?

Le visage de Darambert se referma d'un seul coup.

— Je t'interdis de parler de mon père.

— Sinon quoi ? Tu vas lui répéter qu'on t'a embêté dans la cour de récréation ?

— Fais attention à toi ou il pourrait t'arriver des bricoles.

— Tu me menaces, maintenant ?

— Non, je te mets en garde. Jusqu'à présent tu avais ton petit copain Vuillemin pour veiller sur toi. Mais la supercherie va s'arrêter.

— Tu sais très bien que Nathan n'a rien à voir avec le Golden Compass, soupirai-je. Tous les projets avaient été soumis à un vote. Je n'y suis pour rien si tu n'as pas été fichu de faire mieux qu'avant-dernier.

— Tu as changé, Leclerc. L'air danois t'a fait pousser un melon à la place du cerveau.

— Si seulement l'air de Paris pouvait te faire pousser ne serait-ce qu'un quart de cerveau, le monde irait mieux…

Il se leva d'un bond et vint se planter devant moi d'un air menaçant. J'abandonnai ma maquette pour le toiser à mon tour avec défiance. Nos visages n'étaient qu'à quelques centimètres l'un de l'autre et je pouvais sentir toute la rage et la jalousie qui bouillonnaient au fond de ses yeux.

Il hésita, mais finit par articuler entre ses dents serrées :

— Ton arrogance finira par te perdre.

Il me lança un dernier regard noir et quitta la pièce d'un pas rageur.

De retour sur ma maquette, j'allais me lancer dans le dessin d'une pièce technique lorsque l'on frappa à ma porte.

— Encore un problème, Darambert ? Tu n'as pas mieux à faire de ta matinée ?

— Marc Leclerc ?

C'était une voix d'homme que je ne connaissais pas.

Je me retournai et vis deux policiers reconnaissables à leur insigne qui se tenaient sur le pas de ma porte. Le premier devait avoir la soixantaine, assez petit et trapu. Malgré une crinière de cheveux gris en désordre, sa présence dégageait du charisme et de l'assurance. Le second, d'une vingtaine d'années son cadet, était physiquement son opposé : grand, athlétique et très soigné. Sa couleur de peau mate et ses traits fins soulignaient son allure distinguée. Juste derrière eux se tenait la pauvre Cynthia, qui n'avait visiblement pas eu d'autre choix que de les accompagner et qui semblait terrorisée par la situation.

— Oui, répondis-je après quelques secondes, c'est moi.

— Bonjour, monsieur Leclerc, continua l'homme le plus âgé d'une voix douce. Je suis le commissaire Bozillon et voici mon adjoint, le lieutenant Parega. Nous aimerions vous poser des questions au sujet d'une affaire. Pouvons-nous entrer ?

— C'est-à-dire que j'ai beaucoup de travail en ce moment…

Il jeta un coup d'œil furtif vers Cynthia qui était toujours figée au même endroit.

— Je suis certain que vous nous accorderez bien quelques minutes, dit-il avec fermeté.

Il entra sans attendre de réponse et fit signe à son adjoint de refermer la porte derrière eux. Il parcourut rapidement la pièce des yeux, se dirigea vers mon bureau et me demanda poliment s'il pouvait s'assoir dans l'une des deux chaises qui me servaient à recevoir des clients. J'acquiesçai et il s'exécuta, tandis que l'autre homme se posta dans un coin de la pièce et sortit un petit carnet de sa poche.

Bozillon ne parla pas tout de suite, préférant m'observer de ses yeux vifs. Puis il me demanda de sa voix douce :

— Monsieur Leclerc, connaissez-vous un sans-abri du nom de Jojo ?

— Jojo ? répétai-je en haussant les sourcils. Euh… Oui, je connais un sans-abri du nom de Jojo. Pourquoi cette question ?

— J'ai le regret de vous informer que Jojo est mort. Il a été victime d'une agression hier soir et il a succombé à ses blessures avant que les secours n'aient eu le temps d'intervenir.

Je restai sans voix, cloué sur place.

— L'alerte a été donnée vers minuit, poursuivit-il. Quelques minutes plus tôt, un autre sans-abri avait entendu des cris en provenance de l'endroit où vivait Jojo. Il s'est rendu sur place et l'a retrouvé, je cite, « dans une mare de sang et avec une jeune femme qui appuyait sur son ventre ». Elle l'a sommé d'aller chercher de l'aide, ce qu'il a fait. Mais lorsqu'il est revenu, Jojo était mort et la jeune femme en question avait disparu. Le lieutenant Parega et moi-même avons été mis en charge de cette enquête et c'est la raison pour laquelle nous sommes ici. Nous avons plusieurs questions à vous poser.

Il sortit de sa veste une dizaine de photos qu'il posa devant moi.

— Ces photos ont été prises à l'endroit où vivait la victime. Pourriez-vous nous dire si un élément vous semble familier ?

Je parcourus les clichés : on y voyait un petit coin entre deux bâtiments où se trouvaient un duvet, des boîtes de conserve, un tas de vêtements en désordre et une casquette bleu marine estampillée *New Orleans Pelicans*. Quelques journaux sportifs et magazines traînaient par terre.

— Alors, monsieur Leclerc ?

— Rien du tout, dis-je en secouant la tête.

— Vous êtes sûr ?

— Certain.

Bozillon pointa du doigt le cliché qui représentait l'un des magazines qui jonchaient le sol.

— C'est vous que l'on surnomme l'*Architecte du Futur* ?

Je m'approchai et reconnus la couverture noire et rouge d'*Architectural Talents* ; il s'agissait du même numéro qu'avait feuilleté Darambert quelques minutes plus tôt à mon bureau. Je hochai la tête en silence.

— Une page de ce magazine a été déchirée, dit Bozillon, et se trouvait dans la main de Jojo lorsqu'il a été retrouvé mort, recouverte de sang.

Il plaça une nouvelle photo sur la table. C'était la page de l'article où je posais avec mes amis à côté du trophée, à la fin de la cérémonie. On y voyait Nathan et Colleen, radieux, me pousser vers le devant de la scène, tandis qu'Aliénor, Wallace et Darhys levaient les bras au ciel. Un peu en retrait, Léna nous observait avec un sourire timide. Ils arboraient tous les six un T-shirt et une casquette noirs, floqués des mots *GO MARC* écrits en blanc.

— Je vois, dis-je en inclinant sombrement la tête.

— Nous avons interrogé le sans-abri qui a donné l'alerte, reprit Bozillon, et il nous a affirmé que la victime parlait de vous comme s'il vous connaissait personnellement. Mais il pensait également que Jojo avait inventé cette histoire de toute pièce pour se donner de l'importance. Il faut dire que ce n'est pas très courant de voir un sans-abri proche d'une personne de notoriété publique. Pourriez-vous nous dire quelle était la nature de vos liens, monsieur Leclerc ?

— Jojo était un vieil ami.

— Un vieil ami ? répéta-t-il d'un air perplexe.

— Oui, je pense que c'est le terme le plus juste. J'avais fait sa connaissance quelques semaines après avoir emménagé dans mon appartement actuel – Jojo vivait à l'époque sur la place de l'arbre tordu, un square qui se trouve juste derrière chez moi.

Nous nous étions vite découverts une passion commune pour le sport. Vous pouvez d'ailleurs vous en rendre compte avec les journaux sportifs qu'il avait pris le soin de conserver. Tous les lundis matin, j'allais acheter deux cafés et deux journaux *L'Équipe*, puis je venais m'installer avec lui sur la place et nous débattions de l'actualité du week-end. Il prétendait avoir fait du football dans sa jeunesse et avoir été un « sacré gardien malgré sa petite taille » ; je n'ai jamais su si c'était vrai mais je me plaisais à l'imaginer sur un terrain avec ses amis, loin de la vie dans la rue. Il y a trois ans, la Mairie a décidé de faire des travaux de végétalisation sur cette place et Jojo a été forcé de quitter les lieux.

Parega, qui se trouvait toujours debout dans son coin, nota tous ces éléments dans son carnet.

Bozillon me demanda :

— Quand l'avez-vous vu pour la dernière fois ?

— Je ne me souviens plus exactement, mais ça devait être juste avant son départ forcé.

— Il y a trois ans ?

— Oui, c'est ça. À l'été 2015.

— Vous n'étiez pas au Danemark pour votre travail ?

— Non, je ne suis parti qu'au mois de septembre.

— À quel endroit aviez-vous vu Jojo ?

— Sur notre banc habituel, sur la place de l'arbre tordu.

— Et de quoi aviez-vous parlé ?

— De sport.

Bozillon fit une grimace.

— Le sport, encore et toujours, marmonna-t-il.

— Qu'y a-t-il de plus important que le sport, commissaire ?

— La vie d'un homme, monsieur Leclerc.

Il s'approcha de moi et je vis un éclat vert briller au fond de ses yeux.

— Où étiez-vous hier soir ? me demanda-t-il.

— Je viens de vous dire que Jojo était un vieil ami et vous me soupçonnez de l'avoir assassiné ?

— Répondez à la question, je vous prie.

Son ton avait changé. L'entente cordiale avait laissé place à une tension palpable.

— Puisque vous insistez, commissaire… J'étais chez moi, tout simplement. J'ai sorti mon chien, j'ai dîné et je suis allé lire un bouquin sur ma terrasse – le *Comte de Monte Cristo*. Vous l'avez déjà lu ? Si ce n'est pas le cas, je vous le recommande. J'ai dû me coucher vers minuit. Je me suis réveillé tôt et je suis allé courir, avant de partir travailler.

— Quelqu'un peut-il attester vos faits et gestes pendant cette soirée ?

— Oui. Django.

— Qui est Django ?

— C'est mon chien. Un magnifique berger allemand au poil totalement noir. Il a deux ans et demi, une forme incroyable et une intelligence supérieure à la moyenne des humains.

Les mâchoires de Bozillon se crispèrent et ses yeux redoublèrent d'intensité.

— N'essayez pas de jouer au plus malin avec nous, Leclerc. Nous parlons d'un meurtre.

— Écoutez, commissaire, je ne cherche pas les problèmes. Jojo était quelqu'un que j'appréciais et sa mort m'attriste profondément. J'aimerais bien vous aider, mais comme je viens de vous le dire, je ne l'ai pas vu depuis trois ans, donc je ne vois pas trop comment je pourrais vous être utile.

Il m'observa un moment sans dire un mot, puis se leva et sortit une carte de sa poche.

— Dans le cas où quelque chose vous reviendrait, voici mes coordonnées. Merci pour votre accueil et peut-être à bientôt, monsieur Leclerc.

Il me salua puis s'en alla, imité par son adjoint qui n'avait toujours pas dit un seul mot.

*

De retour au commissariat du 14ᵉ arrondissement, Bozillon convoqua Parega dans son bureau.

— Qu'en as-tu pensé, Oscar ?

Pour seule réponse, Parega secoua la tête.

— Je suis d'accord, dit Bozillon. Leclerc nous cache quelque chose. La question est maintenant de savoir quoi. Mais en attendant, avançons sur la victime : quelles étaient ses habitudes, qui étaient ses amis et ennemis, est-ce qu'il buvait ou se droguait, *et cetera*. Je veux battre le fer tant qu'il est chaud.

Parega hocha la tête et s'en alla d'un pas leste. Bozillon se dirigea ensuite vers la fenêtre de son bureau, les bras croisés derrière son dos et le regard vide. Il se murmura à lui-même : « C'était une photo, oui… mais laquelle ? »

3.

Des questions sans réponses

"Il faut que tu arrêtes de ressasser le passé.
Laisse-le où il est et avance. C'est la meilleure
chose que tu puisses faire."

– Colleen

Mardi 3 juillet 2018

Depuis que j'étais rentré à Paris, j'avais pris l'habitude de courir tous les matins avec Django avant d'aller travailler. Malgré les évènements de la veille et une nuit de sommeil agitée, cette matinée n'échappa pas à la règle.

Nous prîmes la direction de la Tour Eiffel pour rejoindre les quais, où les teintes rosées de l'aube se reflétaient dans la Seine avant de s'estomper progressivement pour laisser place à un ciel bleu azur. Arrivés au jardin de Notre-Dame, nous fîmes une pause sous les arbres en fleur. Il faisait encore frais, mais une belle journée d'été s'annonçait. Nous remontâmes le boulevard Saint-Michel, sur lequel les magasins commençaient à ouvrir, puis traversâmes le Jardin du Luxembourg. À cette heure-ci, deux catégories de personnes peuplaient les lieux : les coureurs à pied et les joueurs d'échecs. Tandis que les premiers se lançaient dans des rythmes effrénés avant d'attaquer leur journée de travail, les autres savouraient les températures clémentes de la matinée pour faire fonctionner leurs neurones. Je m'arrêtai quelques minutes à côté des échiquiers et regardai les joueurs se livrer une lutte sans merci. Autour de la table la plus centrale, une petite foule de spectateurs s'était massée et commentait avec des « Ahhh » et des « Ohhh » de plaisir chaque coup des deux protagonistes. Django semblait lui aussi captivé par ce spectacle, les yeux braqués sur les pièces en bois et agitant la queue à chacun de leurs mouvements. Lorsque la partie fut terminée, il aboya ses félicitations au vainqueur au milieu des applaudissements soutenus de la foule, puis nous reprîmes tranquillement notre parcours.

Arrivés sur le boulevard Raspail, une idée me traversa l'esprit. Malgré la mine dubitative de Django, je pris à droite pour rejoindre le quartier Montparnasse. Au pied de la tour, juste avant les magasins de la galerie marchande, j'aperçus les bandes de marquage jaunes et noires de la police qui délimitaient le périmètre où avait eu lieu l'agression de Jojo. À l'évidence, les équipes scientifiques avaient terminé leur travail puisqu'il ne restait plus rien sur place. Seule une tache rouge foncé visible sur le macadam et un policier qui faisait le pied de grue devant la zone attestaient des tristes évènements qui avaient eu lieu dimanche soir.

J'approchai d'un air innocent et interpellai le policier :

— Bonjour monsieur l'agent, que s'est-il passé ici ?

— Interdiction de parler, répondit-il machinalement. Secret professionnel.

— La tache sur le sol, c'est du sang ?

— Je viens de vous le dire : secret professionnel.

Devant la loquacité de mon interlocuteur, je levai les yeux et me mis à siffler d'un air appréciateur.

— C'est quand même dommage d'être bloqué avec ce beau temps.

— Ce sont les contraintes du travail, dit-il sèchement.

— Depuis combien de temps êtes-vous ici ?

— Ce matin, 8 heures.

— Et jusqu'à quand restez-vous ?

— Ce soir, 20 heures.

— Vous attendez quelqu'un ?

— Non.

— Mais alors, que faites-vous ?

Il me regarda d'un air agacé.

— Je dois empêcher les curieux de votre genre de franchir le périmètre de sécurité.

— Pourquoi voudriez-vous que je franchisse le périmètre de sécurité, monsieur l'agent ?

— Pour les mêmes raisons que vous êtes en train de me casser les pieds.

— Vous voulez un café ?

— Non.

— Laissez-moi deviner : allongé, avec du lait et sans sucre. C'est comme ça que vous l'aimez, n'est-ce pas ?

— Fichez le camp maintenant ou je vous fais embarquer au poste ! s'agaça-t-il.

— Ah non, je sais ! Vous êtes plutôt *cappuccino* et pain au chocolat.

Le visage du policier vira au rouge. Il se saisit de sa matraque d'une main et de sa radio de l'autre, puis s'approcha de moi d'un air menaçant. Je levai les bras en signe de paix, lui adressai un salut militaire et me repliai vers la gare.

C'était l'heure de pointe et le flot de voyageurs battait son plein. Au milieu de cette fourmilière, j'aperçus un sans-abri qui semblait avoir ses habitudes ici. Il était assis sur un banc, tout près de l'entrée, et observait les allées et venues des passagers de la SNCF comme s'il s'agissait de son feuilleton télévisé quotidien.

J'allai acheter deux cafés dans la gare et vint lui en donner un. Il l'accepta volontiers et me remercia d'un signe de tête.

— C'est comme ça tous les matins ? demandai-je en prenant place à côté de lui.

— Tous les matins et tous les soirs, répondit-il d'une voix rauque. Et encore, c'est les vacances scolaires. D'habitude, les gens sont encore plus pressés.

— On ne prend plus le temps de vivre, hein ?

Il acquiesça et but une gorgée de son café.

— Je suis désolé de vous déranger de bonne heure, dis-je en me tournant vers lui, mais j'aimerais vous poser une question.

— J'aurais dû me douter que le petit déjeuner au lit n'était pas gratuit, grogna-t-il. Qu'est-ce que tu veux savoir ?

— Il s'agit de Jojo.

Son sourire s'effaça et il posa sur moi des yeux suspicieux.

— Désolé, petit, mais j'ai déjà dit tout ce que je savais à tes collègues. J'ai plus envie d'en parler.

— Je ne suis pas flic, expliquai-je calmement. Jojo était un vieil ami. Avant d'arriver ici, il vivait en bas de chez moi et on se voyait toutes les semaines. C'était quelqu'un que j'appréciais beaucoup.

Je sortis mon téléphone pour lui montrer une photo de Jojo et moi avec nos maillots de l'équipe de France de football, prise trois ans plus tôt. Tout à coup, son visage s'éclaira.

— Attends un peu, mais je te reconnais ! J'ai vu ta tête sur un magazine que Jojo m'a montré l'autre jour ! Comment ils disaient, déjà ? L'Architecte du Futur ?

— Euh… Oui, c'est moi.

— Alors comme ça, vous vous connaissiez vraiment ? Jojo parlait de toi sans arrêt, mais je dois avouer que j'en croyais pas un mot.

Je hochai la tête et son visage s'adoucit.

— C'est bon, concéda-t-il, je te crois. Qu'est-ce que tu veux savoir ?

— J'aimerais comprendre ce qu'il s'est passé.

— Une sale histoire, voilà ce qu'il s'est passé.

— Mais encore ?

Il poussa un soupir et termina son café d'une seule traite.

— J'étais ici, raconta-t-il, en train d'écouter tranquillement la radio, quand j'ai entendu des cris venant de la tanière de Jojo – c'est comme ça qu'il appelait son petit coin. C'étaient des cris terribles, pas des cris de joie, alors j'ai compris que quelque chose de pas normal se passait. J'ai pris la direction de la tanière et je l'ai trouvé, avec du sang qui coulait de partout et une jeune femme qui appuyait sur son ventre. C'était pas une belle image, ça je peux te le dire. Quand elle m'a vu arriver, la fille m'a crié d'aller chercher de l'aide pendant qu'il était encore en vie. J'ai couru jusqu'au bistrot d'en face où les serveurs ont voulu me foutre à la porte, mais heureusement, un type m'a cru et m'a suivi. Apparemment, il était médecin. En revenant à la tanière, la fille avait disparu et Jojo ne bougeait plus. Le médecin a tenté différents trucs, mais c'était trop tard. Jojo était mort.

Il baissa la tête d'un air triste et ajouta :

— Ce qui me fait le plus de peine, c'est de penser qu'il nous ait quitté comme ça, tout seul, dans la nuit.

— Il n'était pas tout seul. Vous étiez avec lui.

— Si on veut, gémit-il.

Il essuya une larme du revers de sa main et renifla bruyamment. J'attendis quelques secondes avant de lui demander :

— Par curiosité, à quoi ressemblait la jeune femme que vous avez vue avec Jojo ?

— C'est drôle, les flics m'ont posé la même question. Elle avait la petite trentaine. Blonde. Très belle.

— Elle n'a pas dit comment elle s'appelait ?

— Non.

— Et elle n'était plus là quand vous êtes revenu avec le médecin ?

— Non, elle était partie.

La voix de la gare annonça que le train en provenance de Nantes avait trente minutes de retard et s'excusa auprès de ses passagers pour la gêne occasionnée. Je regardai ma montre et me levai.

— Désolé, je dois filer. Une dernière question : est-ce que Jojo possédait une casquette bleu foncé ? Avec les inscriptions *New Orleans Pelicans* dessus ?

Il réfléchit un instant avant de répondre :

— Il portait souvent une casquette, oui, mais te dire si elle était bleue, noire ou grise et ce qu'il y avait écrit dessus, alors là, aucune idée.

Je le remerciai avec un billet avant de quitter les lieux. Il me salua d'un nouveau signe de tête puis reprit le cours de son feuilleton quotidien.

Avant de rentrer chez moi, je décidai de faire un détour par la place de l'arbre tordu. C'était un petit bout de verdure du 14ᵉ arrondissement qui avait été surnommé ainsi en l'honneur du plus gros chêne qui la composait et qui avait poussé de travers. La semaine, les riverains s'y donnaient rendez-vous le temps d'une promenade pour échanger leurs derniers potins sur les habitants du coin, en ponctuant leurs phrases de « Vous ne devinerez jamais ce qui est arrivé », « Si j'étais elle, je n'aurais jamais accepté ça » et autres « J'ai toujours dit que ces deux-là étaient bizarres ». Le week-end, les cris des enfants du quartier résonnaient au cœur des parties de football improvisées. Des parterres de fleurs étaient venus agrémenter la place lors des travaux de végétalisation qui avaient eu lieu trois ans plus tôt, au grand dam des enfants qui avaient dû redessiner les lignes de leur terrain, mais au plus grand plaisir de leurs parents qui pouvaient désormais profiter de ce mélange singulier de couleurs et d'odeurs, tout en veillant sur leurs progénitures.

Pendant que Django chassait une à une toutes les pâquerettes de la pelouse (son activité favorite dans les parcs), je m'installai sur un banc de libre, tout près de l'arbre tordu. C'était sur ce même banc que, par le passé, je retrouvais Jojo. Je me demandais ce qu'il avait bien pu lui arriver... Mes pensées jonglèrent entre les photos de la police et la jeune femme blonde qui se trouvait avec lui lors de sa mort. Je fronçai les sourcils : oui, il y avait quelque chose d'étrange dans toute cette histoire... J'étais en proie à une intense réflexion lorsqu'un grand « gong » me fit sursauter et me ramena à moi : la petite église qui se trouvait sur la place venait de sonner 10 heures. Je chassai d'un revers de main mes dernières pensées et appelai Django pour rentrer.

Dans le hall de l'immeuble, je croisai ma concierge qui me gratifia d'un joyeux « Bonjour, monsieur Leclerc ! Quelle belle journée d'été, n'est-ce pas ? » que je lui rendis avec un sourire, puis je pris les escaliers pour monter jusqu'au septième étage.

À peine arrivé sur le palier, Django se mit à grogner de manière inhabituelle. Il se colla à la porte et renifla bruyamment l'ouverture du bas. Intrigué, je sortis mes clés et les tournai lentement dans la serrure avant d'ouvrir. Django se précipita à l'intérieur pour coller sa truffe sur une petite feuille de papier, qui avait été glissée sous la porte pendant mon absence. Il l'inspecta sous tous les angles puis finit par se retourner vers moi avec le regard droit et les oreilles baissées qui voulaient dire : « Tu peux y aller, mon vieux, c'est sans risque ».

Je ramassai le mot et le lus. Les lettres avaient été tapées à la machine :

Vous êtes en danger, Marc Leclerc.
Retrouvez-moi au Bistrot de la Place,
jeudi prochain à 20h. Venez seul. N'ayez
crainte, vous saurez me reconnaître.
Ce n'est pas une plaisanterie.
Vous êtes en danger, Marc Leclerc.

*

— Le meurtre d'un sans-abri et la police qui débarque à l'Agence pour t'interroger, le tout un mois à peine après ton retour à Paris ? dit Colleen après m'avoir écouté raconter mes déboires. On se croirait dans un roman policier.

— Crois-moi, je m'en serais bien passé. Mais le plus étrange, c'est ce mot anonyme déposé chez moi.

— Ah oui, je l'avais oublié.

— Je te rappelle que ce mot annonce plus ou moins que je suis en danger de mort. Ce serait bien que tu ne l'oublies pas tout de suite.

Elle sourit. Colleen s'apprêtait à attaquer une nouvelle nuit de garde à l'hôpital Cochin et, comme nous en avions pris l'habitude avant mon départ, nous nous étions retrouvés au Ramineh en fin de journée pour siroter ensemble un thé à la menthe.

Colleen était ma plus vieille amie. Je l'avais rencontrée sur les bancs de l'école, quinze ans plus tôt, et notre entente fut immédiate. Elle avait grandi en Irlande, sur les terres de son père, mais avait atterri à Paris à l'âge de dix ans après le divorce de ses parents, dans la famille de sa mère. À l'issue du bac, Colleen avait choisi de se lancer dans des études de médecine tandis que je m'orientais vers mon rêve d'enfant, l'architecture. Nos chemins s'éloignèrent peu à peu et nous aurions pu nous perdre de vue de la manière la plus naturelle qui soit, mais le destin se chargea d'en décider autrement.

Un soir, je tombai par hasard sur Colleen en train de fêter la fin de ses examens avec ses amis de la fac. Après beaucoup de verres un pari perdu, elle me mit au défi de courir le prochain marathon de Paris – marathon qu'elle encadrait en tant que secouriste. Ma fierté en jeu, je relevai le pari volontiers. Résultat : je terminai minablement dans la tente des urgences après trente-cinq kilomètres, une bassine à la main et mon orgueil à mes pieds, à vomir mes tripes pour déshydratation. Mais le hasard faisant bien les choses, j'avais sympathisé avec le type qui se trouvait à côté de moi dans la tente des Urgences et qui m'avoua avoir eu un coup de cœur pour la secouriste qui s'occupait de nous, à savoir Colleen. Je lui promis alors de lui arranger un rendez-vous si je sortais vivant de cette affaire. Une semaine plus tard, Colleen et Nathan se retrouvaient dans un restaurant de la rue des Martyrs. Trois ans plus tard, Nathan demandait Colleen en mariage. L'année suivante, Colleen tombait enceinte de Tom et je fus nommé parrain de l'enfant.

— Je suis persuadée que tu dramatises la situation, Marc, reprit Colleen. C'est sûrement un canular, non ? Un gamin de l'immeuble qui a voulu faire une blague ?

— Si c'est un canular, il coïncide quand même parfaitement avec la mort de Jojo.

— Un coup de chance pour le plaisantin qui a fait ça.

— Peut-être, oui… Ou peut-être pas.

Colleen me jeta un coup d'œil perçant. Son visage pâle, encadré par une longue chevelure auburn parfaitement peignée, semblait encore plus sévère que d'habitude.

— Ne me dis pas que tu comptes aller à ce rendez-vous ?

— Bien sûr que si.

— Voyons, c'est absurde !

— Au moins, je serai fixé. Si c'est une blague, personne ne sera là-bas et j'aurais simplement perdu une heure de ma vie.

— Et si ce n'en est pas une ?

— Je croyais que tu n'avais aucun doute là-dessus, dis-je en nous resservant deux thés à la menthe.

— Effectivement, j'en suis convaincue. Mais s'il y a un pour cent de chance pour que ce mot ne soit pas une blague, que va-t-il se passer ?

— J'imagine que là aussi, je serai fixé.

— Et, à tout hasard, il ne t'est pas venu à l'esprit que cela pourrait-être dangereux ?

— Je crois que la curiosité l'emporte sur le danger.

— C'est ridicule ! s'emporta-t-elle. Tu es à la recherche de sensations fortes, c'est ça ?

— Pas du tout. Je suis à la recherche de la vérité. Je te rappelle que Jojo était un ami. Et puis il y a quelque chose d'autre qui me chagrine dans ce mot. C'est le lieu du rendez-vous.

— Eh bien quoi ?

— Le Bistrot de la Place, Colleen.

Elle comprit où je voulais en venir et me fusilla du regard.

— Tu n'es quand même pas sérieux, Marc ?

— Si. Il y a des centaines de bars à Paris, et pourtant c'est celui-ci où l'on m'a donné rendez-vous. Cela ne peut pas être une coïncidence.

— Bien sûr que si, cela peut être une coïncidence !

— Je ne crois pas.

Je sortis de ma poche une photo et lui tendis.

— Tu vois cette casquette ? Elle a un défaut de fabrication. Les lettres L, E, A, N de *New Orleans* sont écrites en rouge, au lieu d'être en blanc. C'est ce qui m'avait fait l'acheter pour les raisons que tu peux imaginer. Un modèle similaire a été retrouvé sur la scène de crime de Jojo. Et une jeune femme blonde était avec lui lorsqu'il est mort, pour disparaître juste avant l'arrivée de la police.

Colleen m'observa longuement avant d'éclater d'un rire qui sonnait faux.

— Tu cherches à te moquer de moi, c'est ça ? Il y a une caméra cachée quelque part ?

— Je suis très sérieux, Colleen.

— D'accord, tu es donc en train de me dire que Léna a déposé un mot anonyme chez toi pour te donner rendez-vous dans ce bar après avoir assassiné Jojo ? Une Léna teinte en blonde pour passer inaperçue, bien entendu.

— Non. Ce n'est pas ce que je suis en train de te dire.

— Ah oui ? Et que dis-tu, alors ?

— Que Léna s'est trouvée au mauvais endroit, au mauvais moment. Elle voulait rendre visite à Jojo – souviens toi, elle passait déjà le voir du temps où elle habitait ici – mais quand elle est arrivée, il agonisait déjà dans une mare de sang. Elle a tenté de lui venir en aide mais il était trop tard. Et quand elle a réalisé que les circonstances n'allaient pas plaider en sa faveur, elle a pris la fuite avant l'arrivée de la police. Pour autant, elle a vu ou entendu quelque chose ce soir-là. Quelque chose qui est lié à moi. Et c'est la raison pour laquelle elle a cherché à me prévenir avec ce mot.

— Tu sais que les gens normaux utilisent ce que l'on appelle un téléphone, pour se parler ?

— J'imagine que si elle a procédé de cette façon, c'est qu'elle avait une bonne raison de le faire.

Elle me rendit la photo en secouant la tête.

— Je t'en prie, arrête. Tu es ridicule.

— Je ne pense pas être ridicule, Colleen.

— Si, Marc, tu es ridicule parce que cela fait trois ans que tu te raccroches au passé au lieu d'accepter ce qu'il t'est arrivé. Léna est partie. *Par-tie* ! Tu comprends ce que cela signifie ?

— Je comprends très bien ce que ça signifie. Merci.

— Elle a emporté toutes ses affaires et t'a laissé un message d'adieu ! s'écria-t-elle. Qu'est-ce qu'il te faut de plus ?

— Si tu la connaissais aussi bien que moi, tu saurais que…

— Stop ! Ça suffit !

D'un geste brusque, Colleen avait levé une main menaçante vers moi. Une veine était apparue sur son front et battait la mesure tandis que ses lèvres tremblaient de colère. Elle me fixait avec un regard noir, le corps haletant, prête à bondir comme une lionne.

— On a déjà eu cette discussion mille fois et je ne veux plus en reparler ! C'est bien clair ? Il faut que tu arrêtes de ressasser le passé. Laisse-le où il est et avance. C'est la meilleure chose que tu puisses faire.

— J'aimerais bien, Colleen. Mais si le passé revient à moi ?

4.

Le Bistrot de la Place

"C'était la belle époque, hein ?"
— Barnabé

Jeudi 5 juillet 2018

Le Bistrot de la Place était un bar restaurant assez vétuste, loin des lieux branchés de la capitale : la devanture était terne, les stores montraient des signes du temps et les vitres auraient mérité un bon nettoyage. À l'intérieur, l'ambiance était sombre et une odeur de bière se dégageait des murs.

Assis à une table près de l'entrée, je sondai les six personnes qui se trouvaient autour de moi. Au fond, un vieux monsieur faisait des mots fléchés en bougeant la tête au rythme d'un vieux tube de Julien Clerc qui passait dans le bar. Un peu en retrait, un couple de quadragénaires occupait une banquette le long du mur de gauche ; blottis dans les bras l'un de l'autre, ils passaient leur temps à se dévorer du regard et à s'embrasser avec fougue. Sur la droite, à côté des toilettes, un homme en blouson de cuir venait de s'installer avec une pinte de bière. Deux personnes assises au comptoir complétaient l'ensemble : une femme vêtue d'une robe de soirée noire et de talons aiguilles, qui écoutait la mélodie d'un air absent en faisant tournoyer son verre de vin blanc devant elle, et un homme dont les vêtements trop petits faisaient ressortir l'imposante musculature. Il était

captivé par la dame en noir et cherchait à l'évidence à attirer
son attention, mais elle lui tournait le dos.

Le barman, dont le visage brillait étonnamment malgré le
faible éclairage, vint nettoyer ma table et me demanda :

— Qu'est-ce que je vous sers ?

— Un martini, s'il vous plaît. Au shaker, pas à la cuillère.

Il haussa les sourcils.

— Désolé, James Bond, mais on ne fait pas ça ici.

— Même pour les vieux amis ?

Le teint de mon interlocuteur vira au rouge lorsqu'il me
reconnut.

— Marc !

— Salut, Barnabé.

— Ça par exemple, je m'attendais pas à te voir ici ce soir !

Il me serra la main avec vigueur.

— Combien de temps ça fait depuis la dernière fois qu'on
s'est vus ? Au moins deux ans, non ?

— Trois ans et quelques mois, confirmai-je.

— Trois ans ! Le temps file à une vitesse… Tu es toujours
dans tes projets d'architecture ?

— Toujours. Je reviens tout juste d'une mission à l'étranger.

— Ah, c'est pour ça que tu avais disparu de la circulation !

— Entre autres, oui.

Il me lança un regard interrogateur que j'évitai en montrant
du doigt la scène vide au fond de la salle.

— Tu n'organises plus de soirée concert le jeudi ?

— Malheureusement non, répondit-il d'un air nostalgique.
On a arrêté au début de l'année. Les artistes coûtaient trop cher
et on n'arrivait plus à être rentable. C'était la belle époque,
hein ?

— La belle époque, oui… Mais je vois qu'il y a quand même
des vestiges de ce temps-là.

Je fis un signe de tête en direction du vieil homme assis à côté de la scène. Le visage de Barnabé s'illumina un peu plus.

— Tu te souviens d'Arthur ?

— Difficile de l'oublier. J'avais eu le malheur de m'installer à sa place un soir, et il m'avait viré sans concession. Un brave homme. Il boit toujours un kir royal en apéritif ?

— Mieux que ça, Marc, c'est toute sa routine qu'il a gardée ! Il vient du lundi au vendredi à 19 heures, s'installe à sa table, puis commande son plat à 20 heures 30 précises : lasagnes le lundi ; croque-monsieur le mardi ; salade César le mercredi ; confit de canard le jeudi et pizza le vendredi.

— Les joies de l'imprévu, commentai-je. En revanche, je ne crois pas avoir déjà vu les autres. Qui sont les deux personnes qui se donnent en spectacle derrière toi ?

Barnabé leva ostensiblement les yeux vers le plafond.

— Les pots de colle… Ils viennent depuis le début de l'année et ne sont pas là souvent, genre une à deux fois par mois. Mais à chaque fois, c'est la même chose. Je suis à deux doigts de leur proposer une chambre à l'hôtel d'à côté.

— Je n'en doute pas. Et le type qui a les épaules d'un buffle et qui n'arrête pas de reluquer la femme en robe noire ?

— Lui, c'est Bono. Un gars très gentil mais timide comme pas deux. La journée, il va à la salle de sport pour soulever de la fonte. Le soir, il vient ici dans l'espoir de capter l'attention de Pénélope, la femme dont tu parlais.

— Sans succès pour l'instant ?

Il confirma en secouant la tête.

— Quelle est son histoire à elle ? demandai-je.

— Elle raconte à qui veut l'entendre qu'elle devait se marier avec un grand homme de ce monde, genre famille royale ou grande bourgeoisie. Mais le gars est parti avec sa meilleure amie et elle a tout perdu. Depuis, elle vient régulièrement au Bistrot de la Place, toujours sur son trente-et-un, en espérant que son prince charmant vienne et l'embarque dans son carrosse.

— Mais le carrosse de Bono n'est pas assez luxueux pour elle.

— T'as tout compris.

— Et le type en blouson de cuir, près des toilettes ?

Il l'observa par-dessus mon épaule et répondit :

— Lui, aucune idée. C'est la première fois que je le vois ici.

La femme en robe noire fit un signe de main à l'attention de Barnabé. Il hocha la tête pour lui montrer qu'il l'avait vue, puis me dit :

— Tu voudras boire un verre, manger un bout ? C'est la maison qui offre.

— C'est gentil, Barnabé, mais j'attends quelqu'un pour le moment. Peut-être plus tard.

— OK, fais-moi signe quand t'es prêt !

Il tapa joyeusement sur la table avant d'aller s'occuper de sa cliente.

À 20 heures 30 précises, Arthur commanda un confit de canard. En dehors de deux étudiants qui avaient fait leur apparition pour ce qui semblait être leur premier rendez-vous, personne d'autre n'était entré au Bistrot de la Place depuis que j'étais arrivé. Pénélope continuait de faire tourner son verre de vin blanc en jouant distraitement avec ses cheveux, Bono avait plusieurs fois esquissé un mouvement dans sa direction mais s'était arrêté net pour se replonger dans sa bière, les pots de colle semblaient n'être plus qu'une seule et même personne et le type au blouson de cuir jouait avec son téléphone.

Barnabé termina sa vaisselle et vint me voir.

— Toujours pas de verre, Marc ?

— Non merci. Je pense que je vais rentrer.

— Je croyais que tu attendais quelqu'un ?

— Moi aussi, je croyais. Mais il semblerait qu'on m'ait posé un lapin.

Il hésita puis me dit :

— Je ne veux pas m'occuper de ce qui ne me regarde pas, mais tu sais que si tu as des soucis, tu peux m'en parler, hein ? On se connaît depuis assez longtemps pour se faire confiance.

— C'est gentil, Barnabé, mais c'est simplement un lapin. Il n'y a pas mort d'homme.

— Non, ce n'est pas ça…

Son visage pâlit, ce qui n'était pas très bon signe chez lui. Il s'approcha de moi pour être sûr que personne d'autre ne l'entende, et me chuchota :

— Le type au blouson de cuir, près des toilettes. Il n'arrête pas de te lancer des coups d'œil depuis tout à l'heure.

— Ah bon ?

— Oui, je l'ai aperçu plusieurs fois quand j'étais au bar.

— Quel genre de coup d'œil ?

— Le genre qui n'augure rien de bon. Ça fait dix-huit ans que je tiens le Bistrot de la Place et crois-en mon expérience, je sais reconnaître quand une personne n'est pas nette. C'est le cas de ce type-là.

Je fronçai les sourcils et me mis à l'observer de plus belle. Il était entre deux âges, les cheveux très courts et un visage assez commun qui ne laissait rien paraître de suspect.

— Tu es sûr que tu ne l'avais jamais vu ici avant ce soir ?

— Affirmatif, c'est la première fois qu'il se pointe au Bistrot de la Place, répondit Barnabé. Et il est arrivé seulement quelques minutes après toi.

— Effectivement, c'est curieux.

Au moment où je prononçais ces mots, l'homme en question tourna la tête et nos regards se croisèrent. Son visage, bien que commun, abritait des pupilles noires et des yeux perçants qui eurent pour effet immédiat de me glacer le sang. Un rictus mauvais se dessina sur ses lèvres, puis il but une gorgée de sa bière avant de reporter son attention à son téléphone portable. Pour la première fois, la mise en garde de Colleen au sujet du mot anonyme ne me semblait pas si dénuée de sens.

— Je n'aurais pas dû venir ici ce soir, dis-je en me levant précipitamment. Il faut que je file.

— Tu es sûr que tout va bien ?

— C'est une longue histoire et malheureusement, je n'ai pas le temps de t'expliquer maintenant.

— Comme tu voudras. Mais si tu as besoin d'aide, tu sais où me trouver, hein ?

— Je n'y manquerai pas. Merci pour tout, Barnabé, ça m'a fait plaisir de te revoir.

— Moi aussi, Marc. Reviens quand tu veux, tu es ici chez toi !

Je lui serrai chaleureusement la main et quittai le Bistrot de la Place au moment où un « ding » retentit en cuisine, faisant savoir que le confit de canard d'Arthur était prêt.

En sortant du bar, je jetai un coup d'œil rapide autour de moi. Par chance, j'aperçus un petit renfoncement dans l'un des bâtiments voisins, qui permettait d'observer la sortie du Bistrot de la Place sans être vu. Je vérifiai que personne ne m'avait remarqué, puis m'y installai et attendis.

Deux minutes seulement après avoir pris position, l'homme au blouson de cuir sortit à son tour et regarda de part et d'autre de la rue à plusieurs reprises, avant de s'en aller du côté opposé au mien.

5.

Descente aux enfers

“Vous comprenez, Leclerc ? Nous
sommes devenus toxiques.”
                    – Steinberg

Mercredi 11 juillet 2018

Une semaine plus tard, ma soirée au Bistrot de la Place restait un mystère : si j'étais toujours persuadé que Léna avait écrit le mot anonyme, je n'arrivais pas à comprendre pourquoi elle n'était pas venue au rendez-vous. Pire, j'avais la sensation que l'homme au blouson de cuir n'était pas étranger à son absence. J'étais toujours à la recherche de réponses lorsque, malheureusement, ces questions laissèrent la place à un problème plus sérieux.

Après avoir dû écourter mon footing avec Django à cause d'un orage qui s'était abattu sur nous à mi-parcours, je pris la direction de l'Agence d'un pas volontaire, en passant par la rue de la Gaîté. Arrivé à hauteur du kiosque à journaux de la place Edgar Quinet, je restai interdit.

La presse à scandale avait sorti un numéro inédit pendant la nuit dans lequel on voyait des photos volées de moi, encadrées du titre suivant : « *Marc Leclerc, l'Architecte du Futur serait-il en fait un dangereux criminel ?* ». Au dos, une double page était dédiée au sujet : « *La face cachée de Marc Leclerc – Soupçons d'implication dans l'assassinat d'un SDF au cœur du quartier Montparnasse* ». Je pris un carton qui traînait sur le trottoir, achetai tout le stock de magazines et filai d'un bon pas, avant que le marchand de journaux ne réalise ce qu'il venait de se passer et ne se mette à me bombarder de questions.

Le contenu des articles était affligeant : on me suspectait d'avoir agressé Jojo sous prétexte qu'il m'ait reconnu dans la rue et m'ait demandé de l'argent avec un peu trop de véhémence. Le journaliste s'en donnait à cœur joie dans le mélodramatique : « Si Marc Leclerc a prouvé qu'il pouvait réaliser de grandes œuvres dans le domaine architectural, c'est bien le contraire qu'il vient de nous montrer au niveau humain. Quel homme sans cœur peut s'en prendre à un sans-abri qui implorait son aide, alors que sa fortune personnelle est immense ? ». Certaines photos de moi avaient été prises à mon insu dans des lieux que je reconnus sans difficulté : mon bureau, ma rue et mon parcours de footing le long de la Seine. Il était inutile de chercher très loin pour comprendre d'où le coup était parti.

En arrivant à l'Agence, je montai l'escalier quatre à quatre pour trouver Darambert dans son bureau. J'entrai sans frapper et lui lançai un magazine à la figure :

— Tu te crois malin ?

— Je vous rappelle, dit-il à la personne qu'il avait au bout du fil.

Il raccrocha et se tourna vers moi.

— Eh bien, Leclerc, on ne t'a jamais appris la politesse ?

Il ramassa le magazine à ses pieds et commenta d'un air faussement étonné :

— « Marc Leclerc : l'Architecte du Futur serait-il en fait un dangereux criminel ? ». Dis donc, j'ai l'impression que tu t'es fourré dans de beaux draps. Tu as quelque chose à dire pour ta défense ?

— Je te promets que tu vas le regretter, dis-je en levant un doigt menaçant. Et d'ailleurs, c'était stupide de ta part car c'est l'Agence dans son ensemble qui va en pâtir. Donc tes projets aussi.

— Occupe-toi de tes affaires et laisse-moi m'occuper des miennes, riposta-t-il. Jusqu'à preuve du contraire, tu n'es pas vraiment bien placé pour donner des conseils aux autres. Et puis entre nous, un clochard de moins dans cette ville, cela ne peut pas faire de mal…

D'un seul mouvement, je laissai tomber mon carton et me ruai sur Darambert. Pris de surprise, il tenta de m'éviter mais glissa sur le magazine que je lui avais jeté à la figure un peu plus tôt et tomba à la renverse en heurtant de plein fouet l'étagère derrière lui. Sous le choc, le contenu entier de l'étagère se déversa sur sa tête et finit de l'assommer.

— Leclerc ! cria alors une voix derrière moi.

Je me retournai et vis Steinberg, qui se tenait sur le pas de la porte. Il jeta à coup d'œil à Darambert, toujours immobile sous sa pile de dossiers, puis me lança un regard furieux.

— Dans mon bureau !

— Je suis désolé, monsieur Steinberg, mais il s'agit d'un malentendu.

— Je ne veux rien savoir ! Dans mon bureau, tout de suite !

Je suivis Steinberg au troisième étage du bâtiment sans dire un mot. Il ouvrit la porte de son bureau et prit place dans son imposant fauteuil Chesterfield avant de m'indiquer l'une des deux chaises qui lui faisaient face.

— Écoutez, monsieur Steinberg, je comprends que la situation puisse porter à confusion, mais…

— Taisez-vous, Leclerc. Je ne vous ai pas convoqué pour vous entendre chouiner au sujet de votre histoire d'amour avec Darambert qui ne m'intéresse nullement. J'ai d'autres problèmes plus importants.

Il ouvrit un tiroir à sa droite et en sortit un magazine qu'il posa devant moi et que je n'eus aucun mal à reconnaître.

— Cela vous dit quelque chose ? me demanda-t-il.

— Je ne savais pas que vous vous intéressiez à la presse à scandale, monsieur Steinberg.

Il me regarda d'un œil mauvais.

— Non, je ne m'intéresse pas à la presse à scandale. Mais nos clients, eux, s'y intéressent. Et ce qu'ils pensent m'importe.

— Et que pensent-ils, exactement ?

— Que vous êtes un meurtrier, Leclerc.

— Sans vouloir leur manquer de respect, il faut être stupide pour croire des torchons pareils.

Il prit une seconde pour réfléchir avant de me répondre :

— Laissez-moi vous expliquer quelque chose d'important. Nous sommes une Agence privée qui opère pour le grand public. Autrement dit, ce que nous faisons est regardé par beaucoup de monde, et notamment par tous les peigne-culs qui lisent la presse à scandale pour pimenter leur vie ratée. Ces informations sont-elles vraies ou fausses ? Je n'en sais rien et pour être honnête, je m'en fous. Le problème est que ces informations sont publiques. Cela signifie que si une entreprise ou une institution veulent collaborer avec nous, elles prennent à leur tour le risque de faire les gros titres et que leurs noms soient salis dans un torchon. Et ça, personne ne le veut. Vous comprenez, Leclerc ? Nous sommes devenus *toxiques*.

— Je suis désolé, monsieur Steinberg, mais il faut me croire. Tout ce qui est écrit là-dedans est faux. C'est Darambert qui a monté ce coup pour essayer de me mettre des bâtons dans les roues. Il est jaloux comme un pou depuis le Golden Compass il y a trois ans.

— Je vous l'ai déjà dit, coupa-t-il d'un ton sec, vos querelles d'adolescents pré-pubères ne m'intéressent pas ! Nous ne sommes pas dans une cour d'école.

Je me contentai de hocher la tête. Il poursuivit :

— J'ai reçu ce matin le coup de fil du Président de MILCE Capital. Un type avec une voix de crécelle et un rire des plus désagréables. Ça vous parle ?

— Oui. Je l'ai rencontré lundi dernier car il était intéressé pour sponsoriser mon projet du Grand Cinéma de Paris.

— Très bien, vous serez donc ravi d'apprendre qu'il menace de se retirer du dossier.

— Comment ?! m'écriai-je.

— Vous avez bien entendu. Il m'a servi un tas de bobards pour m'expliquer qu'il préférait investir dans des projets plus pérennes à court terme, mais je ne suis pas débile. Je vous fais la traduction : il s'emmerdait avec sa femme, il a été acheter ce magazine en allant promener son chien ou retrouver sa maîtresse, et il a pris peur en lisant l'article à votre sujet.

— Mais c'est scandaleux ! Comment peut-on se laisser avoir par des idioties pareilles ?

— Je viens de vous l'expliquer : nous sommes devenus toxiques et les investisseurs ont peur d'être contaminés.

— Dans ce cas, faisons un démenti public et attaquons-les en diffamation ! Tout le monde sera rassuré.

— Vous vous doutez bien que je n'ai pas attendu votre accord pour agir. Mais, ça ne suffira pas.

— Comment ça ?

— Figurez-vous qu'après m'être farci pendant vingt minutes le type à la voix de crécelle, j'ai reçu un second coup de fil, cette fois-ci de la Mairie de Paris. Une brochette d'élus bien-pensants ont insisté pour me rappeler l'importance *capitale* de l'éthique dans le projet du Grand Cinéma de Paris. Traduction, Leclerc : soit nous vous retirons du dossier, soit il est inutile que l'on aille à ce concours. Devant ce constat, j'ai pris la décision de réattribuer le projet à Darambert.

Je sentis la moutarde me monter au nez.

— Vous ne vous pouvez pas faire ça, monsieur Steinberg !

— Bien sûr que si, dit-il froidement. J'ai tous les droits. À la guerre comme à la guerre. Un bon soldat doit savoir mettre ses intérêts personnels de côté pour privilégier ceux de l'Agence.

— J'ai mis mes intérêts personnels de côté pour vous rapporter le Golden Compass en 2015 ! m'emportai-je. J'ai sacrifié ma vie pour cette Agence ! Que voulez-vous de plus ?

— Que vous vous retiriez dignement pour laisser la place à Darambert.

— Vous savez pertinemment que c'est lui qui est derrière tout ça et vous le récompensez !

— Assez discuté, Leclerc. Ma décision est prise. Si c'est dur à avaler, je vous conseille de prendre un Doliprane, de vous coucher dessus et vous verrez : vous vous sentirez très bien demain matin.

— Alors c'est donc ça, votre boulot ?! finis-je par exploser. Un jour me féliciter devant les caméras avec votre plus beau costume, pour le lendemain me donner en pâture aux lions sous la pression médiatique ? Je viens de comprendre ce que vous êtes, monsieur Steinberg : une girouette !

Steinberg ne répondit pas tout de suite mais préféra m'observer calmement, le visage impassible. Puis, d'un geste lent, il rangea le magazine dans son tiroir et se mit à joindre ses mains devant lui, avant d'esquisser un large sourire.

— Je vous remercie, Leclerc, car vous venez de m'enlever une épine du pied. J'avais envisagé de vous mettre à la porte pendant quelques mois, le temps que vos déboires médiatiques se tassent. Pour autant, j'éprouvais des remords. Non pas que vous êtes un élément indispensable à l'Agence, loin de là, mais votre nom nous apporte de la notoriété. Et la notoriété nous donne un avantage à ce concours. Mais comme vous venez de l'expliquer, je suis une *girouette*. Je vais donc suivre le sens du vent et m'en retourner vers ma première impression : vous êtes mis à pied pour une durée de six mois. Et estimez-vous heureux que je ne vous fasse pas rayer de l'Ordre des architectes après ce que j'ai vu dans le bureau de Darambert.

Je restai sans voix, le sang battant toujours à mes tempes.

— Cette décision prend effet immédiatement, ajouta-t-il. Je vous prie de récupérer vos affaires personnelles et de quitter cette Agence. Nous nous verrons dans six mois, si vous êtes calmé d'ici là. Je vous souhaite une bonne journée.

Il m'indiqua la sortie de sa main épaisse en me regardant droit dans les yeux. Sans dire un mot, je me levai et claquai la porte derrière moi.

Maggy apparut dans mon bureau une dizaine de minutes plus tard, alors que j'étais en train de ranger mes affaires.

— Dites-moi que ce n'est pas vrai, Marc ?

— Je vous assure qu'il n'y a pas plus vrai. Nous sommes dirigés par le plus grand des lâches, qui ne pense qu'à s'enrichir et flatter son égo, peu importe le nombre de cadavres qu'il devra entasser dans son placard.

— Mais que s'est-il passé ?

Je lui racontai la discussion houleuse que je venais d'avoir avec Steinberg. Maggy était abattue.

— C'est un cauchemar… Un véritable cauchemar… Vous êtes rentré depuis un mois à peine ! Mais laissez-moi parler à Jacques. Il n'est pas idiot, il sait que vous êtes le meilleur architecte de l'Agence. Une fois sa colère passée, je suis certaine qu'il y aura un moyen de corriger tout cela.

— Non, c'est trop tard. De toute façon, Steinberg avait déjà pris sa décision avant de me voir. Il venait annoncer la nouvelle à Darambert quand j'étais dans son bureau. Pour le reste, ce n'est que de la forme.

— Oh, Marc, c'est terrible. Je me faisais une si grande joie de vous revoir… Et je ne parle pas de Cynthia !

— Rassurez-vous, ce n'est que six mois. Et je passerai vous voir pour aller déjeuner ou prendre un pain au chocolat.

— Vous me le promettez ?

— Oui, Maggy, c'est promis. Et vous savez que je tiens toujours mes promesses.

Je lui adressai un dernier sourire et m'en allai avec mon carton sous le bras.

*

Samedi 14 juillet 2018

Nathan était dans un état de rage que je ne lui avais pas vu depuis longtemps. La cravate rabattue en arrière et les manches retroussées, il déchiquetait à grands coups de couteau la bavette qu'il avait dans son assiette.

— Je déteste la presse à scandale ! gronda-t-il. Tout autant que les chaînes d'information. C'est la plaie de notre société ! Je t'assure que je me ferais un grand plaisir de les descendre !

— Tu sais mieux que moi comment ça se passe, répondis-je. Coupe-leur une tête et une autre repoussera aussitôt. Mais le véritable problème n'est pas là. Le véritable problème, c'est Darambert.

— Lui aussi, je me ferais un plaisir de le descendre ! Je suis sûr qu'il a un paquet de casseroles ! Mais…

Il s'interrompit et secoua nerveusement la tête.

— Mais malheureusement, ce n'est pas aussi simple. Le père Darambert a toujours le bras très long.

— Je sais, Nathan, et c'est justement pour ça qu'il faut que tu laisses couler. C'est mon affaire, j'en assume les conséquences. Je ne veux pas que tu en paies les pots cassés.

Il soupira tristement avant de reprendre de plus belle son entreprise de destruction.

Si mon entente avec Colleen fut immédiate, mon amitié avec Nathan fut tout aussi spontanée, quelques années plus tard.

Après l'épisode du marathon de Paris, Nathan insista pour m'inviter à dîner chez lui afin de me remercier de l'avoir mis en contact avec celle qui allait devenir sa femme. Il venait de terminer Sciences Po et habitait alors dans une chambre de bonne du 20e arrondissement à laquelle on accédait par l'escalier de service et qui présentait l'avantage de pouvoir se doucher tout en étant sur les toilettes. Ce soir-là, je me découvris des points communs avec Nathan sur à peu près tout, que ce soit notre vision du monde ou des sujets beaucoup plus sérieux comme la musique et le cinéma. Chaque discussion débouchait sur de nouvelles similarités au point de nous demander si nous n'avions pas été frères dans une autre vie. Un observateur lointain aurait même pu trouver une légère ressemblance physique, mais Nathan restait facilement identifiable à ses chemises parfaitement ajustées tandis que les miennes auraient mérité un bon coup de fer à repasser.

Nathan commença à fréquenter Colleen et nous prîmes l'habitude de nous voir régulièrement tous les trois. Au fil de nos échanges, il m'expliqua les raisons pour lesquelles il s'était engagé en politique me fit part de son ambition de devenir Conseiller de Paris. Je compris également par l'intermédiaire de Colleen à quel point Nathan était un forcené de travail, et c'est sans surprise qu'il nous annonça quelques années plus tard avoir réussi à obtenir le poste qu'il briguait. Le hasard faisant à nouveau bien les choses, c'est dans le 14e arrondissement qu'il fut élu. Il déménagea avec Colleen peu de temps avant la naissance de Tom dans un superbe appartement de fonction situé à quelques pas de la Mairie, et cela nous permit de continuer à nous voir très souvent, pour notre plus grand plaisir à tous les trois.

— Quand partez-vous aux Maldives ? lui demandai-je au moment où le serveur apportait nos desserts.

— Demain matin.

— Vous n'auriez pas de la place dans vos valises pour moi, par hasard ? Mon emploi du temps s'est un petit peu allégé dans les prochaines semaines.

Il ne put s'empêcher d'esquisser un sourire.

— Tu sais que je ne serais pas contre l'idée que tu viennes avec nous...

— C'était une plaisanterie, Nathan. Je ne vais pas squatter vos vacances. Et d'ailleurs, Colleen me tuerait si j'osais proposer l'idée.

— Je suis sérieux, mon vieux. On s'inquiète pour toi. Le mot anonyme, cette affaire avec les flics, ta mise à pied... Ça ne te ressemble pas.

— Mais non, tout va bien.

— Je ne suis pas le seul à m'inquiéter, Marc. Colleen aussi se fait du souci pour toi.

— Je te le répète, tout va bien.

Il soupira puis ajouta :

— Colleen n'était plus la même sans toi ici, tu sais. Tu lui as beaucoup manqué pendant ces trois ans. Sa pudeur franco-irlandaise lui empêchera de te l'avouer, mais je te le dis.

— Vous m'avez manqué aussi, Nathan. Mais j'avais besoin de couper avec Paris, m'en aller loin pendant quelques temps.

— Je sais, Marc. Et les autres le savent aussi. Personne ne t'en veut d'être parti comme ça. Mais maintenant que tu es de retour, on aimerait bien pouvoir profiter un peu de toi.

— Je ne vais nulle part.

— Sauf dans les bars pour rencontrer des gens bizarres qui te menacent de je ne sais pas trop quoi.

Je lui jetai un regard furieux et il leva les mains en geste de paix.

— Du calme, mon vieux. Ce n'est pas un reproche. À ta place, j'aurais sûrement fait pareil. Mais fais attention, c'est tout. Je n'ai pas envie de te retrouver sur la page des faits divers.

— Je t'assure que tu te fais du souci pour rien.

— Si tu le dis… En tout cas, si j'étais toi, je verrais le verre à moitié plein : on a rarement l'occasion de faire une pause dans le boulot. C'est le moment idéal pour prendre du temps pour toi.

— J'ai déjà pris du temps pour moi pendant trois ans.

— Non, tu as bossé comme un dingue à Copenhague pour te changer les idées. Là, c'est différent. Oublie le boulot un moment et profite de la vie.

— Je suis nul pour ça, Nathan.

— Je sais, moi aussi.

Il brandit sa cuillère et me fit un clin d'œil.

— Mais n'oublie pas que tu es l'Architecte du Futur. Et ça, personne ne pourra jamais te l'enlever.

Après avoir souhaité de bonnes vacances à Nathan, je rentrai chez moi pour retrouver un Django impatient de me voir. En m'entendant arriver dans le couloir, il s'était mis à faire le pied de grue devant ma chambre, les oreilles dressées et le museau droit, ce qui signifiait dans son langage qu'il attendait que je me change pour aller courir avec lui. Si mes congés forcés devaient avoir un seul point positif, c'était de pouvoir passer plus de temps avec mon chien.

— Donne-moi une minute et je suis à toi, dis-je en posant mes affaires.

Il secoua la queue d'un air satisfait lorsque tout à coup, ses yeux s'assombrirent. Il fit volte-face et se mit à fixer la porte d'entrée.

— Il y a un problème, Django ?

En guise de réponse, la sonnette de mon appartement retentit. J'ouvris et me retrouvai face aux deux policiers que j'avais vus à l'Agence quelques jours plus tôt et qui enquêtaient sur la mort de Jojo. Derrière eux se tenaient cinq personnes équipées de blouses blanches, masques et gants.

— Bonjour, monsieur Leclerc, dit Bozillon de sa voix douce. Vous vous souvenez de nous ?

— Bien sûr, commissaire. C'est vous qui posez les questions pendant que votre adjoint note tout ce qu'il se passe sans dire un mot. Parega, c'est bien ça ?

L'adjoint au teint mat et au physique athlétique me regarda froidement sans répondre.

— Que puis-je faire pour vous ?

Bozillon sortit un papier de sa poche intérieure et le planta sous mon nez :

— Nous avons un mandat de perquisition à votre domicile. Je vous prie de ne pas vous interposer pendant l'intervention de nos équipes scientifiques, sous faute de poursuite judiciaire.

Avant que je n'aie eu le temps de répondre, il franchit le pas de la porte, suivi des cinq personnes en blouse blanche et de son adjoint, qui n'hésita pas à me bousculer au passage. Django se mit à grogner en les accompagnant du regard.

— Qu'est-ce que c'est que cette histoire ? dis-je en revenant à la charge auprès de Bozillon. Vous n'avez rien de mieux à faire aujourd'hui ?

— Je mène mon enquête, répondit-il calmement, et elle passe par la perquisition de votre domicile.

— Vous voulez dire que votre enquête n'avance pas et que vous vous en remettez à des moyens désespérés pour tenter de trouver des indices ! Mais il n'y a rien ici !

Il me sourit :

— Nous verrons bien cela.

L'opération dura plus de deux heures pendant lesquelles Django et moi assistâmes, impuissants, à la fouille complète de mon appartement. Tout y passa : d'abord, les prélèvements ADN dans la salle de bain, sur les oreillers, les vitres et les poignées de portes. Certaines pièces furent ensuite saisies : des plans du projet du Grand Cinéma de Paris que j'avais ramenés pour y travailler dessus, mon ordinateur portable, des factures et quelques vêtements. Enfin, ils trouvèrent sans difficulté la boîte à chaussures *Air Jordan* qui se trouvait au fond de mon débarras et qui contenait tous mes souvenirs de Léna.

À la fin de la perquisition, Bozillon s'adressa à moi d'un air satisfait :

— Passez une bonne journée, monsieur Leclerc.

Je grommelai un semblant de réponse avant de les voir s'en aller. Une fois seul, je me retrouvai avec la sensation d'avoir vu ma vie privée exposée au grand jour et manipulée avec froideur par des étrangers en blouse blanche.

Django s'approcha de moi et posa son museau sur mes genoux en me regardant d'un air compatissant. Il avait senti que, pour la première fois, je commençais à être inquiet.

6.

Victoire et inquiétudes

"J'aime ton panache, mais il faut se rendre à
l'évidence : tous les éléments pointent dans
une autre direction."

– Darhys

Dimanche 15 juillet 2018

Le pays entier était en émoi. À cinq heures de l'après-midi,
l'équipe de France allait affronter la Croatie en finale de la
Coupe du Monde de football. Les drapeaux tricolores flottaient
à toutes les fenêtres, les chaînes relayaient en boucle les derniers
préparatifs du match et une fièvre populaire baignait dans les
rues. C'était encore le calme avant la tempête, mais on pouvait
sentir qu'un grand évènement se préparait.

Suite à la perquisition de la veille, je n'avais réussi à trouver
le sommeil qu'au petit matin, un sommeil fait de rêves étranges
où des hommes en blouse blanche me poursuivaient en bran-
dissant des cotons-tiges géants tandis que le commissaire
Bozillon m'encourageait en trottinant à côté de moi : « Plus
vite, monsieur Leclerc, plus vite ! Si vous ralentissez, il va vous
arriver des problèmes ! ». Pendant ce temps-là, le lieutenant
Parega nous observait de loin en prenant des notes sur son
carnet, sans dire un mot.

Ce furent les premiers klaxons qui me réveillèrent. J'ouvris les yeux et il me fallut un long moment avant de réaliser où je me trouvais, et surtout quel jour nous étions. Tout se précipita lorsque j'aperçus mon réveil qui affichait 16 heures : Aliénor, Wallace et Darhys m'attendaient au Ramineh depuis plus d'une heure. Je bondis de mon lit, enlevai mon T-shirt encore trempé de sueur et filai à la douche en manquant de m'assommer contre la porte de la salle de bain. Dix minutes plus tard, je m'en allai sous l'œil déçu de Django que j'abandonnais pour assister au match.

Avec Nathan et Colleen, trois personnes complétaient mon cercle d'amis les plus proches : Aliénor, Wallace et Darhys.

J'avais connu Aliénor par l'intermédiaire de Colleen, dont elle était devenue inséparable depuis leurs années d'internat à l'hôpital Cochin. Un soir, Nathan nous avait réuni tous les quatre chez lui. Je crus tout d'abord à un dîner arrangé, dont la simple idée suffisait à me donner des boutons, mais je compris vite que je me mettais le doigt dans l'œil quand Aliénor nous raconta avec un plaisir non dissimulé l'idylle qu'elle vivait avec sa professeure de peinture. Dix ans plus tard, après de bons et loyaux services à l'hôpital, c'est justement vers sa passion pour l'art qu'Aliénor décida de se réorienter. Elle ouvrit une petite galerie dans le Marais et réussit à avoir une clientèle fidèle assez rapidement, ce qui constituait un véritable exploit d'après les commerçants voisins. Mais ceux qui la connaissaient vraiment savaient que malgré sa petite taille, peu de chose résistait à son caractère.

Début 2010, ce quatuor accueillit un nouveau membre en la personne de Wallace qui, au-delà d'être un brillant professeur d'Histoire, était surtout mon voisin de palier. À force de se croiser dans notre immeuble à n'importe quelle heure du jour ou de la nuit, il m'invita un dimanche à venir manger des grillades chez lui. Je découvris alors que, quelle que soit la météo, Wallace ne pouvait pas passer une semaine sans faire un barbecue. Il avait hérité cette habitude de son enfance près de Bâton-Rouge en Louisiane où son père, un fervent Noir Américain partisan de l'Église Évangélique Luthérienne, tenait un stand à grillades à la sortie de l'office du Pasteur. Tous les week-ends, Wallace allait l'aider en compagnie de sa mère, professeure de Français dans l'école internationale du Comté. C'est d'ailleurs de sa mère qu'il avait hérité tous les proverbes français qu'il continuait à ressortir invariablement aujourd'hui, comme sa madeleine de Proust. Wallace fut envoyé en France avec ses sœurs au milieu des années 1990, au moment où l'affaire Rodney King déchirait les États-Unis. Il y était resté depuis lors, et retournait une à deux fois par an en Louisiane pour revoir sa famille.

Chaque semaine, la tradition voulait que nous allions tous les cinq au Ramineh pour partager une assiette orientale et boire un thé à la menthe. Le Ramineh était sans contestation le meilleur restaurant iranien de Paris. Situé en haut de la rue Mouffetard, il était difficile de manquer sa façade, ornée de lettres dorées et encadrée par deux lions de Babylone. À force de venir sur place, nous avions sympathisé avec Darhys, le gérant, un franco-iranien de notre âge, qui était à la fois la personne la plus drôle mais aussi la moins ponctuelle que je connaisse. En dehors de ses talents culinaires, Darhys vouait un véritable culte à la culture pop, et rares étaient les fois où il n'avait pas une casquette *Star Wars*, *Super Mario* ou *Zelda* vissée sur la tête.

Léna fut la dernière personne à venir compléter ce groupe. Tous les sept, nous vécûmes des années formidables faites de voyages au bout du monde, d'anniversaires surprises, de sorties improvisées, de projets grandioses et d'aventures farfelues. Beaucoup de rires, quelques pleurs, une ou deux intoxications alimentaires mais surtout une farandole de souvenirs heureux. Des souvenirs qui paraissaient désormais bien lointains.

J'arrivai au Ramineh dix minutes avant le coup d'envoi dans une ambiance difficilement descriptible. J'aperçus Darhys, qui me faisait des grands signes de main depuis l'autre bout du restaurant, et parvins à me frayer un passage jusqu'à lui.

— Mais qu'est-ce que tu fabriquais, bon sang ? Ça fait deux heures qu'on t'attend ! Et impossible de te joindre sur ton portable.

— Désolé, répondis-je sur un ton d'excuse. Sale histoire.

Wallace me fit une place sur la banquette et je leur racontai ma journée de la veille. Leurs visages devinrent graves.

— Je pige pas, dit Aliénor. Pourquoi les flics sont-ils venus faire une perquisition chez toi ?

— Deux possibilités : soit ils me considèrent comme suspect à cause de la page que Jojo tenait dans sa main lorsqu'il a été retrouvé mort, soit ils suspectent Léna et ils ont réussi à faire le lien entre nous deux. Et dans ce cas, ils s'imaginent sûrement que je la couvre. Deux scénarios réjouissants.

— Et toi, quelle est ta théorie ?

— Je pense que Léna était bien avec Jojo le soir de sa mort, mais qu'elle était là par un concours de circonstances.

— *Le fruit ne tombe jamais loin de l'arbre*, dit Wallace. Si Léna était effectivement avec Jojo le soir de sa mort, il y a de grandes chances pour qu'elle soit impliquée dans son meurtre.

— Je sais, Wallace, mais je n'y crois pas. Et puis il y a ce mot anonyme.

Je sortis de ma poche la petite feuille que j'avais pris le soin de plier en quatre et leur racontai ma soirée au Bistrot de la Place. Ils m'écoutèrent sans rien dire, les yeux inquiets.

— Je suis persuadé que Léna a écrit ce mot, dis-je en guise de conclusion. Elle voulait me parler de quelque chose qu'elle a vu le soir de la mort de Jojo tout en restant incognito.

— Sauf qu'elle n'est pas venue au rendez-vous, dit Darhys.

— J'imagine qu'elle n'a pas pu.

— À cause du type au blouson de cuir, c'est ça ?

— Je ne suis pas le seul à avoir vu que ce type était bizarre, le barman aussi. Je ne serais pas surpris qu'il ait un rapport avec l'absence de Léna.

Darhys fit la grimace.

— Ne le prends pas mal, Marc, mais je pense que tu te trompes. Il y a trop de suppositions pour que ta théorie colle. J'aime ton panache, mais il faut se rendre à l'évidence : tous les éléments pointent dans une autre direction et ça ne m'étonnerait pas de découvrir que...

Il n'eut pas le temps de terminer sa phrase qu'une clameur terrible retentit dans le bar : les deux équipes faisaient leur entrée sur la pelouse. Aliénor se tourna vers la télévision la plus proche et son visage s'illumina.

— Je vous propose qu'on reparle de tout ça une prochaine fois, cria-t-elle. On a rendez-vous avec l'Histoire !

Deux heures plus tard, après être passés par tous les états possibles et imaginables, nous exultâmes notre joie au coup de sifflet final. L'équipe de France venait de remporter la seconde Coupe du Monde de football de son histoire, vingt ans après son premier titre. Aliénor et Wallace se mirent debout sur le bar pour chanter, Darhys offrit des verres à qui voulait et moi, j'extériorisai mon plaisir en pleurant à chaudes larmes. Nous étions dans la démesure la plus totale et, à ce moment précis, plus rien d'autre ne comptait.

Les rues furent rapidement submergées par une marée bleu, blanc, rouge. Au-delà du sport, cette victoire était celle d'une nation unie sous la même bannière, malgré ses différences. Un peuple qui portait haut et fort les couleurs de son héritage, pour chanter à la gloire de l'équipe qui avait su le rassembler. La France n'avait jamais été aussi belle que maintenant et nous avions la chance de pouvoir vivre ces évènements depuis les premières loges. Peu importe ce qu'il se passerait dans une semaine, six mois ou dix ans : ces instants nous appartenaient désormais pour l'éternité.

Nous marchâmes d'abord jusqu'aux Champs-Élysées, puis la place de la Concorde, le pont Alexandre III, l'esplanade des Invalides et le Champ de Mars. Les scènes de liesse étaient partout et il nous était souvent difficile d'avancer au milieu de la foule, mais peu importait : l'essentiel se passait autour de nous. Nous reprîmes une bonne dizaine de fois les chants de supporters que nous connaissions par cœur, nous dansâmes dans des lieux de concerts improvisés et nous partageâmes notre bonheur avec tous ceux qui étaient venus profiter de ce moment historique.

Cette nuit-là, je pris le temps de me recueillir sur ma terrasse avant d'aller me coucher. Après les scènes d'euphorie collectives, je voulais avoir un moment seul pour penser à Jojo. Le destin avait voulu qu'il nous quitte juste avant l'épilogue de cette Coupe du Monde, lui qui avait dû la suivre avec tant de passion avant sa mort. Je l'imaginais, assis sur son banc, un café fumant à la main, en train de m'annoncer : « Tu vois, Marc, je t'avais bien dit qu'ils nous le ramèneraient, ce deuxième titre ». Lui qui était la gentillesse absolue s'en était allé, seul, sans bruit, dans l'indifférence le plus totale. Mais, au fond de moi, j'étais convaincu qu'il avait suivi le match depuis son petit coin tout là-haut et qu'il avait contribué à la victoire finale.

Repose en paix parmi les étoiles, Jojo.
Ta mémoire ne sera pas oubliée.

Des bruits sourds me réveillèrent en sursaut. Je tournai machinalement la tête vers mon réveil et y aperçus les chiffres 08:14 briller devant mes yeux fatigués.

Je me levai péniblement et trouvai Django, au milieu de l'entrée, en position de garde et prêt à attaquer.

— Du calme, mon vieux. Laisse-moi d'abord voir qui est là. Et si c'est un agent immobilier, je me ferai un plaisir de lui sauter à la gorge moi-même.

Django n'esquissa pas un mouvement, le regard braqué sur la poignée. Lentement, je déverrouillai la porte. Elle dévoila deux visages familiers.

— Commissaire ! m'exclamai-je. Je vais finir par croire que vous ne pouvez pas vous passer de moi. Que me vaut le plaisir de votre visite, cette fois-ci ? Vous voulez saisir des chaussures peut-être ? J'ai une paire très agréable pour l'été.

— Économisez-vous, Leclerc, répondit-il d'une voix sévère que je ne lui connaissais pas. Veuillez nous suivre.

— Je vous demande pardon ?

Sans autre signe avant-coureur, Parega posa sur moi une main puissante et m'attira hors de l'appartement. Django se rua dans ses jambes en aboyant de toutes ses forces, mais Parega resta stoïque et réussit à s'en débarrasser sans lui faire de mal, avant de refermer la porte derrière lui. Il m'escorta jusqu'à la voiture de police garée en bas de l'immeuble, puis Bozillon demanda au chauffeur de prendre la direction du commissariat du 14ᵉ arrondissement. Il prit place devant tandis que Parega s'assit sur la banquette arrière, à côté de moi.

Après la folle soirée de la veille, les rues étaient désertes et la voiture mit moins de cinq minutes pour arriver à destination. Parega me fit sortir du véhicule et m'emmena à l'intérieur du commissariat. Nous empruntâmes un long couloir qui tournait à plusieurs reprises et Parega finit par s'arrêter devant une porte fermée à clé. Lorsqu'il l'ouvrit, je reconnus un décor que je n'avais alors vu que dans les films : deux chaises, une table et un miroir incrusté dans l'un des murs. Parega me fit signe de m'assoir puis referma la porte sur lui, sans prononcer un mot.

J'attendis seul un bon moment avant d'entendre à nouveau du bruit derrière la porte. Elle s'ouvrit et Bozillon entra avec un dossier sous le bras. Il s'assit face à moi, de l'autre côté de la table, puis retroussa ses manches et me regarda de ses yeux vifs.

— Savez-vous pourquoi vous êtes ici, Leclerc ?

— Je n'en ai pas la moindre idée. Mais j'espère que ça valait le coup. Je n'ai dormi que deux heures cette nuit.

— Sachez bien que c'est le dernier de mes soucis.

— C'est vrai, j'avais oublié que vous n'aimiez pas le football.

— Je n'ai jamais dit que je n'aimais pas le football.

— Ah bon, vous aimez le football ?

— Non.

— Vous êtes vraiment rabat-joie, commissaire.

— Et vous, Leclerc, vous êtes en train d'épuiser ma patience et mon calme alors que nous avons beaucoup de questions à vous poser.

Je me tus et Bozillon ouvrit le dossier qui se trouvait devant lui. Il en sortit une des photos qu'il m'avait présentées la fois précédente, où l'on voyait l'ensemble des affaires que possédait Jojo.

— Vous vous souvenez de cette photo ? me demanda-t-il.

— Oui.

Il hocha la tête et sortit un autre cliché, que je reconnus comme étant celui que j'avais montré à Colleen quelques jours plus tôt et que j'avais rangé méticuleusement dans ma boîte à chaussures *Air Jordan*. On m'y voyait dessus en train de poser avec Léna à la Nouvelle-Orléans.

— Et celle-ci ?

— Difficile de l'oublier, répondis-je avec nostalgie.

— Bien. Si je les place maintenant côte à côte, que pouvez-vous me dire ?

— Je suis désolé, commissaire, mais je n'ai jamais été très bon au jeu des sept différences.

Il me regarda fixement et j'aperçus de nouveau cet éclat vert au fond de ses yeux.

— La première fois où je vous ai montré la photo des affaires de Jojo, dit-il, votre visage a brusquement changé. Vous aviez *reconnu* quelque chose. Il m'aura fallu ce deuxième cliché pour comprendre. Il s'agissait de la casquette, n'est-ce pas ?

— C'est possible. J'aime bien les casquettes. Pas autant que mon ami Darhys, mais j'aime bien.

Il sortit deux papiers de son dossier et les posa devant moi.

— La beauté de la science, Leclerc, est qu'elle ne ment pas. Sur votre gauche, un test ADN réalisé à partir d'un petit cheveu incrusté dans la casquette retrouvée sur la scène de crime de Jojo. Très difficile à voir à l'œil nu, mais nos experts ont fait un travail remarquable. Sur votre droite, un test ADN réalisé à partir d'un cheveu retrouvé sur un des élastiques prélevés dans votre salle de bain.

— Vous avez dû bien vous amuser.

Il ignora ma remarque et plaça un autre papier sous mes yeux. Il pointa du doigt un rectangle en bas de la feuille.

— Voici la comparaison entre les deux tests. Pourriez-vous me lire ce qui est écrit ici, je vous prie ?

— Correspondance : 99.9%.

— Autrement dit, il s'agit de la même personne qui a porté cet élastique et cette casquette. Et sans trop m'avancer, j'imagine qu'il s'agit de la personne qui se trouve avec vous sur cette photo. Une certaine Léna, c'est bien ça ?

Il me sourit d'un air satisfait. Je poussai un soupir.

— Bravo, commissaire, je m'incline. Vous avez découvert mon secret : j'ai reconnu la casquette de Léna. Mais permettez-moi de calmer tout de suite vos ardeurs : ce n'est pas elle qui a tué Jojo.

— Vous imaginez bien qu'il va me falloir plus que votre parole pour l'innocenter. Car pour le moment, nous avons cette casquette sur les lieux du crime, ainsi que le témoignage du sans-abri qui a vu une jeune femme avec la victime au moment de sa mort. Et inutile de dire que blonde ou brune, cela n'a pas d'importance. Une teinture est très facile à faire.

— Laissez-moi vous préciser mes pensées : je crois bien que c'est Léna qui se trouvait avec Jojo ce soir-là, mais pas que c'est elle qui l'ait tué. Elle s'est juste trouvée au mauvais endroit, au mauvais moment.

— Je vous ai demandé des preuves, Leclerc. Tangibles. Pas votre opinion personnelle.

— Je pense au contraire que mon opinion personnelle est une preuve tout à fait tangible, commissaire. La psychologie des personnages, vous connaissez ?

— Je préfère les faits à la psychologie de comptoir.

— Vous voulez des faits ? Eh bien je vais vous en donner, des faits. Léna connaissait Jojo, c'est vrai. Elle passait réguliè-rement le voir pour lui donner de la nourriture, de la lecture, des affaires. Elle en profitait pour prendre de ses nouvelles et parler avec lui de la pluie et du beau temps. Le comportement typique d'une criminelle assoiffée de sang, vous l'accorderez. D'ailleurs, Jojo l'adorait. À chaque fois que je le voyais, il me parlait d'elle : « L'Architecte, t'as décroché le gros lot avec la petite Léna ! Jamais vu une femme aussi belle et douce ».

— Et pourtant, sa casquette a été retrouvée sur les lieux du crime. On en revient toujours au même point.

Bozillon se leva et se mit à faire les cent pas devant moi. Je le regardais déambuler de manière frénétique en me demandant ce qu'il pouvait bien lui passer par la tête. Il finit par s'interrompre et vint se positionner face à moi, debout, les mains posées à plat sur la table.

— Dans toute affaire il y a un principe de base, Leclerc, c'est que *personne* n'est assassiné sans mobile. L'amour, la haine, l'argent, la vengeance… Toutes les possibilités existent. Même les SDF, qui sont confrontés à la dure loi de la rue, n'échappent pas à ce principe. Alors il est possible que cet homme ait connu une fin tragique comme d'autres avant lui, pour des histoires d'alcool ou de drogue, et soyez bien sûr que nous sommes en train d'étudier ces pistes avec la plus grande attention. Mais pour l'heure, nous avons cette casquette, et je compte bien la retourner sous toutes les coutures pour trouver ce qui se cache derrière. À commencer par cette jeune femme à qui elle appartenait. Vous voulez un verre d'eau ?

— Non merci.

Il se rassit, croisa les bras et me fixa de ses yeux vifs.

— Je vous écoute, Leclerc. Qui est-elle ?

7.

Dix lettres et un bonheur infini

> "Merci de penser à tout, Marc, et
> merci d'être là avec moi. J'ai de la
> chance de t'avoir dans ma vie."
> — Léna

Avant d'être l'Architecte du Futur, je n'étais que Marc Leclerc. Ma vie n'avait rien d'extraordinaire, ni en bien ni en mal ; elle était tout simplement normale. Je fus un garçon normal, j'ai été un adolescent pas toujours commode, donc normal, et je suis devenu un jeune homme tout ce qu'il y a de plus normal. J'aimais passer du temps avec ma famille et mes amis, j'aimais faire du sport, j'aimais lire et aller au cinéma. S'il avait fallu réinventer la définition de la normalité, j'aurais pu être pris en exemple.

Mais tout cela, c'était avant que Léna n'entre dans ma vie.

Nous étions au mois de Septembre 2012 et je venais de sortir du bureau après une nouvelle semaine passée sur les chapeaux de roue ; cela faisait un an que j'avais rejoint l'Agence Berthelot Brothers et je travaillais d'arrache-pied pour obtenir mon HMONP[1], dont je devais soutenir le mémoire à la fin du

---

[1] Habilitation à la Maîtrise d'Œuvre en son Nom Propre.

mois. Par chance, j'avais fait la rencontre d'une dame qui était là depuis plus de vingt-cinq ans et qui semblait connaître le monde de l'architecture sur le bout des doigts. Elle m'avait pris sous son aile pendant cette année et, malgré son physique massif et ses lunettes rouge papillon qui lui donnaient un air singulier, j'avais la sensation qu'elle était la personne idéale pour m'apprendre les ficelles du métier.

La journée touchait à sa fin et il faisait un temps terrible. Le ciel était teinté d'un gris sombre et un vent froid soufflait du Nord, emportant avec lui les derniers jours d'été. Je marchais dans la rue, la tête perdue dans mes pensées, lorsqu'un violent orage éclata. Pris de cours, je fonçai me réfugier dans le bâtiment le plus proche, un bar restaurant à l'aspect miteux dont l'affiche collée sur la porte précisait qu'une soirée-concert avait lieu ce soir-là :

Bistrot de la Place
Soirée évènement – Musique live
Tous les jeudis à partir de 19 heures

Trempé, j'allai commander un verre de vin chaud au barman, un homme massif au visage étonnamment rouge. C'est à ce moment-là que je la vis pour la toute première fois : vêtue d'une robe bleu nuit qui mettait parfaitement ses formes en valeur, elle était en train de jouer du saxophone sur la petite scène qui se trouvait au fond de la salle. Des conversations allaient çà et là entre les différents clients du bar, mais elle ne semblait pas s'en soucier le moins du monde. Au contraire, elle jouait avec une énergie déconcertante, en faisant courir ses cheveux de jais de part et d'autre de son visage, au rythme de la musique.

Je m'avançais vers la scène pour l'observer de plus près. Ses lignes étaient harmonieuses, partant d'un front délicat où se dessinaient des sourcils bruns abritant de larges yeux noirs en amande. Son nez était droit et mince et tombait sur des lèvres fines, légèrement retroussées sur la partie supérieure. Enfin, des fossettes apparaissaient sur ses joues à chaque fois qu'elle souf-flait dans son saxophone.

Je me surpris à sursauter lorsqu'elle termina le morceau qu'elle était en train de jouer. Elle me jeta un coup d'œil amusé qui me fit piquer un fard, puis elle annonça qu'elle en avait terminé pour aujourd'hui et remercia le public. De maigres applaudissements s'élevèrent lorsqu'elle quitta la scène, menés par un vieil homme assis au premier rang qui buvait un cocktail rouge sang. Elle lui sourit puis alla ranger son saxophone avant que son remplaçant, un guitariste aux cheveux bouclés et à la chemise ouverte jusqu'au nombril, ne prenne place sur scène.

Je m'installai à la table la plus proche en reportant toute mon attention sur le verre de vin chaud qui venait de m'être servi. Je m'apprêtais à en prendre une gorgée quand, à ma sur-prise, la joueuse de saxophone vint s'assoir à côté de moi. Le résultat fut désastreux : j'avalai de travers et me mis à tousser comme un bœuf. Elle me tapa dans le dos et attendit que je réussisse à respirer à peu près normalement pour m'adresser un sourire doux et sincère.

— Je suis désolée, je ne voulais pas vous faire peur.

— Il n'y a pas de mal, répondis-je en reprenant mon souffle tant bien que mal.

— Merci pour vos applaudissements, dit-elle.

— C'était la moindre des choses. Vous jouez très bien.

— Vous venez ici souvent ?

— Non, c'est la première fois. J'avais entendu parler d'un bar avec une ambiance incroyable dans le quartier. Je crois que je ne me suis pas trompé d'endroit.

Elle éclata de rire.

— Le Bistrot de la Place n'est pas vraiment réputé pour sa scène, mais c'est toujours intéressant de pouvoir y jouer. Après tout, cela fait un peu d'argent de poche. Et puis on ne sait jamais sur qui l'on va tomber.

Je voulus répondre quelque chose de drôle et intelligent, mais elle accompagna cette dernière phrase d'un regard si intense que je dus employer tous mes efforts pour ne pas tomber de ma chaise. Elle jeta un coup d'œil dehors et son visage se rembrunit.

— Oh non, il pleut à torrent. Et j'ai un très mauvais sens de l'orientation.

— Je suis désolé mais je ne vois pas le rapport.

— J'ai rendez-vous dans vingt minutes au numéro 162 de la rue du Château, expliqua-t-elle. J'y suis déjà allée plusieurs fois mais je serais tout à fait incapable de reconnaître le chemin et mon téléphone n'a plus de batterie. Me voilà bonne à tourner en rond pendant des heures sous la pluie.

— Vous voulez que je vous accompagne ? J'habite à deux pas d'ici et je peux aller chercher un parapluie pour faire la route avec vous.

Elle planta ses grands yeux noirs dans les miens et esquissa un sourire.

— Il semblerait que ce soit mon jour de chance, murmura-t-elle.

La pluie redoubla d'intensité lorsque nous quittâmes le bar, et c'est trempés que nous arrivâmes en bas de mon immeuble. Mais comme disait mon père dans ce genre de situation, « À quelque chose malheur est bon » : c'était l'occasion rêvée de passer un peu plus de temps avec mon invitée en lui offrant un café et une serviette.

Je déchantai bien vite lorsqu'elle refusa ma proposition.

— C'est gentil, dit-elle, mais je n'ai pas vraiment le temps.

— Vous êtes sûre ? Vous avez l'air frigorifiée.

— Oui, Martin doit m'attendre.

Cette dernière phrase suffit à éteindre mon enthousiasme. J'allai récupérer mon parapluie en pestant contre moi-même, puis nous marchâmes en silence jusqu'à la rue du Château. Sur le chemin, je m'aperçus qu'elle me regardait d'un air amusé, comme si la situation portait à rire. Je fis mine de ne rien voir en me renfrognant un peu plus.

Nous arrivâmes à destination cinq minutes plus tard, sans avoir échangé un seul mot.

— Numéro 162 ? dis-je en lisant la plaque. Nous y sommes.

Elle leva la tête en direction de l'immeuble, puis se retourna et me fixa à nouveau de ses grands yeux noirs. Il y avait dans son regard un mélange singulier de douceur et de malice.

— Il me reste donc à vous dire merci, Monsieur Parapluie. De ma part mais aussi pour Martin. Il n'aurait pas aimé que je sois en retard.

Ce Martin commençait sérieusement à me courir sur les nerfs. Je souris poliment et répondis :

— Avec plaisir. Bonne soirée avec Martin, alors.

Elle acquiesça, me jeta un dernier regard rieur puis tapa le code et s'engouffra dans l'immeuble. Je restai immobile sous la pluie, l'esprit uniquement absorbé par les restes de parfum qui flottaient autour de moi.

Je ne sais pas combien de temps ce moment dura : cinq minutes, peut-être dix. Mais lorsque je revins à moi et me décidai enfin à partir, j'entendis des bruits de pas résonner dans le hall de l'immeuble, puis un léger « clic » marqua l'ouverture de la porte cochère sur le même visage, la même bouche, les mêmes yeux noirs en amande, le même magnétisme.

Elle s'immobilisa en face de moi et inclina lentement sa tête sur le côté, avant d'esquisser un nouveau sourire. Elle fouilla dans son sac pour en sortir un stylo, puis elle s'avança et me prit le bras gauche afin de noter quelque chose à l'intérieur de ma main. Je la regardai faire sans bouger, hypnotisé par chacun de ses gestes. Quand elle eut fini, elle plongea ses yeux dans les miens et me dit doucement :

— Je m'appelle Léna. Et ça, ajouta-t-elle en désignant ma main, c'est dans le cas où tu aurais perdu la mémoire demain matin.

Elle s'éloigna en direction de l'immeuble avant de se retourner une nouvelle fois, un sourire espiègle illuminant son visage.

— Une dernière chose au sujet de Martin. Il est très jaloux donc il faudra faire attention. Mais avec un peu de chance, ses parents accepteront de lui donner le biberon et changer ses couches samedi prochain. Au revoir, Monsieur Parapluie.

Sur ces mots, elle disparut derrière la porte bleu foncé. Mon esprit bouillonnait, je me sentais ridicule tout autant que j'avais envie de rire et de hurler ma joie à qui voulait l'entendre. Un ouragan venait de chambouler mon monde tout entier.

Après un long moment, je finis par regarder l'intérieur de ma main et découvris les mots suivants :

Samedi prochain, même heure et même endroit.
Léna

Je souris et murmurai : « À samedi prochain, Léna. »

*

C'est ainsi que Léna entra dans ma vie, pour ne jamais en ressortir. Comme convenu, nous nous retrouvâmes la semaine suivante au Bistrot de la Place, mais également celle d'après, et celle d'encore après. Ce rituel était devenu le nôtre, et il nous donnait l'illusion de pouvoir maîtriser notre destin. Semaine après semaine, nous faisions ensemble un pas de plus dans la vie, et nous nous sentions prêts à affronter ce qu'elle avait à nous proposer, l'un à travers l'autre.

De connaissances nous sommes devenus proches, de proches nous sommes devenus amants, et d'amants nous sommes devenus deux inséparables amoureux. Chaque jour qui passait renforçait nos liens ; je la trouvais toujours plus belle, drôle et brillante, tandis qu'elle m'offrait une place de choix dans son cœur. J'admirais chacun de ses gestes et buvais toutes ses paroles. Elle avait transformé ma vie normale, banale, en conte extraordinaire. Et, en plus de combler mon quotidien, son aura déteignait sur moi : je n'avais pas encore vingt-cinq ans et ma carrière prenait un essor fulgurant avec mon inscription au Tableau de l'Ordre des architectes, tandis que ma vie personnelle n'avait jamais été aussi épanouie avec ceux qui m'entouraient.

Un peu plus de quatre mois après notre première rencontre, au lendemain d'une soirée romantique que nous avions passée chez moi, je me réveillai et retrouvai Léna, lovée dans le fauteuil qui offrait la meilleure vue sur l'extérieur. Sa tête était appuyée contre la fenêtre et elle regardait la neige tomber, sans bouger.

— Bien dormi ? dis-je en baillant.

Elle ne répondit pas.

— Léna ?

Toujours sans réponse, je m'approchai d'elle et m'aperçus que ses yeux étaient rouges et que des larmes avaient coulé sur ses joues. Alarmé, je m'assis à côté d'elle en lui prenant les mains. Elles étaient glacées.

— Que se passe-t-il, Léna ? J'ai fait quelque chose de mal hier soir ?

— Non, Marc, finit-elle par articuler péniblement, la soirée d'hier était parfaite.

— Mais alors, qu'est-ce qui ne va pas ?

— On est aujourd'hui le 5 février et cette date est très spéciale pour moi. Il y a dix-huit ans, un évènement tragique a bouleversé ma vie.

Elle me fit signe de prendre une chaise et de m'installer à côté d'elle. Je m'exécutai sans rien dire. De nouvelles larmes se mirent à couler de ses yeux lorsqu'elle entama son récit :

— Quand j'étais petite, mes parents avaient instauré la tradition d'aller au cinéma une fois par mois. J'adorais cette sortie en famille et tout son rituel : mon père qui faisait la queue pour prendre les tickets pendant que j'allais acheter du pop-corn avec ma mère, puis la salle, les bandes-annonces, les lumières qui s'éteignaient et enfin le film. Au retour, pendant les vingt minutes de voiture qui nous séparaient de la maison, nous faisions systématiquement un compte-rendu détaillé du film où chacun donnait son point de vue. Le soir, en me couchant, je repensais à tous ces bons moments et je m'endormais avec des étoiles dans les yeux. C'était tout simplement magique.

Elle s'interrompit et regarda à nouveau la neige qui tombait dehors d'un air nostalgique.

— Le 5 février 1995, reprit-elle doucement, alors que je n'avais que six ans, nous sommes allés voir *Le Roi Lion* tous les trois. J'étais jeune, mais j'ai ressenti quelque chose de très fort devant ce film ; sans le savoir, je venais de vivre mes premières émotions de cinéma. En sortant de la salle, mon père m'a prise sur ses épaules et m'a montré les étoiles dans le ciel : « Tu vois, Léna, ce que dit le film est vrai. Tous ces petits points blancs, là-haut, représentent les personnes qui nous ont quitté et qui veillent désormais sur nous. N'oublie jamais cela ». Je levai les yeux pour admirer le plafond étoilé : c'était magnifique. Une fois dans la voiture, je le bombardai de questions : « Comment les personnes deviennent-elles des étoiles ? Pourquoi certaines étoiles brillent plus que d'autres ? Pourquoi d'autres sont des étoiles filantes ? » Des questions d'enfant, mais des questions auxquelles mon père prit le temps de répondre l'une après l'autre, tandis que ma mère et moi l'écoutions passionnément.

Je le trouvais si beau, si fort et si intelligent ! Il était mon idole, du haut de mes six ans.

Son sourire se crispa et elle essuya une nouvelle larme qui coulait sur sa joue.

— Tout près de la maison, il y avait un croisement mal éclairé auquel mon père faisait toujours très attention. Mais ce soir-là, peut-être parce que j'étais en train de lui poser une énième question, ou peut-être parce qu'il était en train de réfléchir à ce qu'il allait me répondre, il prit un peu moins de précautions que d'habitude. Il s'engagea sur la route qui semblait déserte, et nous fûmes aussitôt percutés de plein fouet par un véhicule qui arrivait de la gauche et roulait sans phare. Notre voiture fit plusieurs tonneaux et termina sa course dans un fossé, au bord du chemin. Je ne me souviens pas de grand-chose d'autre ce soir-là, en dehors de quelques images floues de pompiers qui me sortaient tant bien que mal de la voiture. Je me réveillai le lendemain à l'hôpital, le bras gauche dans le plâtre et la tête engourdie par les différents médicaments que l'on m'avait administrés. En fin de matinée, une dame que je ne connaissais pas entra dans ma chambre et s'assit à côté de moi. Elle se présenta, m'expliqua qu'elle travaillait aux affaires familiales, puis elle prononça ces mots que je n'oublierai jamais : « Léna, je suis désolée mais j'ai une mauvaise nouvelle à t'annoncer. Tes parents se sont battus comme ils ont pu, mais ils n'ont malheureusement pas réussi à l'emporter. Aucun des deux n'a survécu à l'accident ». Personne ne devrait jamais avoir à entendre ces mots, Marc, et encore moins une petite fille de six ans. Les médecins préconisèrent que je reste plusieurs mois en observation, car ils jugeaient que le traumatisme avait été trop important pour que je retourne à l'école. À ma sortie fin avril, je fus conduite à la seule famille qui me restait : la sœur de ma mère, Tante Rosalie, avait épousé un riche entrepreneur canadien, Richard Beauchemin, et vivait avec lui dans une banlieue huppée de Montréal, au Québec. Je me retrouvai donc plongée dans un nouveau milieu totalement inconnu, sans parents, sans amis et loin de mon pays natal.

Elle marqua une nouvelle pause et serra un peu plus fort ma main.

— Notre cohabitation commença très mal. Là où mes parents menaient une vie simple et sans prétention, mon oncle et ma tante matérialisaient l'opulence. Oncle Richard avait fait fortune dans l'import-export de tondeuses à gazon, ce qui lui avait permis d'acquérir une situation très confortable, pour le plus grand plaisir de Tante Rosalie qui adorait cette vie mondaine. Tous les week-ends, ils étaient invités dans les hautes sphères de Montréal pour des dîners plus somptueux les uns que les autres ; tous les week-ends, je me sentais un peu plus éloignée de ma vie d'avant, moi qui ne souhaitais qu'une seule chose : aller au cinéma, commander du pop-corn et regarder des films en toute simplicité. Après deux premières années très difficiles, Tante Rosalie décida de m'inscrire à des activités sportives et culturelles pour me faire sortir de ma solitude et chasser les pensées noires qui rythmaient mon quotidien. Elle ne le savait pas encore, mais cette décision allait changer ma vie. J'ai d'abord essayé le hockey et le théâtre, mais sans grand succès. Puis le golf et la danse, et ce fut encore pire. Alors au moment d'entamer des cours de jazz, j'étais assez sceptique. Mais à l'instant où j'entendis les premières notes s'élever dans la pièce, ce fut une révélation pour moi. C'est comme si un monde venait de s'ouvrir devant mes yeux ; un monde qui me permettait de m'évader de mon quotidien, un monde où mes parents n'étaient jamais très loin. En me voyant ainsi reprendre goût à la vie, Tante Rosalie comprit qu'il fallait me pousser dans cette voie, et elle convint Oncle Richard de m'acheter un saxophone. Ce cadeau marqua le début de mon acceptation pour celle que j'étais devenue : après tout ce que j'avais vécu enfant, je venais de comprendre que j'avais eu de la chance de retrouver un environnement stable et des personnes aimantes autour de moi. J'étais désormais prête à reprendre le cours de ma vie.

« Tous les jours de la semaine et plusieurs fois par week-end, je me suis mise à répéter mes gammes afin d'être au point pour mes cours qui avaient lieu les lundis et jeudis soir. Très vite, cette passion se transforma en vocation. L'école de musique dans laquelle j'avais fait mes premiers pas laissa place à la meilleure école de musique de Montréal, et tous mes professeurs furent unanimes : j'avais un grand avenir dans le jazz. C'est la raison pour laquelle, avec l'accord de Tante Rosalie et Oncle Richard, je m'inscrivis à la fin de mon cycle secondaire au concours d'entrée du Conservatoire National Supérieur de Musique et de Danse de Paris, pour lequel je reçus une réponse positive trois semaines plus tard. Le 10 août 2007, j'atterris à l'aéroport Paris Charles de Gaulle ; c'était la première fois que je remettais le pied sur le sol français depuis l'accident. Juste avant la rentrée, je pris un train en direction du Mans, puis un taxi me déposa au cimetière de la petite ville dans laquelle j'avais grandi et où étaient enterrés mes parents. Je pris le temps de me recueillir sur leur tombe, afin de me remémorer tous les bons souvenirs que je gardais d'eux et leur raconter tout ce que j'avais fait pendant mes années au Québec, avec l'aide de Tante Rosalie et Oncle Richard. Lorsque les derniers rayons de soleil s'évanouirent et révélèrent un magnifique ciel étoilé, deux points se mirent à scintiller un peu plus que les autres. J'en eus alors la certitude : mes parents me regardaient de là-haut et me disaient qu'ils étaient fiers de moi.

Elle dirigea ses yeux brillants de larmes vers moi.

— J'avais besoin que tu saches tout cela, Marc, car ce sont ces évènements qui m'ont fait telle que je suis aujourd'hui. Une fois par semaine, je me réunis avec d'autres bénévoles dans une association d'aide aux victimes de la route afin d'apporter mon expérience et essayer de les accompagner dans leur peine et leur souffrance. C'est un fardeau qui n'est pas facile à porter et c'est la raison pour laquelle je le garde généralement pour moi ou pour les autres membres de cette association. Mais nous sommes le 5 février et je n'avais pas envie de te mentir. Je voulais que tu saches exactement qui je suis.

Je la pris dans mes bras et la serrai aussi fort que possible. Je sentis ses larmes couler sur mon épaule, puis sa voix douce s'éleva à mon oreille :

— Promets-moi une chose, Marc.

— Oui ?

— Promets-moi de ne pas disparaître. Tu comptes beaucoup pour moi.

L'été suivant, Léna m'invita à Montréal. Elle y retournait deux semaines chaque année pour voir son oncle et sa tante, et elle avait insisté pour que je l'accompagne cette année-ci.

Nous arrivâmes au Québec avec un temps magnifique : un franc soleil brillait dans un ciel bleu profond et une légère brise venait adoucir des températures au-dessus des normales de saison. Rosalie et Richard Beauchemin habitaient dans une maison très chic du Westmount, un des quartiers les plus huppés de la ville.

À peine avions-nous franchi la porte d'entrée que Rosalie vint nous accueillir avec de grandes embrassades, suivie à la semelle par son chien qui aboyait à tout va autour de nous. Richard fut plus sobre dans son accueil, mais s'empressa tout de même de me faire visiter la maison dans les moindres recoins, avec une fierté à peine dissimulée : au rez-de-chaussée, le hall d'entrée s'ouvrait sur une cuisine équipée d'appareils électroménagers dernier cri, une salle à manger au mobilier luxueux et un salon cosy, composé essentiellement de deux fauteuils clubs qui faisaient face à un immense écran plasma accroché au mur. Ces trois pièces donnaient sur une terrasse orientée plein sud et abritée par des parasols, depuis laquelle on pouvait profiter d'une grande piscine et d'un jardin parfaitement entretenu. À l'étage, un couloir desservait trois chambres spacieuses possédant chacune leur salle de bain privative ainsi qu'une pièce où étaient stockées des affaires en tout genre. Le sous-sol, enfin, avait été aménagé avec une salle de sport et un hammam.

— C'est une superbe propriété que vous avez là, dis-je alors que nous venions de retrouver Léna sur la terrasse.

Richard se redressa sur sa chaise et bomba légèrement le torse. Il répondit en haussant la voix, afin que sa femme qui s'afférait dans la cuisine puisse nous entendre :

— Des années de travail, mais je dois dire que l'on n'est pas trop mécontents du résultat, hein Zaza ?

— Oh oui ! s'écria Rosalie par la fenêtre. C'est notre petit coin de paradis à nous !

Elle nous rejoignit un instant plus tard, les bras chargés de petits-fours et d'une bouteille de champagne. Léna l'interrogea du regard.

— Du champagne, Tante Rosalie ? Il y a une circonstance particulière ?

— Mais ta venue, ma chérie, bien évidemment ! Tu sais que nous sommes toujours très contents de te voir ici. Et puis ce beau jeune homme que tu nous as ramené…

Je me sentis rougir malgré moi devant les regards insistants de Rosalie. De l'autre côté de la table, Léna levait les yeux au ciel.

— Alors Marc, racontez-nous tout ! s'enthousiasma Rosalie en prenant place à ma gauche. Vous êtes architecte, c'est ça ?

— Tu peux le tutoyer, dit Léna, nous ne sommes pas à l'une de vos réceptions mondaines.

Rosalie ignora sa remarque et continua de me fixer avec un vif intérêt. Je lui souris et répondis poliment que j'avais rejoint l'Agence Berthelot Brothers trois ans plus tôt.

— Berthelot Brothers… Berthelot Brothers… Mais oui, ça me revient ! Richard a vu un reportage à la télé sur cette Agence pas plus tard que la semaine dernière ! N'est-ce pas, Riri ?

Elle mit un coup de pied à son mari sous la table, afin qu'il l'aide à compenser son ignorance sur le sujet. Richard se mit à remuer nerveusement sur sa chaise, gêné que sa femme le mêle à son mensonge.

— Euh… commença-t-il. Le reportage, oui, bien sûr… Il était question de ce grand projet que vous aviez réalisé, il y a quelques années… euh… Lequel était-ce déjà ?

— Le Musée *Sépia*, dédié à l'univers de la photographie ? dis-je comme si de rien n'était.

— Voilà, c'est ça !

Rosalie adressa un sourire de gratitude à son mari.

— Ce doit être vraiment fascinant d'être au cœur de cette machine. Sans parler de reconnaissance personnelle… J'imagine que vous ne pouvez pas faire dix mètres dans la rue sans que l'on vous demande un autographe ?

— Ah si, aucun problème à ce niveau-là.

Devant la déception que trahissait son visage, je m'empressai d'ajouter :

— Mais cela ne fait que trois ans et j'espère bien obtenir de grands projets dans les années à venir.

— Oui, de grands projets, bien sûr… Alors trinquons pour cette future réussite ! Et pour ma petite Léna qui n'a jamais été aussi belle que maintenant. À croire que l'amour lui va bien…

Elle leva son verre avec enthousiasme tandis que Léna me jeta un regard désolé.

À l'issue de cette longue journée, nous montâmes nous coucher dès la fin du dîner, décalage horaire oblige.

— Ils sont vraiment gentils, dis-je en refermant la porte de la chambre derrière moi.

— Oui, dit Léna avec douceur, ils sont parfois un peu insistants sur certains sujets et aiment beaucoup parler de tout ce qui brille, mais au fond d'eux, ils ont un grand cœur. Je leur dois énormément pour ce que je suis devenue aujourd'hui.

— J'ai remarqué que ton oncle n'avait quasiment pas l'accent québécois ?

— Oh si, sourit-elle, il faudrait que tu l'entendes parler avec ses collègues. Mais Tante Rosalie et moi sommes Françaises, donc il s'est habitué à le perdre avec nous.

Je hochai la tête puis jetai un coup d'œil autour de moi. Les murs étaient tapissés d'affiches de Jimmie Lunceford, Django Reinhardt, Billie Holiday et autres grands noms du jazz.

— C'est donc ici que tu as grandi ?

— Comme tu peux le voir. La nuit, je dormais au milieu de mes idoles, et le jour, je m'enfermais pendant des heures dans la pièce au bout du couloir pour répéter. Tante Rosalie l'utilise aujourd'hui pour stocker des affaires dont ils ne se servent plus. Il doit d'ailleurs encore y avoir mon ancien saxophone.

Elle s'absenta une minute et revint avec un grand étui, duquel elle sortit délicatement un saxophone qui brillait de mille feux. Après l'avoir accordé, elle se mit à jouer *In A Sentimental Mood* de John Coltrane, avec une grâce et une élégance merveilleuses. Lorsqu'elle eut terminé, son visage se referma et elle me jeta un regard inquiet.

— Ça te plaît ? me demanda-t-elle timidement.

— Tu plaisantes ? répondis-je avec admiration. Je crois que c'est la plus belle chose que j'aie jamais entendue.

Notre séjour à Montréal fut très agréable. Chaque jour, Léna me montrait un nouveau quartier de la ville et m'emmenait dans ses endroits favoris. Je découvris ainsi le Downtown Jazz Club, un des plus beaux clubs de jazz de Montréal qui avait vu défiler de grands noms. Léna m'avoua qu'elle considérait cet endroit comme son Olympia et que son rêve le plus cher était de réussir à y jouer un jour. Elle me fit également découvrir ses restaurants préférés afin de m'initier aux spécialités locales ; après avoir mangé ma troisième *poutine* de la semaine, je fus ravi de pouvoir utiliser la salle de sport aménagée au sous-sol de la maison des Beauchemin.

En dehors de ces sorties culturelles, Léna passait des heures à jouer du saxophone. Le soir, quand nous rentrions, elle s'installait dans la pièce qui servait de débarras et jouait, encore et encore, tandis que je l'écoutais depuis la terrasse. Quand la musique s'élevait de cette pièce, le temps s'arrêtait et plus rien d'autre ne comptait pour moi. Chacune de ses notes me perçait le cœur, chacune de ses mélodies me bouleversait. Je fermais alors les yeux et souriais : je n'avais jamais été aussi amoureux.

Un an plus tard, au mois de juin 2014, Léna obtint brillamment son Diplôme d'Artiste Interprète à l'issue de sept années de formation au Conservatoire National Supérieur de Musique et de Danse de Paris. Ce diplôme lui ouvrait les portes des plus grandes salles de concert en France et en Europe. Pour fêter cette réussite, je lui fis la surprise de réserver deux billets pour sa destination de rêve : la Nouvelle-Orléans.

Nous partîmes la dernière semaine de juillet. Plus qu'une ville, nous découvrîmes une atmosphère magique qui nous transcenda. L'ivresse de nos vies se muait avec l'ivresse d'un peuple au son des cuivres ; nous ne faisions qu'un et ensemble, nous touchions d'infiniment près la définition du bonheur absolu. Tout nous souriait et nous avions cette sensation unique que rien ni personne ne pourrait jamais nous résister.

Lors de notre dernier jour de voyage et pour faire face à la nostalgie du retour, je me mis en tête de trouver des souvenirs pendant que Léna visitait le *New Orleans Jazz Museum*. Je me dégotai une paire de baskets *Air Jordan* noires et rouges ainsi qu'une balle de base-ball signée par une figure emblématique locale qui m'était parfaitement inconnue, tandis que j'achetai pour Léna une casquette aux couleurs de l'équipe NBA de la ville. Je la retrouvai sur les coups de 15 heures à la terrasse d'un café, en train de siroter un *americano* glacé.

— Que caches-tu dans ta hôte, Père Noël ? demanda-t-elle en montrant mon sac.

— J'ai une surprise pour toi, mais j'ai besoin que tu fermes les yeux.

Elle s'exécuta en souriant. Je posai la casquette devant elle.

— C'est bon, tu peux regarder.

Elle rouvrit les yeux. Sa première réaction fut de retourner l'objet dans tous les sens, comme s'il cachait un trésor secret.

— Tu sais que je t'aime, mais... Qu'est-ce que c'est que cette casquette ?

— Je te présente les *New Orleans Pelicans*, l'équipe de basket de la ville ! Essaie-là, je suis sûr qu'elle te va bien.

Elle resta dubitative.

— Une casquette de basket... J'ai l'impression que tu essaies de me faire passer un message, mais j'avoue ne pas comprendre où tu veux en venir.

— Regarde bien l'inscription, dis-je en souriant.

— Tu me vois comme un pélican, Marc ?

Je ne pus m'empêcher d'éclater de rire.

— Mais non, voyons ! Il y a un défaut de fabrication : les lettres L, E, N, A sont de couleur différente. C'est quand même drôle, non ? Allez, essaie-là !

Elle s'exécuta et le résultat fut sans appel : elle lui allait parfaitement. Je la pris en photo et la lui montrai.

— Bon, c'est vrai qu'elle n'est pas si mal, reconnut-elle.

— Mais oui, elle est très bien ! Et puis une casquette comme celle-ci, personne d'autre n'en a. Ce sera notre souvenir à nous. Pour ne jamais oublier cette semaine.

Elle me sourit tendrement et m'embrassa sur la joue.

— Merci de penser à tout, Marc, et merci d'être là avec moi. J'ai de la chance de t'avoir dans ma vie.

*

Nous nous fiançâmes à notre retour de la Nouvelle-Orléans avec le projet de nous marier l'été suivant, ou celui d'après, dans la plus grande discrétion. Peu nous importaient le délai et le faste de la cérémonie, car nous avions déjà la sensation de ne faire qu'un, tant dans notre quotidien que dans la manière dont les autres nous percevaient. Léna était devenue Léna et Marc ; Marc était devenu Marc et Léna.

Léna et Marc.
Dix lettres et un bonheur infini.
Pour le meilleur et pour le pire.

Deuxième partie

Enquêtes

8.

Bons baisers de Kyoto

Extrait n°1 du carnet saisi par la police – 27 octobre 2012.

Léna : c'est le nom de la personne qui vient de bouleverser ma vie. Quand je l'ai vue pour la toute première fois, mon cœur a chaviré : ses cheveux, son visage, ses lèvres, ses yeux... Tout est parfait chez elle. Mais c'est au-delà de l'apparence physique : c'est une sensation plus profonde, chimique. Quand elle rit, quand elle rassemble ses cheveux et les met d'un seul côté de son visage, quand elle plonge ses yeux dans les miens... Elle me transporte dans un autre monde, tout simplement.

Cette sensation est aussi grisante que terrifiante. Cela fait très peu de temps que je la connais et pourtant, je ne peux plus m'empêcher de penser à elle, à chaque instant du jour et de la nuit. J'ai envie de la voir, de l'appeler, de passer du temps avec elle. Je n'ai jamais rien ressenti d'aussi fort pour quelqu'un.

Suis-je en train de perdre la tête ?

*

J'avais perdu un projet professionnel capital pour la suite de ma carrière, je me retrouvais mêlé à une affaire de meurtre d'un vieil ami et je voyais le spectre d'un passé douloureux refaire son apparition. Ce n'était clairement pas le meilleur été de ma vie. De nombreuses questions restaient toujours sans réponse, mais j'avais pris le temps de faire la part des choses lors de ces trois dernières semaines. Et désormais, j'avais un plan : aller à Montréal.

La raison de ma venue était double. Dans un premier temps, je voulais rendre visite à l'oncle et la tante de Léna. J'aurais pu les contacter par téléphone pour obtenir des réponses, mais je préférais les rencontrer en vrai : en dehors de l'affection que je leur portais, je savais que Léna rentrait tous les étés à Montréal pour les voir, donc j'espérais secrètement tomber sur elle. La seconde raison était le Downtown Jazz Club. S'il y avait un endroit où elle avait pu se rendre lors de ces trois dernières années pour jouer, écouter un concert ou simplement prendre un verre, c'était là.

J'atterris à Montréal le jeudi 2 août en fin d'après-midi. Dans le taxi qui me menait à l'hôtel, je regardais les bâtiments défiler devant moi : la ville me paraissait à la fois similaire et différente de mes souvenirs, comme une vieille connaissance que l'on retrouve après des années. Un doux parfum d'été flottait dans les rues, une atmosphère de légèreté était présente sur chacune des terrasses. Et pourtant, ce n'étaient pas des vacances que j'étais venu chercher ici. Je sortis dîner dans un Steak House que m'avait recommandé la réception puis allai me coucher tôt ; j'avais trois jours pour encaisser le décalage horaire avant d'attaquer les choses sérieuses.

Au milieu des villas luxueuses du Westmount, je reconnus immédiatement la maison de Richard et Rosalie Beauchemin, une grande bâtisse de style victorien tout en briques rouges, entourée de haies parfaitement taillées qui laissaient deviner un magnifique jardin. Je sonnai et entendis en réponse l'aboiement familier de Smoky, le caniche de la maison. Une minute plus tard, la porte s'ouvrit et révéla Rosalie, habillée d'un ensemble de jogging rose.

Elle commença par me dévisager d'un air intrigué, puis ouvrit de grands yeux en me reconnaissant.

— Marc ! hurla-t-elle. Quelle bonne surprise de te voir ici !

— Bonjour Rosalie.

Elle se précipita sur moi et vint m'étouffer dans ses bras. À côté de nous, Smoky aboyait avec ferveur en secouant frénétiquement la queue. Rosalie finit par relâcher son étreinte et jeta un regard interrogateur autour de moi.

— Tu es seul ? me demanda-t-elle.

— Oui.

L'espace d'une seconde, je crus voir une ombre passer sur son visage, mais elle se ressaisit immédiatement pour afficher un grand sourire et doubler les décibels :

— Ne reste pas là, entre ! Richard est en train de lire le journal dans le jardin.

Je pénétrai dans cette maison luxueuse qui m'avait autrefois tant fasciné. Rien n'avait changé si ce n'est l'écran de télévision dans le salon qui avait encore augmenté de volume. Je jetai un rapide coup d'œil autour de moi pour voir si un objet ou un vêtement aurait indiqué la présence de Léna, mais ce n'était pas le cas.

Rosalie me conduisit sur la terrasse où Richard lisait *The Economist* en buvant un thé glacé, confortablement installé dans une chaise longue.

— Regarde qui est là, Riri, lança Rosalie d'un ton enjoué.

Richard leva la tête vers moi et ne répondit pas tout de suite. Sa longue expérience professionnelle lui avait appris à ne pas montrer ses émotions lorsqu'il était en face d'un client, et pourtant, j'aurais pu jurer qu'il y avait de l'inquiétude au fond de ses yeux.

— Marc ? Ça alors, je ne m'attendais pas à te voir ici ! Que fais-tu à Montréal ? Le boulot ?

— Non, quelques jours de vacances. Et tant qu'à être dans le coin, je me suis dit que j'allais passer vous voir.

— Et tu as bien fait ! s'exclama de plus belle Rosalie. Installe-toi à la table du jardin. Tu veux boire quelque chose ?

— Je veux bien un café, merci.

Elle fila à la cuisine et revint un instant plus tard avec une tasse pleine qu'elle posa devant moi ainsi qu'une assiette de pancakes et un pot de sirop d'érable. Elle me regarda avec une mine réjouie.

— C'est quand même drôle que tu sois ici aujourd'hui, me dit-elle. Figure-toi que la semaine dernière, je me baladais avec Smoky lorsqu'il s'est mis à aboyer et à tirer sur sa laisse comme un beau diable, lui qui est d'habitude si calme. Et tu sais pourquoi ? Parce qu'il avait reconnu ta photo dans un kiosque à journaux ! Tu te rends compte à quel point ce chien est intelligent ? Se souvenir de toi alors qu'il ne t'a pas vu depuis si longtemps... Alors j'ai acheté ce magazine et j'ai lu avec grand plaisir ton interview. *L'Architecte du Futur*, c'est incroyable !

— Merci, Rosalie.

— Nous sommes si fiers et heureux pour toi, Marc. Ce n'est pas tous les jours que l'on côtoie une star dans la famille ! Sans parler du fait que tu es beau comme un dieu sur les photos de ce magazine... Quand j'ai dit à mes amies que ma nièce te connaissait *très* personnellement, je peux te dire qu'elles étaient rouges de jalousie !

— Léna vous a parlé de moi récemment ?

— Oui. Enfin, pas directement mais nous avons bien reçu votre carte postale du Japon.

— Notre carte postale du Japon ?

— Eh bien oui, vos vacances cet été ! Vous êtes partis de mi-juin à mi-juillet, c'est ça ? On l'a reçue la semaine dernière. Ça avait l'air magnifique !

— Attendez un peu, je pense qu'il y a un malentendu. Nous ne sommes jamais allés au Japon ensemble.

Un malaise s'installa. Rosalie jeta un coup d'œil à Richard qui ne cherchait désormais plus à cacher son inquiétude, puis se redressa nerveusement sur sa chaise.

— Désolée, Marc, mais je ne suis pas sûre de comprendre. Tu n'étais pas au Japon avec ma petite Léna il y a un mois ?

— Non. J'étais à Paris.

— Tu es certain ?

— Je pense que je m'en serais souvenu si j'étais allé au Japon avec Léna. Nous ne nous sommes pas revus depuis le soir où elle est partie de chez moi.

Rosalie ouvrit de grands yeux et haussa les sourcils aussi haut qu'elle le pût.

— Partie de chez toi ? Qu'entends-tu par là, partie de chez toi ? Vous vous êtes disputés avant les vacances, c'est ça ? Tu cherches à savoir comment rattraper le coup ? Ne t'inquiète pas, ma petite Léna a toujours eu du caractère, elle le tient de ses parents, mais elle a aussi un grand cœur. Ce n'est qu'une histoire de jours avant que les choses aillent mieux.

— Non, vous ne comprenez pas, Rosalie. Cela fait *trois ans* que Léna est partie. Je n'ai jamais eu de nouvelles d'elle depuis cette date. Et pour être honnête, je suis assez surpris d'avoir à vous l'annoncer moi-même parce que depuis tout ce temps, j'étais persuadé que Léna vous l'avait dit.

Elle me regarda comme si je parlais une langue étrangère dont elle n'aurait pas saisi un seul mot. Smoky, troublé de voir sa maîtresse aussi silencieuse, arrêta de remuer la queue et vint se mettre en boule à côté d'elle.

— Dites-moi, Rosalie, est-ce que je peux vous demander quelque chose ?

— Euh… Oui, bien sûr, n'importe quoi, répondit-elle d'un air absent.

— Pourriez-vous me montrer cette carte postale ?

Elle sembla hésiter, comme si elle eut soudain peur de trahir un secret de sa nièce. Mais elle finit par acquiescer et se leva pour aller la chercher. D'un commun accord, Richard et moi jugeâmes que le moment était propice pour considérer le bout de nos chaussures avec le plus grand intérêt.

Rosalie revint et posa la carte postale sur la table. Je reconnus immédiatement l'écriture délicate de Léna :

Kyoto, le 5 juillet 2018.

Chère Rosalie, cher Richard,
Un petit bonjour depuis le pays du Soleil-Levant où nous venons de passer trois semaines de rêve. Après avoir découvert Tokyo, ville cosmopolite aux mille facettes, nous avons pris le temps de traverser le pays et nous imprégner de cette culture millénaire et cet art de vivre si raffiné. Les gens sont tellement accueillants…
Nous sommes arrivés hier à Kyoto où nous avons pu voir des cerisiers en fleurs dans le parc Maruyama (photo au recto). C'était absolument magnifique et terriblement romantique. Nous restons une dernière semaine ici avant de rentrer.
Je pense bien à vous et vous embrasse,
Léna

Je reposai la carte en secouant la tête.

— Je suis désolé, Rosalie, mais je peux vous assurer que ce n'est pas moi à qui Léna fait référence.

— Mais alors… Si ce n'est pas toi…

Elle se mit à rougir toute seule en cherchant de l'aide auprès de son mari, mais il avait l'air aussi démuni qu'elle.

— La dernière fois où vous avez vu votre nièce, poursuivis-je comme si de rien n'était, que vous a-t-elle dit à mon sujet ?

— C'est-à-dire que…

— Oui ?

Elle se recoiffa d'un geste fébrile avant de dire :

— La dernière fois où j'ai vu ma petite Léna, c'était avec toi, quand vous étiez venus tous les deux à Montréal.

— Quand nous étions venus tous les deux à Montréal ?! m'étranglai-je. Mais c'était il y a une éternité ! Comment est-ce possible que vous ne vous soyez jamais revues depuis ?

— Tu n'es pas au courant de ce qu'il s'est passé, il y a trois ans ?

— Euh… non. Je n'en ai pas la moindre idée.

— Ah bon ? J'étais persuadée que Léna t'en avait parlé.

— Que s'est-il passé, Rosalie ?

— Je ne pense pas que ce soit important pour cette discussion, dit-elle en fuyant du regard.

— Je pense au contraire que c'est très important. Je vous en prie, Rosalie, que s'est-il passé il y a trois ans ?

Elle soupira et jeta un nouveau coup d'œil à Richard. Celui-ci resta de marbre pendant quelques secondes, avant de finir par incliner la tête en signe d'approbation.

— Comme tu voudras, Marc. Est-ce que Léna t'avait raconté ce qu'il était arrivé à ses parents quand elle était toute petite ? La raison pour laquelle elle a emménagé ici ?

— Oui, Léna m'avait parlé de l'accident.

— Bien. Lorsqu'elle est arrivée à Montréal, Léna était en état de choc. Elle venait de passer plus d'un mois à l'hôpital et elle avait perdu ses deux parents. C'est la raison pour laquelle Richard et moi avons décidé de lui mentir sur un point : nous lui avons dit qu'elle était la seule survivante de cet accident, alors que le chauffard qui en était le responsable était toujours dans le coma.

— L'homme qui a tué les parents de Léna était toujours en vie ?!

J'avais haussé le ton un peu plus fort que je ne l'aurais voulu et Rosalie leva vers moi une main pacifique.

— Avant que tu ne portes un jugement, dit-elle doucement, je veux t'expliquer pourquoi nous avons fait ce choix. D'une part, le chauffard était dans un état critique et ses chances de s'en sortir étaient faibles. D'autre part, nous voulions que Léna puisse faire son deuil en paix. Si elle avait été au courant de l'existence de cet homme, nous avions peur qu'elle ne nourrisse un perpétuel sentiment de haine à son égard, qui l'aurait empêchée de se construire. Elle avait déjà beaucoup souffert, tu comprends. Nous avons donc jugé qu'il valait mieux lui épargner cette peine supplémentaire.

Elle attendit que je réponde de nouveau, mais je préférai rester silencieux. Elle poursuivit :

— Trois mois après son arrivée ici, nous avons reçu un coup de téléphone de la part du juge des affaires familiales qui était en charge du dossier. Elle nous informa que le chauffard venait de sortir du coma et qu'il allait passer les quinze prochaines années de sa vie en prison pour double homicide involontaire et récidive dans un accident de la route. Cette annonce a été un choc pour nous. Que devions-nous faire ? Avertir Léna de cette nouvelle ? Elle n'était encore qu'une enfant et elle commençait tout juste à aller un peu mieux. Nous avions peur que cela ne lui apporte rien si ce n'est de la souffrance et de la colère. Nous avons donc de nouveau choisi de lui cacher la vérité.

« Au début, c'était facile car Léna était trop petite pour que nous puissions lui en parler. Mais plus les années passaient et moins notre mensonge n'avait de raison d'être. Le problème, c'est que lui dire la vérité signifiait également lui avouer que nous lui avions menti pendant tout ce temps. Comment allait-elle réagir ? Comprendrait-elle notre choix initial ? Rien n'était moins sûr. D'autre part, elle semblait enfin reprendre goût à la vie. Grâce à la musique notamment, nous sentions qu'elle réussissait petit à petit à vaincre sa douleur pour aller de l'avant. Nous ne voulions pas tout gâcher à ce moment-là.

« Le choix ultime arriva lorsque le juge des affaires familiales nous apprit que le chauffard allait sortir de prison trois ans plus tôt que prévu. Bon comportement, remise de peine. Cet homme qui avait fauché deux vies et brisé celle d'un enfant allait retrouver une existence normale. C'était le moment où nous devions dire à Léna toute la vérité. Et puis nous l'avons vue ce jour-là, rentrant de l'école de musique avec son saxophone sur le dos. Elle souriait, elle était heureuse : elle venait de recevoir sa lettre d'admission pour le Conservatoire National de Paris. Cela faisait si longtemps que je ne l'avais pas vue aussi épanouie ! Alors je suis allée trouver Richard et lui ai dit qu'il fallait ne plus jamais parler de toute cette histoire. L'enterrer dans un coin de notre tête pour le bien-être de Léna. Ce serait notre fardeau à nous, mais pas le sien. Après de longues heures de discussion, Richard a accepté et nous en sommes restés là.

Elle attrapa la main de son mari et la serra fort contre elle. Il lui sourit en retour et je vis les yeux de Rosalie s'humidifier.

— Tu sais, Marc, si c'était à refaire, je crois que nous ferions exactement la même chose. Je n'oublierai jamais ce jour où nous l'avons accompagnée à l'aéroport pour qu'elle parte faire le Conservatoire à Paris. Après tous les drames qu'elle avait dû affronter, c'était une femme forte que nous avions devant nous. Ma petite Léna était prête à voler de ses propres ailes. Je ne peux pas te dire à quel point j'ai été fière et émue de la voir monter dans l'avion ce jour-là.

— Je n'en doute pas, Rosalie. Vous avez offert une seconde chance à Léna, et elle en était bien consciente. Personne ne pourra jamais vous reprocher ce que vous avez fait pour elle.

— Merci, répondit-elle d'une voix embuée.

Elle sortit un mouchoir pour s'essuyer les yeux et j'en profitai pour reprendre le fil de la conversation :

— Que s'est-il passé ensuite ?

— Je ne sais pas si Léna te l'avait dit, mais elle faisait partie d'une association d'aide aux victimes des accidents de la route. Un jour, une dame s'est présentée pour parler de son histoire personnelle : vingt-cinq ans plus tôt, elle avait été violemment renversée par un homme en état d'ébriété, la privant de l'usage de ses jambes. Cet homme avait échappé de peu à la prison, mais alors qu'il purgeait sa liberté conditionnelle, il avait été impliqué dans un nouvel accident de la route qui avait coûté la vie à deux parents et laissée seule une petite fille derrière eux. En entendant ce récit, Léna a fait le lien avec son histoire personnelle et m'a immédiatement appelée pour m'en parler. Elle était troublée par la ressemblance des faits et des dates, mais restait persuadée que l'homme qui avait tué ses parents était mort, comme nous le lui avions toujours dit. Ce jour-là, je n'ai pas pu lui mentir. Ce jour-là, je lui ai avoué toute la vérité.

Elle baissa la tête et continua d'une voix triste :

— Notre mensonge avait fini par nous revenir à la figure. La discussion dura plus d'une heure, pendant laquelle Léna extériorisa tout ce qu'elle avait sur le cœur. Mais j'imagine que ce n'était rien en comparaison de la blessure qu'elle éprouvât quand elle apprit que la seule famille qu'il lui restait lui avait menti pendant toutes ces années. J'ai essayé de lui expliquer que nous avions pris cette décision pour son bien, mais rien n'y faisait. Elle s'est sentie trahie et je ne pouvais pas lui en vouloir. Elle a fini par raccrocher en disant qu'elle ne voulait plus jamais avoir de nos nouvelles.

— Quand était-ce exactement ?

— Il y a trois ans, au mois de février 2015.

— Et depuis cette date, que s'est-il passé ?

— Elle a tenu sa promesse : nous n'avons plus jamais eu de ses nouvelles. Jusqu'à cette carte postale du Japon, il y a un mois. Je me suis dit que c'était sa façon de renouer le contact suite à notre vieille dispute, sans pour autant faire un pas trop important vers nous. Un caractère bien trempé ma petite Léna, aucun doute là-dessus... Pour tout te dire, j'avais bon espoir qu'après quelques temps, nous arriverions à rediscuter toutes les deux par téléphone. Et que nous finirions par nous revoir en chair et en os, comme à la belle époque. Mais malgré mes nombreux messages et appels, je n'ai jamais réussi à la joindre, donc j'en ai conclu qu'elle n'était pas encore prête à franchir cette étape. C'est la raison pour laquelle je me suis satisfaite patiemment de cette carte postale, en attendant de meilleurs lendemains. Mais c'est difficile, Marc, très difficile. Elle me manque tellement...

Je vis de chaudes larmes couler sur son visage.

— Elle me manque aussi, murmurai-je. Je suis désolé, cela a dû être une épreuve terrible pour vous.

Elle acquiesça en s'essuyant les joues. Smoky se mit à couiner et posa sa tête sur les pieds de sa maîtresse. Richard alla s'assoir à côté d'elle et l'entoura de son bras pour la consoler. Il me fit un léger signe de tête pour me faire comprendre qu'il s'occupait d'elle et que je pouvais m'en aller maintenant. Je balbutiai quelques remerciements mêlés de nouvelles excuses et pris congés de mes hôtes.

Jeudi 9 août 2018

Le Downtown Jazz Club occupait le rez-de-chaussée d'une maison victorienne, en plein cœur d'une rue animée du quartier du Centre-Ville. Sur la façade extérieure, une immense sculpture de saxophone composée de lumières rouges, blanches et jaunes éclairait une petite terrasse, où une dizaine de personnes étaient venues profiter de la douceur du début de soirée.

Après avoir observé la devanture, j'entrai dans le club. Une atmosphère fastueuse y régnait : le sol était intégralement recouvert de parquet, un grand mur en brique habillait un côté entier de la salle et le bar scintillait de toutes les couleurs avec des bouteilles d'alcools du monde entier. Au fond, une scène à demi éclairée mettait en évidence un piano, une contrebasse et des percussions flambant neuves.

Je m'installai au comptoir. Un serveur au visage juvénile et aux cheveux gominés vint s'adresser à moi :

— Qu'est-ce que j'peux faire pour toi ?

— J'aimerais savoir si Eddy est dans le coin.

— Eddy ? répéta-t-il en me dévisageant avec curiosité. T'as un business à voir avec lui ?

— Désolé, mais la raison pour laquelle je le cherche ne vous concerne pas.

— T'pogne pas les nerfs, *frenchie* ! J'demandais ça comme ça !

Il regarda sa montre et ajouta :

— Il d'vrait pas tarder. Tu veux-tu boire un drink en attendant ?

— Je veux bien une bière. Merci.

Il me servit une pinte à ras bord et j'allai m'installer sur une table libre près de la scène. Une vingtaine de minutes plus tard, un homme entre deux âges entra dans le club. Il était chauve, portait une boucle en or à chaque oreille et on pouvait deviner des tatouages qui se terminaient sur ses deux avant-bras, sous sa veste en peau de mouton. Il discuta brièvement avec le serveur gominé qui fit un signe en ma direction, puis vint à ma table.

— Il paraît qu'tu me cherches ? dit-il.

— Salut, Eddy. Tu me reconnais ?

Il m'observa un instant avant d'ouvrir de grands yeux rieurs.

— Le chum de Léna ! Bien évidemment que j'te reconnais, Marc !

Je hochai la tête en souriant. Il me serra vigoureusement la main et s'assit à côté de moi.

— Qu'est-ce que tu fais ici ? Ça fait une éternité qu'on t'a pas vu dans l'coin !

— Je suis venu à Montréal pour quelques jours de vacances et je ne pouvais décemment pas repartir sans passer par le Downtown Jazz Club.

— T'as bien fait ! Ça m'fait plaisir de t'voir !

— Moi aussi, Eddy.

Je balayai la salle des yeux et ajoutai :

— Les choses ont l'air de bien aller pour toi.

— J'veux pas m'porter la bad luck, mais ça marche comme sur des roulettes ! On est full tous les soirs et les artistes font la queue pour travailler avec nous.

— C'est ce que je vois. Je suis content pour toi.

— Merci, Marc, c'est sympa. Mais toi, alors, raconte-moi un peu ! Comment tu vas-tu ? Et ta blonde, elle est où ?

— Justement, c'est pour ça que je suis ici.

Il me regarda sans comprendre.

— Ça fait un petit bout de temps que je n'ai pas eu de ses nouvelles, expliquai-je.

— Vous vous êtes chicanés ?

— On peut dire ça comme ça.

— J'suis désolé, mon gars. Vous aviez l'air bien ensemble.

— Le problème, dis-je en m'approchant de lui et en baissant la voix, c'est que je ne suis pas le seul. Sa famille non plus n'a pas eu de ses nouvelles depuis longtemps. Léna n'est pas venue ici récemment, par hasard ?

Il réfléchit un instant puis secoua la tête.

— J'mettrais ma main au feu qu'la dernière fois qu'elle est venue dans l'club, c'était avec toi.

— Elle n'est pas revenue depuis trois ans ?

— Il m'semble pas.

— Pour boire un verre ou pour faire un concert ? C'était son rêve de jouer sur cette scène.

— Non, ça m'dit rien. Mais j'suis pas là tous les soirs non plus.

— Est-ce qu'il y a un endroit où l'on peut voir la liste des artistes qui sont venus jouer ici ? lui demandai-je.

— Oui, c'possible de checker. Bouge pas.

Il fila dans une pièce qui se trouvait derrière le bar et en ressortit avec un gros classeur.

— Toute la programmation est là-dedans, me dit-il. Si elle est venue faire un show chez nous, elle y sera. Tu cherches une période en particulier ?

— Depuis le mois de juillet 2015 à aujourd'hui.

— Juillet 2015 ? T'es pas venu ici pour niaiser !

Eddy me laissa les documents pour aller accueillir le groupe de musiciens du soir qui venait d'entrer dans le club. Je passai plus de trente minutes à éplucher tous les noms qui figuraient sur les listes, mais celui de Léna Monacello n'apparaissait nulle part. Dépité, je finis par refermer le classeur et m'enfonçai dans ma chaise.

— Alors, t'as trouvé que'qu'chose ? me demanda Eddy en revenant à ma table.

— Non, rien du tout.

— C'est ben d'valeur… J'suis désolé, Marc.

— Je ne comprends pas, marmonnai-je. J'étais persuadé qu'elle était venue jouer ici.

— Elle a p'têtre été jouer dans un autre club de la ville ?

— Non, si elle avait dû faire une scène, c'était ici. Elle adorait cette salle.

Il m'observa d'un air triste.

— J'sais pas trop quoi te dire, mon gars. Mais s'tu continues à la chercher comme ça, tu vas finir par la trouver.

— Merci, Eddy, c'est tout le mal que je me souhaite.

— Et si j'peux te donner un conseil, vire une brosse ce soir. Tu verras qu'ça ira mieux demain.

— C'est gentil, mais je pense que je vais rentrer.

— T'es sûr ?

— Oui certain.

Il hocha la tête puis me tapa sur l'épaule d'un geste amical.

— Comme tu voudras. Mais sois pas trop désappointé. Elle finira bien par revenir, ta blonde.

9.

Le Lac aux Castors

Extrait n°2 du carnet saisi par la police – 20 février 2013.

Plus les jours passent et plus Léna me paraît belle. Mais il n'y a pas que ça. Récemment, elle a commencé à s'ouvrir sur un certain nombre de sujets : ses projets dans la musique, sa vie à Paris, mais aussi son passé. Et j'ai fait une terrible découverte.

Léna a perdu ses deux parents à l'âge de six ans, d'un accident de la route. Enfin, ce n'était pas vraiment un accident. Un chauffard qui roulait sans phare et en état d'ébriété a foncé dans leur voiture. La pauvre enfant a ensuite été envoyée chez son oncle et sa tante à Montréal, loin de ses racines. La vie est parfois si injuste...

Mais maintenant, je comprends mieux d'où elle tire sa force de caractère. Elle est si différente de toutes les filles de son âge : elle sait d'où elle vient, elle sait ce qu'elle a et elle sait où elle veut aller. Sa maturité est déconcertante. Déconcertante, mais aussi terriblement attirante.

Ce n'est plus un scoop : elle me plaît énormément.

*

Léna semblait s'être volatilisée de la surface de la Terre.

Hormis une vendeuse de fruits et légumes qui était convaincue qu'elle lui avait acheté deux artichauts, et l'employé d'un stand de sandwiches qui pensait l'avoir vue passer dans sa rue en tenant un chien en laisse, j'obtenais toujours la même réponse : « Je me souviens bien d'elle, oui ! Une chouette fille. Pas vue ici depuis des années ». Je n'accordai que peu d'importance à ces deux dernières pistes, quand on sait la propension qu'ont les gens à reconnaître des personnes qui ont disparu. Montrez-leur quelqu'un qu'ils croisent une fois par semaine, ils ne le reconnaîtront pas ; dites-leur qu'une personne qu'ils n'ont jamais vue est recherchée par la police et ils vous diront comment elle était habillée et à qui elle parlait ce jour-là.

En plus de l'absence de Léna, la carte postale que j'avais prise en photo chez les Beauchemin était au cœur de mes réflexions. J'avais passé chacun de mes temps libres à la relire, à l'analyser sous tous les angles. Au-delà de la jalousie, quelque chose me troublait. Une fausse note, un élément qui n'était pas à sa place. Je n'avais pas encore réussi à l'éclaircir, mais j'avais l'intime conviction que c'était un point capital de cette affaire. C'était donc sans réponse mais avec de nouvelles questions que je me dirigeais lentement vers mon retour en France.

La veille de mon départ, alors que je prenais un café dans le quartier de Rosemont, je reçus un coup de téléphone d'un numéro local qui m'était inconnu :

— Marc, c'est Richard. Richard Beauchemin.

Sa voix, d'ordinaire très calme, trahissait des signes de nervosité.

— Bonjour, Richard. Je ne m'attendais pas à recevoir un appel de votre part. Est-ce que tout va bien ?

— Euh… oui, ça va. Tu es toujours à Montréal ?

— Oui, je pars demain.

— Est-ce que l'on pourrait se voir cet après-midi ? Par exemple à 14 heures au parc du Mont-Royal, près du Café des Amis qui se trouve à côté du Lac aux Castors. Cela t'irait ?

Je regardai ma montre. Il était 11 heures et je n'avais rien prévu de spécial pour ma dernière journée sur place.

— Oui, c'est bon pour moi. Mais que se passe-t-il Richard ? Vous avez une voix inhabituelle.

— Ah bon ? Euh… C'est vrai que j'ai beaucoup de travail en ce moment… Oui, c'est ça, beaucoup de travail… Mais tout va bien, oui.

— D'accord, dis-je sans insister. À cet après-midi, alors.

Richard m'attendait devant le Café des Amis, un sac à dos sur les épaules. Je remarquai qu'il portait un pull trop grand, un jean usé et une paire de baskets passées, lui qui était d'ordinaire toujours impeccable. En plus de sa tenue, il ne s'était pas rasé depuis plusieurs jours et il avait des cernes sous les yeux.

Lorsqu'il m'aperçut, il s'empressa de venir me saluer chaleureusement :

— Merci d'être venu, Marc. C'est sympa de t'être déplacé.

— Ce n'est pas grand-chose, mon hôtel se trouve à deux pas d'ici.

— Cela ne te dérange pas que l'on marche un peu ?

Je fis non de la tête et nous commençâmes à longer le lac en silence. Beaucoup de monde fréquentait le parc en cette période estivale et nous dûmes marcher une dizaine de minutes avant de trouver un banc libre.

Richard leva son doigt devant lui et me dit :

— Que penses-tu du Lac aux Castors ?

— C'est très beau. Mais je ne vois pas de castors.

— Oh, ils sont partis depuis longtemps. À l'époque où Léna était petite, nous venions souvent nous balader ici. Elle adorait voir les castors. Mais ils ont fini par s'en aller loin d'ici, et elle aussi…

La tristesse creusa les traits de son visage. Il ouvrit son sac et me tendit un tissu bleu dont je reconnus immédiatement le parfum.

— J'ai fait du rangement cette semaine et j'ai retrouvé cette écharpe. J'aimerais que tu la prennes avec toi. C'était sa préférée.

— Je ne suis pas sûr que ce soit une bonne idée…

— S'il te plaît, Marc. Tu étais une personne très importante dans la vie de ma nièce, et elle te revient de droit à ce titre. Tu es libre d'en faire ce que tu veux. Si elle te rappelle trop de souvenirs douloureux, tu peux la mettre dans un coin, la jeter ou la brûler. Mais si elle te rappelle toute sa beauté, sa gentillesse et sa joie de vivre, alors je souhaite que tu la gardes avec toi.

— D'accord, si vous insistez. Mais vous, que gardez-vous de Léna ?

— Ne t'inquiète pas pour moi. Ce ne sont pas les souvenirs qui me manquent, à commencer par le premier saxophone que je lui ai offert. Rien n'est plus précieux à mes yeux.

J'acceptai son cadeau et il m'adressa un sourire triste, avant de reporter son attention vers le Lac aux Castors. J'étais en train de me demander s'il avait fait tout ce chemin dans le seul but de me donner cette écharpe, lorsqu'il me dit :

— Tu n'es pas vraiment en vacances ici, n'est-ce pas ?

— En vacances ? Si, bien sûr, j'ai eu quelques jours et je me suis dit que ça me ferait plaisir de revenir parce que…

— La police française a appelé chez nous, coupa-t-il. Il y a trois semaines. Un certain commissaire Bozillon. Il m'a posé un tas de questions sur Léna, sur toi, sur vous. Il cherchait à l'évidence à savoir où elle était passée. Et voilà que maintenant, tu fais irruption ici alors que nous ne t'avons pas vu depuis une éternité. Je ne suis pas naïf, Marc. Que se passe-t-il ?

Il ne quittait pas le lac des yeux mais son ton s'était durci. Sa souffrance était palpable et je compris qu'il était inutile de chercher à lui cacher la vérité plus longtemps.

— Très bien, avouai-je, comme vous voudrez. Un sans-abri que Léna et moi connaissions a été assassiné il y a un mois à Paris. Sur la scène de crime, une casquette appartenant à Léna a été découverte. Un témoin a également affirmé qu'une jeune femme se trouvait avec la victime juste avant sa mort. Mais quand les flics sont arrivés, elle avait disparu. Cela faisait trop de coïncidences pour notre ami Bozillon, qui soupçonne Léna d'avoir commis ce meurtre. C'est la raison pour laquelle il vous a interrogé à son sujet. Quant à moi…

Je sortis le mot anonyme que j'avais précieusement rangé dans mon portefeuille et lui tendis.

— La police l'ignore mais deux jours seulement après le meurtre du sans-abri, ce mot a été glissé sous ma porte. Vous voyez le lieu ? C'est la signature de Léna. Le Bistrot de la Place est un endroit qui nous était très cher à tous les deux. Mais pour une raison que j'ignore, elle n'est pas venue à ce rendez-vous. C'est la raison pour laquelle, à mon tour, j'ai décidé de mener l'enquête en venant vous voir.

— D'accord, je comprends mieux maintenant…

Nous restâmes silencieux un moment puis il ajouta :

— Si je suis ton raisonnement, Léna se trouvait donc avec le sans-abri le soir de sa mort, mais ce n'est pas elle qui l'a tué ?

— En effet. Je pense qu'elle était au mauvais endroit, au mauvais moment. D'ailleurs, le témoin qui a vu la jeune femme avec le sans-abri juste avant sa mort affirme qu'elle tentait de lui venir en aide, pas l'inverse.

— Pourtant, elle a fui avant l'arrivée de la police.

— Je sais, cela ne plaide pas vraiment en sa faveur. Mais je suis convaincu qu'elle a simplement pris peur qu'on la confonde avec le coupable.

— Par curiosité, à quoi ressemblait cette jeune femme ?

— La trentaine, blonde et très belle.

— Blonde ?

Richard avait tourné la tête vers moi d'un seul coup. Ses yeux me fixaient sans ciller et ses lèvres tremblaient.

— Écoutez, Richard, je suis le premier à savoir que Léna est brune, mais il n'est pas totalement impossible de l'imaginer s'être teinte en blonde, non ?

Je pensais qu'il allait m'exposer les habitudes capillaires de sa nièce pour me démontrer que c'était justement impossible, mais, à ma surprise, il resta muet et enfouit sa tête entre ses mains. Lorsqu'il retrouva l'usage de sa voix, celle-ci ressemblait à un gémissement venu d'outre-tombe :

— Au contraire, Marc, c'est parfaitement logique.

— Je vous demande pardon ?

— Je crois qu'il est temps de t'avouer quelque chose à mon tour. Si Léna a disparu il y a trois ans… C'est… C'est à cause de moi.

— Euh… Je suis désolé, mais je ne vous suis plus. Qu'est-ce que vous voulez dire par là ?

Il poussa un long soupir et ses yeux s'embuèrent.

— Il y a trois ans, après que Léna ait découvert la vérité sur l'homme qui avait causé la mort de ses parents, j'ai commencé à éprouver un terrible sentiment de culpabilité. Cette enfant, que j'avais toujours voulu protéger, se retrouvait confrontée à une épreuve qui ne serait pas arrivée si je n'avais pas manqué de courage. J'avais failli à ma mission. Je l'avais trahie, abandonnée. J'ai passé des journées entières à ruminer mes remords jusqu'à finalement décider que je devais agir. J'ai appelé Léna et lui ai demandé ce que je devais faire pour rattraper les torts que j'avais commis. Sa réponse a été catégorique : il fallait qu'elle rencontre la personne qui avait tué ses parents. Elle en éprouvait un besoin vital. Pour honorer ma parole, j'ai remué ciel et terre afin de trouver des informations sur cet homme. Cela n'a pas été simple, mais j'ai réussi à récolter de précieux renseignements grâce à mes contacts : il s'appelait Max Salazar, il était sorti de prison huit ans plus tôt et il avait été réinséré dans une société de peinture en bâtiment. Tous les lundis et vendredis soir, il devait faire acte de présence dans une association d'alcooliques anonymes – cela faisait partie de ses obligations suite à sa condamnation. Tous les autres jours, il allait se saouler dans un bar où il avait ses habitudes. Ironie de l'histoire, n'est-ce pas ? J'ai raconté à Léna tout ce que j'avais découvert sur lui. Deux jours plus tard, elle se faisait embaucher dans ce bar.

— Quand était-ce exactement ?

— À la fin du mois de février 2015. Je m'en rappelle bien parce qu'il était tombé quarante centimètres de neige ici.

— Vous vous souvenez du nom du bar ?

— Je ne l'oublierai jamais : le Harlem Café.

Je fronçai les sourcils. Le Harlem Café, ce club de jazz privé qui ne se trouvait qu'à une centaine de mètres de chez moi et devant lequel je passais tous les matins pour aller à l'Agence. Comment Léna avait-elle bien pu jouer là-bas sans que je m'en aperçoive ?

— Elle est devenue folle de rage quand elle a revu l'homme qui avait tué ses parents, poursuivit Richard. Elle n'arrêtait pas de dire qu'elle devait faire quelque chose, qu'une ordure pareille ne pouvait pas continuer à vivre en toute impunité. Même si j'étais d'accord avec elle sur le fond, son discours commençait à m'inquiéter : elle n'était plus seulement énervée, elle devenait menaçante, violente. Et puis un soir, j'ai reçu ce SMS.

Il sortit son téléphone de sa poche et me le tendit pour que je puisse le lire. Il était daté du 20 juin 2015, à 22h26 :

> *Je suis désolée, Richard, mais je vais devoir disparaître. J'ai longuement pesé le pour et le contre de cette décision et je suis convaincue que c'était un mal nécessaire pour un bien. Car désormais, tout est réparé.*
>
> *Ne cherche pas à me retrouver parce que je ne reviendrai pas ; cela vous mettrait trop en danger. Si Rosalie ou Marc posent des questions à mon sujet, je t'en prie, garde tout cela pour toi. Je sais qu'ils ne comprendraient pas et je ne veux pas leur faire plus de peine que je n'en ai déjà fait. Mais surtout, ne t'inquiète pas pour moi : tout va bien.*
>
> *Je t'embrasse.*
> *Léna*

Richard attendit que je termine ma lecture pour me dire à voix basse :

— Suite à ce message, j'ai regardé les informations sur Internet et j'ai découvert qu'un homme avait été tué devant le Harlem Café. Le coupable était en fuite et la police cherchait activement sa trace. Naturellement, j'ai fait le lien…

— J'ai du mal à imaginer Léna commettre un meurtre, dis-je en lui rendant son téléphone.

— Cela a été difficile à accepter pour moi aussi, mais il y a trop de preuves pour ne pas admettre la vérité : Léna a tué cet homme et elle se cache depuis trois ans pour éviter la police. Et si ce que tu penses est vrai, si Léna s'est teinte en blonde et s'est retrouvée à fuir l'arrivée de la police alors qu'elle n'avait rien à voir avec la mort de ce sans-abri, alors cela ne fait que confirmer cette version.

Richard venait de marquer un point. En voyant mon visage songeur, il me tapa sur l'épaule avec compassion.

— Je suis désolé, Marc. J'aurais préféré que tu l'apprennes différemment, mais j'ai voulu respecter le souhait de ma nièce pour tenter de réparer un tant soit peu le mal que je lui avais fait. Quant à moi, il faut que j'accepte ma part de responsabilité dans toute cette affaire. C'est moi qui lui ai donné le bâton pour qu'elle aille se battre. C'est moi qui l'ai amenée à commettre l'irréparable. D'une certaine façon, c'est moi qui l'ai condamnée à l'exil. Et il n'y a pas un jour qui passe sans que je regrette ce qu'il s'est passé. Mais pour autant…

Il s'arrêta pour prendre une profonde inspiration, puis il me dit :

— Pour autant, cette carte postale que nous avons reçue m'a montré qu'il n'était pas trop tard. Léna est la fille que je n'ai jamais eue et je suis prêt à tout pour elle, quitte à aller en prison. Ou pire, s'il le faut. Je veux rattraper mes erreurs. Je veux retrouver Léna et la protéger comme un père. Et c'est la raison pour laquelle je voulais te voir aujourd'hui, Marc. Il faut que tu m'aides à mener l'enquête. Je ne pourrai pas me déplacer à Paris sans alerter les soupçons de la police, mais toi, tu es déjà sur le terrain. Pose des questions aux personnes qui la connaissaient, fais la lumière sur ce qu'il s'est passé il y a trois ans. Avec de la persévérance et un brin de chance, tu arriveras à retrouver sa trace avant la police et nous pourrons ainsi la protéger.

— Croyez-moi, Richard, c'est ce que je souhaite plus que tout. Mais je vous rappelle que la police pense également que je suis dans le coup.

— Oui, bien sûr… Je réalise à quel point ce que je te demande est dangereux et tu n'es pas obligé d'accepter… Mais au moins, tu es au courant de la vérité et tu as le droit de prendre tes décisions en ton âme et conscience. Je sais à quel point tu étais attaché à ma nièce et j'estime que tu as le droit de savoir pourquoi elle a disparu.

Il y avait quelque chose de touchant dans sa sincérité. Il suffisait de regarder son visage fatigué et ses affaires usées pour comprendre qu'il était dos au mur.

Un coup de vent vint agiter l'écharpe de Léna devant moi et je ne pus m'empêcher d'esquisser un sourire. Après tout, qu'avais-je à perdre, si ce n'est du temps ? Et le temps, j'en avais justement à revendre depuis ma mise à pied.

— C'est d'accord, finis-je par dire. Vous pouvez compter sur moi.

Un sourire enfantin se dessina sur le visage de Richard et il se mit à me remercier chaudement en me serrant la main avec une force insoupçonnée. Puis il détourna son regard vers le Lac aux Castors et son sourire laissa place à un regard inquiet.

— Où peut-elle bien se cacher, Marc ?

10.

Retour aux affaires

Extrait n°3 du carnet saisi par la police – 8 mai 2013.

Je ne comprends pas comment je peux être aussi accro à Léna. Si elle met plus de quelques heures à répondre à un message, je commence à paniquer. Si je ne la vois pas plusieurs fois par semaine, je suis triste. Sans parler des mauvaises nuits et de ma perte d'appétit. Je crois tout simplement que je fais un début de dépression.

Personne ne le sait, mais j'ai commencé à voir une psy. J'espère qu'avec elle, j'arriverai à me recentrer sur les éléments essentiels de ma vie, ceux qui ont comblé mon existence jusque-là. Les premières séances ont été assez prometteuses, j'espère que ça continuera ainsi.

Elle m'a notamment dit une chose qui m'a beaucoup fait réfléchir : « Éprouvez-vous de l'attirance pour elle, le désir de construire une histoire ensemble ? Ou bien est-ce le challenge de séduire cette femme qui vous paraissait inaccessible ? ». Si j'arrive à répondre à cette question, je pense que j'aurais déjà fait un grand pas vers la guérison.

*

Le nom de Hernin Bozillon faisait écho à celui d'un grand commissaire de la police française. Il avait travaillé pendant plus de quarante ans au 36, quai des Orfèvres où il avait résolu de nombreuses affaires, dont certaines restées célèbres. Ses collègues le décrivaient comme quelqu'un de taciturne, mais doté d'une méthode défiant toute concurrence, qui contrastait avec sa crinière de cheveux en désordre et son aspect négligé.

Quatre ans plus tôt, poussé par sa femme et la naissance de ses premiers petits-enfants, Hernin Bozillon avait décidé de lever le pied. Une réunion au sommet avait eu lieu et il avait été décidé d'un commun accord qu'il serait réaffecté au commissariat du 14ᵉ arrondissement, où il pourrait continuer à exercer sa profession sans toutefois être au-devant de la scène médiatique. Depuis cette date, Hernin Bozillon vivait une vie paisible entrecoupée de quelques affaires assez banales. Jusqu'à la mort de Jojo.

Au départ, rien ne le poussait à mener cette enquête : il était commissaire de police et il avait une équipe pour réaliser ce genre de travail. Mais la réalité était que le terrain lui manquait. Depuis qu'il avait quitté le 36, il passait ses journées enfermé entre quatre murs à faire de la paperasse, à traiter des problèmes de budget et à résoudre des querelles internes assez inintéressantes. Même s'il savait pourquoi il avait fait ce choix, il était nostalgique de la belle époque. Il en avait assez d'être dans un bureau, il voulait se sentir utile à la société. Alors, quand le juge d'instruction l'avait appelé pour résoudre cette affaire, il n'avait pas hésité une seule seconde. Il s'était entouré de son meilleur élément, le lieutenant Parega, et avait pris lui-même les rênes de l'enquête. Et comme un drogué qui fait une rechute dans son abstinence, il ne pensait désormais plus qu'à ça.

Sa femme, Bertille, le connaissait par cœur et avait bien vu le changement qui s'était opéré en lui durant ce dernier mois : son regard était plus lointain, ses pensées plus sombres, ses nuits plus agitées. Elle se faisait du souci pour son mari et elle avait espéré que leur séjour annuel en Bretagne, avec leurs trois filles et leurs deux petits-enfants, lui permettrait de couper les ponts. Mais un homme comme Hernin Bozillon n'était pas du genre à couper les ponts quand quelque chose le tracassait.

Lorsqu'il était rentré à Paris avec le reste de sa famille, trois jours plus tôt, il avait proposé à sa femme d'inviter Oscar Parega, pour le traditionnel déjeuner de famille du 15 août : « Tu sais, Bertille, Oscar est un homme très discret et je me rends compte que je le connais finalement assez peu alors que nous travaillons ensemble tous les jours. Je me dis que ce serait une bonne occasion de partager un moment hors du travail pour resserrer nos liens ». Sa femme n'était pas dupe, elle savait que la vraie raison de cette invitation était de reprendre le cours de l'enquête et de savoir comment les choses avaient évolué durant son absence. Elle avait accepté pour faire plaisir à son mari, mais elle avait exigé en contrepartie que personne ne parle de l'affaire de Jojo à table. Il s'agissait tout de même d'un meurtre et Bertille ne voulait pas que ses enfants et petits-enfants y soient exposés directement. Hernin Bozillon avait accepté sans ciller.

Oscar Parega arriva à l'heure exacte, les bras chargés d'un bouquet de fleurs et d'une bonne bouteille de vin.

Après un bref apéritif qui permit de faire les présentations et qui vit les trois filles de Bozillon regarder leur invité avec un désir plus ou moins dissimulé, tout le monde passa à table. Parega se montra poli, discret, et ne manqua pas de compli-menter la maîtresse de maison pour la qualité de sa cuisine. Il se montra également très intéressé par ce que faisait chacun des membres de la famille.

La fille aînée du commissaire travaillait dans une grande maison de luxe, où elle avait rencontré son mari avec qui elle avait eu deux enfants, aujourd'hui âgés de six et quatre ans. La seconde était journaliste chez Reporters Sans Frontières et sillonnait le monde depuis plus de trois ans pour dénoncer des injustices sociales dans des pays où la liberté d'expression était loin d'être acquise. Elle était peu souvent en France mais se débrouillait toujours pour passer cette période estivale en famille. La cadette, quant à elle, travaillait en tant que bénévole dans des associations caritatives et enchaînait les petits boulots à côté pour pouvoir payer son loyer.

Le repas tourna donc autour des activités respectives des uns et des autres, de l'actualité dans le monde et du restaurant où l'on pouvait manger les meilleures crêpes en Bretagne. Mais lorsque les petits-enfants partirent faire la sieste, le commissaire Bozillon conduisit Parega dans le salon pour prendre le café et s'empressa de poser la question qui lui brûlait les lèvres depuis le début du déjeuner :

— Dis-moi, Oscar, où en est l'affaire du SDF ?

Parega ne montra aucune surprise et répondit calmement de sa voix grave :

— On avance.

— L'arme du crime ?

— Retrouvée dans une poubelle de rue à cinquante mètres de la victime. Couteau de cuisine standard. Aucune empreinte digitale, aucune trace d'ADN.

— Ç'aurait été trop beau, grommela Bozillon. D'autres éléments ?

— Trois des cinq coups de couteau étaient très profonds.

— Ce qui indiquerait plutôt un homme… Ou une femme qui a fait preuve d'une grande férocité.

Parega ne commenta pas.

— Du nouveau sur la victime ? poursuivit Bozillon.

— Homme discret, en bon termes avec son entourage. Pas violent, buvait peu, fumait des cigarettes mais ne prenait pas de drogue – confirmé par l'examen toxicologique. Il a vécu plus de vingt ans dans le square qui se trouve derrière chez Leclerc – surnommé la place de l'arbre tordu – mais a été forcé de s'en aller il y a trois ans, suite à des travaux de végétalisation. Il a déménagé à Montparnasse où il vivait depuis lors.

— Cela correspond bien à la version de Leclerc. On a donc affaire à quelqu'un qui était apprécié des autres. Pourtant, il a été sauvagement assassiné.

Il jeta un regard à son adjoint et comprit qu'il avait encore du nouveau pour lui.

— Je t'écoute, Oscar, dis-moi tout.

— Il y a trois ans, dans la nuit du 20 au 21 juin 2015, Jojo a été entendu comme principal témoin d'un meurtre.

— Attends un peu… Pourquoi cette date me dit quelque chose ?

— C'est le soir où Léna Monacello a disparu dans la nature.

Une lueur verte étincela au fond des yeux du commissaire.

— La victime sortait du Harlem Café, reprit Parega, un club de jazz privé qui se trouve à côté de la place de l'arbre tordu. Juste avant de trouver le corps, Jojo a aperçu un individu sur cette même place. Taille moyenne, casquette de couleur foncée avec des inscriptions blanches dessus. Pas réussi à distinguer si c'était un homme ou une femme. L'individu a pris la fuite quand Jojo est arrivé.

— Encore une casquette… murmura Bozillon. Qu'a donné l'enquête ?

— Coupable jamais retrouvé, affaire classée.

— Je vois. Un lien entre la victime et Léna Monacello ?

— Rien trouvé pour le moment, si ce n’est que Monacello avait été embauchée au Harlem Café seulement quatre mois plus tôt.

Un nouvel éclat brilla dans les yeux du commissaire.

— Il semblerait que l’étau se resserre. Du nouveau sur elle ?

— Elle a perdu ses parents à l’âge de six ans dans un accident de la route. Placée chez son oncle et sa tante à Montréal. Revenue en France à dix-huit ans pour intégrer le Conservatoire National de Paris. Diplômée en juin 2014 après sept ans d’études. Elle a passé et réussi des auditions à l’Institut Culturel Italien en janvier 2015, et au Harlem Café en février 2015.

— Que dit l’Institut Culturel Italien ?

— Concerts magnifiques de janvier à juin.

— Et… ?

— Plus rien.

— Comment ça, plus rien ?

— Aucune nouvelle de Monacello depuis juin 2015.

Bozillon plissa les yeux puis inclina lentement la tête.

— Oui, Oscar, je crois bien que nous tenons le mobile du meurtre de Jojo. Pour une raison que l’on ignore encore, Léna Monacello a tué l’homme du Harlem Café il y a trois ans, dans la nuit du 20 au 21 juin 2015. Mais elle savait que Jojo l’avait vue sur la place de l’arbre tordu et elle a pris peur. Elle disparaît pendant trois ans en sacrifiant ses dates de concert, le temps que l’histoire se tasse, puis réapparaît il y a un mois pour tuer Jojo en se disant que personne ne fera le lien entre les deux affaires. Oui, tout se tient…

Au moment où le commissaire Bozillon prononçait ces mots, le reste de la famille fit son apparition dans le salon en apportant avec eux du thé et des petits gâteaux.

— On peut se joindre à vous ? demanda Bertille.

— Bien sûr, ma chérie, répondit son mari qui avait l’air plus embarrassé que réjoui de cette intrusion.

— De quoi parliez-vous ?

— Oscar me racontait les potins du bureau. Les dernières nouvelles, tout ça.

Bertille n'avait pas besoin de regarder son mari pour savoir qu'il était en train de lui mentir. Elle sourit poliment et lui demanda :

— Que dirais-tu de partir bientôt en vacances, Hernin ?

— Mais, Bertille, on vient à peine de rentrer de Bretagne !

— Et alors ? J'ai envie de voyager. La Bretagne, c'est bien, mais ça fait une éternité qu'on n'est pas partis loin tous ensemble. Que dirais-tu du Vietnam ? Ou du Costa Rica ?

— Ou l'Afrique du Sud ! s'exclama Noémie, la fille aînée. J'ai entendu dire que c'était magnifique.

— Très bonne idée ! s'enthousiasma Bertille. Vous connaissez l'Afrique du Sud, Oscar ?

— Non, répondit sobrement Parega.

— Je suis sûre que les enfants adoreraient, reprit Noémie. Ils sont dans leur période animaux de la savane.

Hernin Bozillon ne répondit pas. Pendant que sa femme tentait désespérément de changer de sujet de conversation, il n'avait la tête qu'à une seule chose : retrouver la trace de Léna Monacello.

— Papa ? relança Noémie.

— On verra ça plus tard, répondit-il, irrité. Mais si vous le voulez bien, j'aimerais encore discuter d'un point avec Oscar.

Bertille le fusilla du regard avant de reprendre la discussion comme si de rien n'était avec ses filles et son gendre. De son côté, le commissaire s'approcha de son adjoint et lui demanda à voix basse :

— A-t-on une piste sur l'endroit où se trouve Monacello ?

— Pas encore, dit Parega.

— Son téléphone ?

— Aucun signal. Impossible à trianguler.

— Évidemment… Et Leclerc, dans tout ça ? Qu'est-ce qu'il devient ?

— Mis à pied par son Agence jusqu'à la fin de l'année.

— Mis à pied ? Pour quelle raison ?

— Faute grave. Pas plus de détails.

— Ça alors, Leclerc serait-il en train de perdre les pédales ? Voilà qui est très intéressant… A-t-on trouvé quelque chose dans le carnet que l'on a récupéré chez lui ?

— Non. Toujours en cours d'analyse.

— Bien. Quoi d'autre ?

— Leclerc est parti dix jours à Montréal début août.

Bozillon leva les sourcils au ciel.

— À Montréal ?

— Du 2 au 12 août, précisa Parega. Hôtel réservé à son nom dans le quartier du Centre-Ville. Trois jours après son arrivée, il est allé dans le quartier du Westmount où il a passé plus de deux heures dans une maison.

— Laisse-moi deviner : les Beauchemin ?

Parega acquiesça.

— Et les autres jours ?

— Il s'est rendu dans des restaurants, bars, commerçants et un club de jazz huppé du Centre-Ville.

— Des lieux qu'il avait probablement identifiés comme fréquentés par son ex-fiancée, observa Bozillon. Ce qui signifie qu'il ignorerait réellement où elle se trouve. Sinon, il n'aurait pas été fouiner de la sorte. D'autres choses sur Montréal ?

— Leclerc a revu Richard Beauchemin la veille de son retour en France.

— Il a revu Beauchemin ?

— Ils se sont retrouvés au parc de Mont-Royal, à côté du Centre-Ville. Beauchemin a donné une écharpe à Leclerc, puis ils ont discuté une heure et se sont quittés.

— C'est tout ?

— Oui. Leclerc est rentré à Paris le lendemain.

— D'accord. Et est-ce qu'il se doute qu'on le suit ?

— Non. Il n'a montré aucun signe pendant son voyage et il n'a pas repéré la voiture banalisée en bas de chez lui.

Bozillon prit une minute pour intégrer toutes ces informations, le regard lointain et la main droite se baladant nerveusement dans sa crinière de cheveux gris. Lorsqu'il revint à lui, il poussa un long soupir et s'étira d'un air satisfait.

— C'est du bon boulot, Oscar. On a désormais un mobile tangible pour le meurtre de Jojo et un suspect confirmé en la personne de Léna Monacello. Il ne nous reste plus qu'à trouver où elle se cache. Et la bonne nouvelle, c'est que Leclerc va nous mâcher le boulot. Les pièces du puzzle s'assemblent petit à petit et on va finir par lever le voile sur cette affaire.

Il prit la main de sa femme et l'embrassa sur la joue. Celle-ci lui sourit poliment, mais Parega s'était aperçu qu'elle n'avait pas manqué un mot de leur conversation. Et, même si elle faisait à présent l'effort d'afficher un visage neutre, il avait vu des rides s'accumuler sur son front lorsqu'elle avait entendu qu'une jeune femme avait disparu et qu'une filature avait été mise en place contre son ex-fiancé.

11.

*Les malheurs
arrivent toujours par trois*

Extrait n°4 du carnet saisi par la police – 12 juillet 2013.

Les séances de psy me font beaucoup de bien. Grâce à ce travail hebdomadaire, je me rends compte que mon esprit est moins focalisé sur Léna et que j'arrive à mieux faire la part des choses, à calmer mes angoisses et à reprendre goût au reste. Il était temps, certes, mais au moins je commence à voir une avancée positive.

C'est également la psy qui a insisté pour que je continue l'écriture de ce petit carnet – j'avais décidé d'arrêter car je trouvais ça un peu ridicule, mais elle m'a dit le contraire. Finalement, j'admets avoir compris l'utilité de l'exercice. Il y a quelque chose d'apaisant dans le fait de coucher ses pensées sur papier, et pouvoir les retrouver jour après jour au même endroit.

Je le sens au fond de moi : je suis sur le bon chemin. J'ai l'espoir que d'ici peu de temps, je sois capable de maîtriser mes émotions et que cette période trouble ne soit plus qu'un lointain souvenir. Il vaudrait mieux, d'ailleurs, parce que les mois prochains vont être chargés au travail.

*

Je m'attendais à trouver une entrée cosy à l'image d'un cabaret parisien, mais la réalité était bien différente : je me tenais devant une porte en fer noir, sans poignée, surmontée d'une caméra de surveillance. Je patientai un instant en me demandant s'il fallait que je frappe pour signaler ma présence, mais la porte s'ouvrit à ce moment-là.

Une armoire à glace me toisa du regard.

— Vous avez une carte de membre ?

— Je crois que je l'ai oubliée, dis-je en faisant mine de fouiller dans mes poches. Mais vous devriez avoir mon nom sur la liste.

Il m'observa d'un air suspicieux.

— Quel nom ?

— Leclerc.

— Un instant, je vais regarder.

Il me referma la porte au nez et me laissa seul face à la caméra de surveillance à me demander comment je pourrais me sortir de ce pétrin.

Lorsque la porte se rouvrit, ce n'était pas mon interlocuteur mais une jeune femme blonde qui en sortit, vêtue d'une chemise à carreaux et d'un jean troué. Elle m'adressa un bref signe de tête puis s'éloigna pour fumer une cigarette. Le videur réapparut cinq minutes plus tard et vint se poster devant moi avec son imposante carrure.

— Nous n'avons personne à ce nom, déclara-t-il.

— Personne à ce nom ? Ça m'étonnerait, je suis inscrit ici depuis des années.

— Dans ce cas, allez chercher votre carte. Sinon, restez dehors.

— Mais je n'ai pas le temps, voyons ! Je vais rater le début du concert !

— Ce n'est pas mon problème.

— Vous voulez m'empêcher d'assister au concert parce que vous ne pouvez pas le voir non plus, c'est ça ?

Il croisa ses bras. Ses biceps faisaient la taille de ma tête.

— Si je dis que vous ne pouvez pas rentrer, vous ne pouvez pas rentrer. C'est clair ? Circulez maintenant.

— Il y a un problème, Franklin ?

Je me retournai et vis la jeune femme en chemise à carreaux s'approcher de nous après avoir jeté sa cigarette. L'armoire à glace secoua la tête.

— Aucun problème, Vanille. Monsieur Leclerc allait justement reprendre son chemin.

La dénommée Vanille me fixa droit dans les yeux.

— Leclerc ?

— Marc Leclerc, dis-je en hochant la tête.

— Attendez un peu, réfléchit-elle, je crois que votre nom et votre visage me disent quelque chose. Ce n'est pas vous qui étiez venu le mois dernier et qui aviez fait un morceau au piano pour combler le retard de Charlie ?

— Je plaide coupable. C'était bien moi.

J'inclinai la tête en ayant l'air le plus convaincant possible tout en ignorant parfaitement qui était Charlie. Elle me sourit et dit au videur de sa voix douce :

— C'est bon, Franklin, il est réglo.

— J'ai aucune confiance en ce type, grogna-t-il.

— Ne t'inquiète pas, j'en prends la responsabilité. Et au pire, je sais que tu n'es pas très loin.

Elle posa sa main fine sur l'épaule massive du videur qui n'eut d'autre choix que de s'avouer vaincu. Il fit un pas de côté à contrecœur et nous pûmes entrer ensemble à l'intérieur du Harlem Café.

*

Parega frappa à la porte du commissaire Bozillon.

— Que se passe-t-il, Oscar ?

Sans un mot, Parega lui tendit un dossier. Bozillon le feuilleta et ses yeux se mirent à étinceler.

— L'homme qui est responsable de la mort des parents de Monacello, murmura-t-il. Oui, bien sûr, il est là notre lien… Mais il y a quelque chose que je ne comprends pas…

Sa voix s'évanouit en même temps que ses pensées se perdirent au loin. Il passa une main dans ses cheveux en désordre et ajouta :

— Il faut que l'on aille au Harlem Café. J'ai des questions à leur poser.

— D'autres ont eu cette idée.

Bozillon leva un sourcil interrogateur vers son adjoint. En guise de réponse, Parega lui montra les photos que venait d'envoyer l'équipe de surveillance quelques minutes plus tôt. On pouvait y voir trois personnes qui discutaient devant le Harlem Café, avant que deux d'entre elles ne finissent par entrer dans le club. Bozillon les observa attentivement puis se leva brusquement en faisant tomber sa chaise.

— Dis-leur de les suivre immédiatement à l'intérieur du Harlem Café ! Qu'ils aient un visuel constant sur Leclerc ! Je veux qu'on ne le lâche pas d'une semelle, c'est compris ?

Parega acquiesça.

— Et prends tes affaires, Oscar. On y va aussi !

Il attrapa sa veste et tourna les talons en lançant un flot de jurons, suivi de près par son adjoint qui restait silencieux.

*

Là où le Downtown Jazz Club de Montréal était fastueux et élégant, le Harlem Café était modeste et vieillot : des tapisseries en velours rouge usé, des fauteuils au cuir fatigué, des cendriers pleins de cigarettes encore fumantes, le tout sous un éclairage tamisé. Une petite scène était installée au fond de la salle pour accueillir les concerts. Malgré cette atmosphère peu engageante, le club était aux trois-quarts plein et ses membres avaient l'air de se réjouir de s'y trouver.

Vanille m'indiqua une petite table au centre de la pièce. En m'asseyant dans le fauteuil un peu trop moelleux qui se trouvait à ma disposition, je l'observai de plus près : elle avait trente ans tout au plus, un joli visage encadré par de longs cheveux blonds qui tombaient sur ses épaules et des yeux bleus pétillants.

— Pourquoi avez-vous fait ça ?

— Vous m'aviez l'air d'être quelqu'un d'honnête, répondit-elle en me dévisageant à son tour. Un menteur, certes, mais un menteur honnête. Et pour votre information, voici Charlie, ajouta-t-elle en désignant le barman, un vieil homme Noir qui portait un costume trois pièces, un nœud papillon et un chapeau melon.

— D'accord, je sais donc qui était en retard le mois dernier. Je peux vous offrir un verre pour vous remercier ?

— Volontiers.

— Que voulez-vous ?

— Un verre d'eau avec une tranche de citron, s'il vous plaît.

J'allai passer commande au bar sans faire de commentaire. Une minute plus tard, je revins m'assoir à notre table avec les boissons. Elle me remercia en me gratifiant d'un joli sourire.

— Vous êtes membre depuis longtemps ? demandai-je.

— Ça fera bientôt deux mois.

— Comment y êtes-vous entrée pour la première fois ?

— Comme vous. Par la porte d'entrée.

— Je voulais dire…

— J'ai bien compris ce que vous vouliez dire, coupa-t-elle en clignant de ses yeux pétillants. Mais non, je ne triche jamais. J'ai simplement bénéficié d'un concours de circonstances.

Je l'interrogeai du regard mais elle ne consentit pas à m'en dire plus.

— Vous vous appelez vraiment Vanille ?

— Ça vous pose un problème ?

— Non, aucun. Mais vous auriez pu utiliser un pseudonyme pour venir ici.

— Pourquoi voulez-vous que j'utilise un pseudonyme pour venir ici ? Vous pensez que j'ai quelque chose à cacher ?

— Je ne sais pas quelles sont les pratiques dans ce club…

Elle éclata d'un rire cristallin et sincère.

— Je vous rassure, aucune pratique illégale ni exotique ici. Juste de la bonne musique, de l'alcool de qualité et la possibilité de fumer à l'intérieur.

— Donc tous les clients de ce club sont des gens honnêtes qui aiment écouter de la bonne musique en buvant de l'alcool de qualité et en fumant à l'intérieur ?

— Tous, je ne sais pas. Mais pour la plupart, oui.

— Ce qui n'est pas votre cas.

— Je vous demande pardon ?

— Vous êtes sortie dehors pour fumer, et vous ne buvez pas d'alcool.

Un nouveau sourire apparut sur ses lèvres.

— Je vois que vous avez le sens de l'observation. Qu'est-ce qui vous amène ici, Marc Leclerc ?

— Une longue histoire.

— J'aime bien les histoires.

— Désolé, Vanille, mais j'ai bien peur que celle-ci ne vous déçoive.

— Qu'en savez-vous ?

— Ce serait trop long à expliquer.

Elle reposa son verre et me dit à voix basse :

— Vous étiez prêt à vous faire mettre en pièce par Franklin pour entrer ici. Vous me bombardez de questions depuis que l'on est assis à cette table. Et pour finir, vos yeux sont tellement focalisés sur ce qu'il se passe autour de nous que j'aurais pu enlever ma chemise sans que vous ne vous en rendiez compte. J'en déduis donc que vous êtes ici pour une bonne raison, n'est-ce pas ?

— Vous auriez vraiment enlevé votre chemise ?

— Vous vous éloignez du sujet, Marc.

— Bon, d'accord. J'avoue tout : je suis de nature curieuse.

— Je ne vous crois pas.

— C'est pourtant la vérité.

— Tant pis pour vous, soupira-t-elle. Je vous aurais donné une chance, mais si vous préférez que j'aille voir Franklin pour lui dire que vous vous êtes trompé d'endroit, pas de problème. Je suis sûre qu'il se fera un plaisir de vous mettre dehors.

— C'est une menace ?

— Non, c'est une promesse.

Elle but une longue gorgée de son verre d'eau sans décoller ses yeux bleus pétillants des miens. Il n'y avait aucune méchanceté dans son visage, simplement un plaisir non dissimulé à prendre part à cet affrontement.

— Comme vous voudrez, capitulai-je. Tout d'abord, la police me croit impliqué dans une affaire de meurtre d'un vieil ami. Ensuite, j'ai été mis à pied de mon travail et j'ai perdu par la même occasion un projet très important pour ma carrière. Pour finir, j'ai vu ressurgir un fantôme du passé dont je pensais m'être débarrassé pour de bon. Vous êtes satisfaite ?

À mon plus grand désarroi, elle ne montra aucune empathie mais dit simplement d'une voix neutre :

— Je vois. C'est logique.

— Pardon ?

— Oui, répondit-elle comme si c'était parfaitement évident. Les malheurs arrivent toujours par trois. Le meurtre, le travail, le fantôme. Le compte est bon.

— Je vous remercie pour votre compassion.

— Quel est le rapport avec le Harlem Café ?

— Je viens y chercher des réponses.

— Sur le meurtre, votre travail ou le fantôme du passé ?

— Un peu des trois.

— Et comment comptez-vous vous y prendre pour obtenir vos réponses ?

— De la manière la plus simple qu'il soit : en discutant avec des gens. D'ailleurs, vous pouvez probablement m'aider. Est-ce que vous connaissez quelqu'un qui aurait pu se trouver ici il y a trois ans ?

— Allez voir Charlie, dit-elle en faisant un signe en direction du comptoir. Il travaille ici depuis la création du Harlem et sert quasiment tous les soirs.

Je jetai un nouveau coup d'œil au barman. Il était occupé à servir deux hommes à la carrure solide qui venaient d'entrer dans le club. Vanille termina son verre et se leva.

— Vous vous ennuyez tant que ça ? fis-je remarquer.

— Au contraire, je serais ravie de continuer cette discussion des plus passionnantes avec vous. Mais j'ai une ou deux choses à faire. Bon courage avec Charlie et à plus tard, Marc Leclerc.

Sans autre prérogative, elle fila derrière la porte qui donnait sur l'entrée. Au même moment, une jeune femme vêtue d'une grande robe à motifs ethniques et qui ressemblait de manière étonnante à Nina Simone fit son apparition sur scène, sous des applaudissements nourris. Elle remercia les spectateurs puis se mit à interpréter des chansons aux sonorités Soul, en s'accompagnant elle-même au piano. Je l'écoutai d'une oreille distraite en terminant ma bière, avant de me diriger vers le bar.

Je m'assis en face de Charlie qui était occupé à essuyer des verres.

— Qu'est-ce que je vous sers ? me demanda-t-il.

— Un whisky, s'il vous plaît.

Il fit un signe de tête et alla chercher une bouteille sur l'étagère derrière lui.

— Vous êtes nouveau ici ? Je ne crois pas déjà vous avoir déjà vu au Harlem.

— Effectivement, c'est ma première fois.

— Et vous connaissez Vanille ?

— Euh… oui, répondis-je avec une légère surprise. Vous la connaissez aussi ?

— Mieux que personne.

La principale intéressée choisit cet instant précis pour réapparaître dans la salle depuis la porte où elle avait filé. Elle avait abandonné sa chemise à carreaux et son jean troué pour un blazer ajusté et un pantalon de tailleur noirs qui lui allaient divinement bien. Elle passa derrière le bar, me jeta un regard en biais accompagné d'un sourire, puis prit les cocktails qu'avait préparés Charlie pour les apporter à une table un peu plus loin.

Je bus une gorgée qui me brûla la bouche et reportai mon attention vers le barman.

— Vous vous souvenez de tous les artistes qui sont passés ici ? lui demandai-je.

— J'ai la prétention d'affirmer que je les connais sur le bout des doigts, comme si c'étaient mes propres enfants, répondit Charlie.

— Dans ce cas, le nom de Léna Monacello doit sûrement vous dire quelque chose ?

Il manqua de lâcher la bouteille qu'il avait entre les mains.

— Difficile de ne pas se souvenir d'elle, murmura-t-il.

— Que voulez-vous dire ?

— C'est une longue histoire… Mais pourquoi voulez-vous savoir ça, jeune homme ?

— Léna est une amie à moi, mais je n'ai plus de nouvelles depuis un moment et j'aurais aimé la revoir. Elle joue toujours ici ?

— Oh non, ça fait bien longtemps qu'elle ne joue plus ici.

— Vous n'auriez pas une idée de l'endroit où je pourrais la trouver ?

— Si seulement.

Voyant que je ne comprenais pas ce à quoi il faisait allusion, Charlie s'approcha de moi et dit à voix basse :

— Léna n'est pas simplement partie. Elle a *choisi* de partir, si vous voyez ce que je veux dire.

— Je ne vois pas ce que vous voulez dire.

— Peu importe, jeune homme. C'est du passé maintenant.

Il tourna les talons et alla retrouver Vanille qui lui passait une nouvelle commande. Quand il revint vers moi, je décidai d'insister :

— Charlie, je vous en prie, racontez-moi ce qu'il s'est passé avec Léna.

— Je suis désolé mais pas ce soir.

— Mais pourquoi ? C'est si terrible que ça ?

— Je crois que je me fais vieux. Je n'ai pas envie de revivre cette histoire, elle me rappelle trop de mauvais souvenirs.

— Bon, dans ce cas, y a-t-il quelqu'un d'autre avec qui je pourrais en discuter ?

Il me fixa et je vis les rides de son visage se creuser un peu plus.

— Vous teniez à elle, n'est-ce pas ?

— Beaucoup plus que vous ne pouvez l'imaginer. Écoutez, Charlie, je ne suis pas là pour faire des histoires. Je veux simplement obtenir quelques réponses. Je vous promets que vous serez débarrassé de moi dès que je les aurais eues.

Il ne répondit pas tout de suite mais tourna la tête en direction de la scène. Tout en écoutant la jeune femme qui jouait, son regard se perdit au loin, comme s'il était en train de revivre des souvenirs qu'il avait longtemps enfouis en lui. Il finir par pousser un long soupir et me dit d'une voix un peu plus grave qu'auparavant :

— J'ai rencontré Léna le jour de sa première audition. Elle était arrivée en avance et je lui avais servi un verre d'eau en attendant de la faire monter sur scène – c'est moi qui m'occupe de faire la sélection des artistes. Nous avons un peu discuté et j'ai tout de suite senti chez elle quelque chose de spécial : sa beauté, son charisme, sa voix. Elle dégageait un charme naturel très fort. Lorsque je lui ai demandé pourquoi elle souhaitait jouer ici, elle m'a répondu que ce club se trouvait près de chez elle et donc que c'était idéal pour arrondir ses fins de mois. Ce n'était pas vraiment la réponse que j'attendais, mais je ne lui en ai pas tenu rigueur. Et heureusement, parce que quand elle est montée sur scène quelques minutes plus tard, il m'a suffi d'un seul morceau pour comprendre que j'avais devant moi une véritable pépite. Je lui ai immédiatement fait une proposition de contrat pour jouer deux fois par semaine, plus quelques soirées évènements jusqu'à la fin de l'année. Elle a accepté sur le champ, sans même essayer de négocier le salaire.

« Sans surprise, Léna a très vite rencontré beaucoup de succès : les clients l'ont adorée, son nom s'est ébruité et le club s'est retrouvé plein tous les soirs où elle jouait. Je crois qu'on n'a jamais fait autant de chiffre que pendant les quatre mois où elle était là. Mais, aussi surprenant que cela puisse paraître, rien de tout cela ne semblait l'affecter. Elle souriait par politesse à tous les clients qui l'applaudissaient et qui tentaient de lui offrir un verre, mais elle ne restait que très rarement au Harlem après les concerts. La seule personne avec qui elle avait un rapport différent, c'était l'Albanais.

— L'Albanais ?

— Notre plus vieux membre, expliqua-t-il. Un homme un peu mystérieux qui vouait une passion pour le jazz, les cigares et le cognac. Il venait ici tous les jeudis et samedis. Lorsque Léna jouait le même soir, il leur arrivait de discuter après ses concerts, puis elle filait droit chez elle sans parler à personne. J'ai essayé de la convaincre de passer un peu plus de temps ici et de ne pas s'isoler, en lui expliquant que ce serait bon pour le business, mais elle a poliment refusé à chaque fois. Elle était, d'une certaine manière, devenue de plus en plus énigmatique, et je dois bien avouer que cela n'a fait que renforcer son personnage et sa côte de popularité.

Il s'interrompit lorsque la jeune femme sur scène termina sa chanson, et ne reprit que lorsqu'elle commença la suivante :

— Quatre mois après ses débuts chez nous, je lui ai proposé de venir jouer lors de notre soirée annuelle qui regroupe tous nos meilleurs artistes. Malgré une prime de cinq cent euros, elle a refusé sous prétexte d'un empêchement personnel, sans vouloir en dire plus. Et ce soir-là, tout a été de travers.

— Vous vous souvenez de quel jour c'était ?

— Bien sûr. Notre soirée annuelle a toujours lieu la veille de la fête de la musique. C'était le 20 juin 2015.

— Que s'est-il passé ce soir-là ?

— Tout a commencé en fin d'après-midi, lorsque Léna est venue me demander de la payer en avance pour les trois prochains mois. Je lui ai répondu que si elle avait besoin d'argent, elle n'avait qu'à venir jouer à la soirée annuelle et prendre la prime de cinq cent euros. Je voulais lui faire comprendre qu'il y avait des règles et que je ne pouvais pas céder à ses exigences, sinon tous les autres artistes auraient commencé à faire pareil. Elle a compris, s'est excusée, mais a de nouveau refusé ma proposition. En repartant, elle a croisé l'Albanais avec qui elle a eu une violente dispute. Je crois que c'était la première fois que je les ai vus se disputer.

— À quel sujet ?

— Aucune idée, je les ai juste vus de loin. Après cet épisode, les choses sont revenues au calme. Mais vers 2 heures du matin, Franklin a fait irruption dans le club pour me dire qu'une agression avait eu lieu juste à côté. Je suis sorti et j'ai découvert que la victime n'était autre que l'Albanais, qui s'en était allé à peine quelques minutes plus tôt. J'ai appelé les secours mais il était déjà trop tard : ils n'ont fait que nous confirmer son décès. Ou plutôt, son assassinat : le pauvre vieux avait été étranglé. La police est ensuite arrivée et a bouclé le secteur. Ils ont pris possession du Harlem et ont commencé à interroger tous ceux qui s'y trouvaient. J'avoue ne pas avoir été d'une grande aide, mais le SDF qui avait découvert le corps et sonné l'alerte, lui, semblait avoir des choses à raconter. Je ne sais pas ce qu'il leur a dit, mais ça a duré longtemps. Après les interrogatoires, ils ont noté le nom des employés et des clients qui étaient présents ce soir-là pour leur poser des questions. À ce moment, je ne savais pas encore que Léna avait disparu. Mais trois jours plus tard, le mardi, elle n'est pas venue alors qu'elle avait un concert. Ni le samedi suivant. Ni la semaine suivante, ni celle d'après. J'ai tenté de l'appeler sur son portable, mais je tombais toujours sur son répondeur. J'ai contacté des amis qui travaillent dans d'autres clubs de jazz : même résultat, personne ne l'avait vue. Léna s'était tout simplement volatilisée.

Il posa le torchon sur son épaule et me regarda d'un air triste.

— Il m'a fallu du temps pour admettre ce qu'il s'est passé ce soir-là, car j'appréciais beaucoup Léna. Comme tous ceux qui la connaissaient, j'imagine. Mais à force de revivre le cours des évènements, j'ai fini par me faire une raison : c'est elle qui a tué l'Albanais, et elle a pris la fuite pour éviter la police. Je ne vois pas d'autre explication.

Je ne répondis pas. Le récit de Charlie correspondait en tout point à celui de Richard et l'image d'une Léna meurtrière commençait peu à peu à se dessiner devant moi.

Charlie aperçut mon visage troublé et me dit d'une voix douce :

— Désolé, jeune homme, ce n'était sûrement pas la réponse que vous attendiez. Parfois on croit connaître une personne, mais elle peut s'avérer totalement différente de ce que l'on pensait.

— Peut-être, oui…

— Mais si vous le souhaitez, vous pouvez en discuter avec l'homme qui vient d'arriver, juste derrière vous. C'est un autre de nos membres fidèles et il était là aussi le soir du meurtre.

Il fit un signe du menton par-dessus mon épaule. Je me retournai et vis s'avancer un homme au visage émacié, au teint pâle et aux yeux rougis par l'alcool. Ses cheveux étaient longs et grisonnants, son nez était massif et sa mâchoire ressortait singulièrement au milieu de cet ensemble austère, comme s'il s'agissait d'une œuvre cubiste vivante.

Il prit place sur une chaise à côté de moi et, voyant que je le fixai, me regarda à son tour. Charlie me dit alors :

— Jeune homme, je vous présente Max Salazar.

12.

L'homme du Harlem Café

Extrait n°5 du carnet saisi par la police – 13 mai 2014.

Cela fait maintenant plus d'un an que je vais chez la psy, et je peux le dire avec fierté : je suis enfin sur la voie de la guérison. Je ne sais pas si le terme « guérison » est exact car je n'avais pas l'impression de souffrir d'une maladie à proprement parler, mais la réalité est que je me sens beaucoup mieux. Mes nuits sont à nouveaux apaisées, ma vie équilibrée et ma relation avec Léna n'a jamais été aussi saine.

J'ai effectué ma dernière séance hier avec une pointe de nostalgie. Mine de rien, j'avais pris goût à cette petite routine, bien qu'elle ait un peu entamé mon portefeuille. La psy m'a conseillé de continuer à écrire sur ce carnet même si nous avions fini nos séances ; je le fais assidûment, mais j'avoue que j'en ressens moins le besoin.

À présent, il va falloir que je me trouve une nouvelle activité. J'y ai déjà réfléchi et je pense me remettre au sport.

*

Au prix d'un effort colossal, je réussis à ne pas avaler de travers la gorgée que je venais de boire.

— Que me vaut cet honneur ? dit Salazar en m'interrogeant du regard.

— Ce jeune homme connaissait Léna Monacello, expliqua Charlie. Il voulait savoir si on avait des nouvelles d'elle, alors je lui ai raconté l'histoire de l'Albanais.

Salazar plissa les yeux et un sourire mauvais apparut sur son visage.

— Comment tu t'appelles ?

— Marc Leclerc.

— Et tu connaissais Léna ?

— Un peu, oui.

— Mais pas assez pour savoir qu'elle avait tué l'Albanais ?

— Un peu trop pour l'imaginer commettre un meurtre.

Le sourire s'effaça du visage de Salazar. Je me retournai vers le barman.

— Qui était l'Albanais, Charlie ?

— Son vrai nom était Jorik Berisha. Il est arrivé en France avec sa femme, il y a trente ans. Et pendant trente ans, il est venu au Harlem Café tous les jeudis et samedis. En dehors de ça, je ne sais pas grand-chose sur lui.

— Et c'est cet homme-là que Léna aurait tué ?

— Oui, c'est ce que tout le monde pense.

Les yeux de Salazar scintillèrent et il reprit la parole :

— Désolé de te décevoir, mais il n'y a pas de doute possible. C'est elle qui est derrière tout ça.

— Vous avez l'air bien sûr de vous.

— Charlie t'a raconté que Léna a disparu le soir du meurtre de l'Albanais et qu'on ne l'a jamais revue alors qu'elle devait jouer ici tout l'été ?

Je hochai la tête.

— Et il t'a dit que, le même jour, Léna est passée en coup de vent au Harlem pour demander trois mois de salaire, avant d'avoir une dispute avec l'Albanais ?

À contrecœur, j'inclinai de nouveau la tête.

— Alors qu'est-ce qu'il te faut-il de plus ? aboya-t-il.

— À quel sujet se sont-ils disputés ?

— Aucune idée. J'ai simplement entendu les derniers mots qu'a dits Léna avant de claquer la porte : « Tu vas le regretter ».

— « Tu vas le regretter » ? Vraiment ?

— C'est ce que je viens de te dire, oui.

— Un peu excessif, remarquai-je.

— Excessif ou pas, c'est ce qu'elle a dit.

— Vous avez entendu Léna prononcer ces mots, Charlie ? demandai-je à l'attention du barman.

— Euh… non, bredouilla-t-il. Mais comme je vous l'ai expliqué, je n'ai aperçu leur dispute que de loin.

— Alors que vous, Salazar, vous étiez à côté d'eux pour tout entendre ?

— Oui.

J'observai Salazar. Ses yeux sortaient grossièrement de leurs orbites et sa lèvre inférieure tremblait. Il n'y avait aucun doute : il mentait.

— J'espère que vous avez communiqué tous ces éléments à la police, dis-je calmement.

— Et comment ! Ils ont été très intéressés par cette petite dispute.

— Je n'en doute pas. Et au moment du meurtre de l'Albanais, vous vous trouviez aussi au Harlem Café ?

Ses yeux brillèrent à nouveau d'une lueur mauvaise.

— T'es flic, Leclerc ?

— Pas vraiment, non.

— Alors qu'est-ce que ça peut te foutre, l'endroit où je me trouvais au moment du meurtre de l'Albanais ?

— J'essaie de mieux comprendre ce qu'il s'est passé, c'est tout.

Je vis un rictus apparaître sur son visage.

— Si tu insistes… J'ai passé la soirée ici à fumer, à boire et à écouter du jazz.

— Comme les gens honnêtes de ce club, murmurai-je.

Il me regarda sans comprendre.

— Toutes les personnes qui étaient au Harlem pourront te confirmer que je suis resté ici toute la soirée, dit-il. Et Charlie le premier.

— C'est vrai, acquiesça Charlie.

— Est-ce que vous êtes sorti avec Charlie pour constater la mort de l'Albanais ?

— Non, je suis resté à l'intérieur, répondit Salazar.

— Et ensuite ?

— Eh bien quoi, ensuite ? Les flics sont arrivés, ils ont bouclé le secteur puis ils nous ont interrogé pendant deux heures.

— Deux bonnes heures, confirma de nouveau Charlie.

— Quand est-ce que vous êtes revenu au Harlem Café après ça ?

— Le samedi suivant, dit Salazar. C'est ce jour-là où j'ai appris que Léna avait disparu.

Cette fois-ci, Charlie ne répondit pas mais se contenta de hocher la tête à plusieurs reprises. Je les observai tour à tour, puis finis par me lever.

— D'accord, Salazar, je vous crois. Merci pour votre aide.

— Tout le plaisir était pour moi, Leclerc.

— Une dernière chose : vous connaissiez bien Léna ?

Cette question sembla le prendre au dépourvu. Il me jeta un coup d'œil méfiant et dit :

— Pas vraiment, non. On a dû se parler deux ou trois fois, mais rien de plus.

— Elle ne vous a pas dit quelque chose qui pourrait m'aider à savoir où elle se trouve ?

— Crois-moi, si c'était le cas je l'aurais déjà dit à la police et ta petite copine serait au trou à l'heure qu'il est.

— Elle ne vous a pas non plus dit quelque chose au sujet d'un drame qui lui était arrivée petite ? Un accident de voiture où sont morts ses deux parents ? Un accident provoqué par un alcoolique minable ?

Le visage anguleux de Salazar se figea et il m'observa d'un air menaçant.

— Qu'est-ce que tu viens de dire ?

— Je crois que vous m'avez très bien entendu.

— Écoute-moi bien, Leclerc. Je sais pas qui t'es ni d'où tu viens, mais si tu continues comme ça, crois-moi, il va t'arriver des problèmes.

— Vous l'aviez reconnue, n'est-ce pas ?

Ses mâchoires se crispèrent et ses poings se refermèrent. La rage pouvait se lire dans ses yeux. Charlie leva ses deux mains en signe d'apaisement.

— Du calme, messieurs. Que se passe-t-il ?

— Je crois qu'il va falloir que vous ayez une petite discussion tous les deux, lui répondis-je. Et que vous revoyez la manière dont vous sélectionnez vos membres, Charlie. Ce n'est pas très sérieux d'avoir un taulard récidiviste sur vos listes.

Salazar fit un bond dans ma direction, mais Charlie s'interposa prestement.

— Stop ! cria-t-il. Ça suffit !

— Tu vas le regretter, feula Salazar entre ses dents serrées.

— C'est drôle, j'ai la sensation d'avoir déjà entendu cette phrase. Merci pour la discussion, elle a été très instructive.

Je déposai un billet sur le comptoir et m'en allai, tandis que Charlie s'efforçait de maintenir Salazar à sa place. Juste avant de sortir, je jetai un dernier regard à Vanille. Elle m'observait de loin d'un air déçu, tout en nettoyant une table.

— Hé, Leclerc !

Salazar avait réussi à se débarrasser de Charlie et marchait vers moi d'un pas déterminé. Il s'approcha et son haleine alcoolisée vint me fouetter le visage :

— Je voulais simplement te dire que tu ne la retrouveras jamais.

— On verra ça.

— Je crois que tu ne comprends pas. Elle est partie pour de bon. Elle ne reviendra pas.

— Qu'est-ce que ça veut dire ?

Il se mit à me sourire de toutes ses dents jaunes.

— Tu l'aimais, hein ? Et tu pensais que c'était réciproque ? Pourtant, Léna n'a jamais parlé de toi à personne ici. Alors je crois qu'il va falloir te faire une bonne raison : ta petite copine était une garce.

C'était la phrase de trop. En une fraction de seconde, je lui décochai une droite en pleine mâchoire. Sonné, il tituba sur plusieurs mètres et tomba à la renverse sur une table, entraînant tout son contenu avec lui. Lorsqu'il se releva, il avait le visage plein de sang et de bière. Il me regarda avec fureur, cracha par terre et se mit à me charger farouchement. Je réussis à tenir ma garde et éviter les coups qu'il m'assenait à la poitrine car malgré son corps squelettique, il frappait fort.

J'étais en train de reprendre le dessus lorsque je sentis une main m'agripper le poignet, m'immobiliser et me plaquer violemment le visage au sol sans que je ne puisse rien y faire.

— Police ! hurla une voix d'homme derrière moi. Personne ne bouge !

Son avant-bras passa dans mon champ de vision et il me sembla reconnaître le blouson d'un des deux hommes à la carrure solide qui était entré dans le club un peu plus tôt. À côté de moi, je vis son acolyte infliger le même traitement à Salazar.

La musique s'arrêta et Charlie fut prié de rallumer toutes les lumières. J'entendis des voix s'élever derrière moi mais, sans champ visuel, il m'était difficile de savoir ce qu'il se passait. Une minute plus tard, la silhouette massive de Franklin apparut au loin et je le vis montrer le passage à deux personnes dont je ne pouvais distinguer que les chaussures.

Arrivé à ma hauteur, l'un des nouveaux arrivants se pencha sur moi et je reconnus immédiatement son visage rond et sa crinière de cheveux gris.

— On ne peut vraiment pas vous laisser tranquille une seconde, Leclerc, me dit le commissaire Bozillon.

13.

Bis repetita

Extrait n°6 du carnet saisi par la police – 1er janvier 2015.

On a une tradition pour Noël : on tire au sort le nom d'une personne et on doit lui offrir un cadeau fantaisiste, pour une valeur de quinze euros maximum.

Le hasard a voulu que ce soit moi qui hérite du cadeau de Léna. En voyant son nom, j'avoue avoir eu peur que cela fasse renaître des doutes et des angoisses : l'engagement, le contrôle et toutes ces notions ce que j'avais travaillées chez la psy pendant un an. Mais au final, tout s'est passé à la perfection : j'ai été à l'aise, je lui ai offert un accessoire pour son saxophone car elle va commencer ses premiers concerts à l'Institut Culturel Italien au mois de janvier, et elle en a été ravie ! Quel bonheur de la voir autant sourire en découvrant mon cadeau…

Cela m'a donc permis de prendre une bonne résolution pour la nouvelle année : lâcher totalement prise et vivre sans retenue avec Léna et les autres. Après tout, on n'a qu'une seule vie et ce serait bête de la gâcher sans profiter des gens que l'on aime.

*

Juste avant que la salle d'interrogatoire ne se referme, je vis passer Salazar, bien encadré par un groupe de policiers, ainsi que Vanille, accompagnée des deux hommes en civil qui nous avaient interpellés dans le Harlem Café.

Bozillon se tenait assis devant moi tandis que son adjoint restait, comme à son habitude, debout dans un coin de la pièce.

— Je vous remercie de m'avoir mis dans la même salle que la dernière fois, commissaire. J'aurais pu être dépaysé, sinon.

— Économisez votre souffle, Leclerc. Nous avons beaucoup de choses à voir ensemble.

— Je ne parlerai qu'en présence de mon avocat.

Il me sourit.

— Vous venez d'être pris au milieu d'une bagarre dans un lieu fréquenté par du public. Si nous mettons bout à bout toutes les charges qui pèsent sur vous, vous pouvez ressortir avec une facture très salée.

— C'était de la légitime défense.

— Ce n'est pas ce que disent les témoins de la scène. Et quand on sait que vous avez été interrogé dans une affaire de meurtre il y a un peu plus d'un mois, cela ne plaide pas en votre faveur. Je suis sûr que le juge y sera très sensible. Il me semble donc que c'est dans votre intérêt de jouer le jeu et de répondre à nos questions.

— Vous êtes une ordure, commissaire.

— Je vous renvoie le compliment, Leclerc.

Je ne répondis pas.

— Bien, reprit-il. Que faisiez-vous au Harlem Café ce soir ?

— J'étais venu boire un verre et écouter du jazz. C'est interdit par la loi ?

— Vous n'avez pas de carte de membre.

— J'aime les défis dans la vie. Une âme charitable a accepté de me faire entrer avec elle. Une très belle femme, d'ailleurs.

Le visage de Bozillon se crispa.

— Vous savez ce que vous êtes, Leclerc ? Un caillou dans la chaussure. Petit, insignifiant, mais très pénible. À chaque fois que l'on croit s'être débarrassé de vous, vous réapparaissez.

— Je vous remercie, commissaire. Et vous, est-ce que vous savez qui est l'homme qui se trouve dans la salle d'à côté ? Je veux dire, en dehors du fait qu'il s'appelle Max Salazar, est-ce que vous savez qui il est *vraiment* ?

La curiosité put se lire dans les yeux de mon interlocuteur.

— Cet homme a tué les parents de Léna lorsqu'elle n'était qu'une enfant, continuai-je. Un accident de la route qui l'a conduit tout droit en prison. Mais ce n'est pas tout : ce drame est arrivé alors qu'il était en liberté conditionnelle pour un autre accident survenu quelques années plus tôt, et qui avait privé une femme de l'usage de ses jambes. Mêmes circonstances sauf qu'il s'en était tiré sans passer par la case prison, ce qui lui avait permis d'être sur la route ce soir-là. La beauté de notre système judiciaire. Alors oui, si vous me demandez pourquoi j'ai cassé la gueule de ce type, je vous répondrais qu'il l'avait bien mérité.

— Vous voyez que vous pouvez dire des choses intéressantes quand vous le voulez.

— J'ai bien aimé votre image du caillou dans la chaussure, commissaire. Je voulais saluer l'âme du poète qui se cache en vous.

— Vous étiez donc ici pour casser la gueule de Salazar ?

— Non, ce n'était pas prévu. Mais je reconnais y avoir pris du plaisir.

— D'accord, Leclerc. Dans ce cas, laissez-moi vous poser de nouveau la question. Et cette fois-ci, fini de jouer. Que faisiez-vous au Harlem Café ce soir ?

J'avais épuisé mon unique joker. À ce stade, il était inutile de continuer à cacher la vérité. De toute façon, Salazar allait probablement raconter le contenu de notre conversation, donc ce n'était qu'une question de minutes avant que Bozillon ne connaisse les vraies raisons de ma venue.

— J'étais à la recherche de Léna, expliquai-je. Mes amis vous diront que je n'ai toujours pas accepté son départ et que je me raccroche au passé, mais la vérité est que je suis inquiet pour elle. Je ne l'imagine pas commettre un meurtre et pourtant, sa casquette se trouvait là où Jojo est mort, comme vous le savez mieux que personne. Alors j'ai décidé de mener ma propre enquête. Je suis allé à Montréal pour rendre visite à son oncle et sa tante. Secrètement, j'espérais tomber sur elle. Mais elle n'était pas là. Pire, j'ai découvert qu'ils n'avaient pas eu de nouvelles d'elle depuis plus de trois ans. Cela correspond au moment où elle a découvert que Salazar était en vie, alors qu'elle le croyait mort depuis toutes ces années. La veille de mon départ, j'ai revu son oncle qui m'a révélé que Léna s'était faite embaucher au Harlem Café en février 2015 car Salazar s'y trouvait ; elle voulait accomplir sa vengeance. Il m'a également dit qu'un homme était mort dans la nuit du 20 au 21 juin 2015 devant ce club, et que ce même soir, Léna lui avait envoyé un SMS expliquant que « tout était réparé et qu'elle devait maintenant disparaître ». Un SMS mystérieux, qui ressemblait assez curieusement à celui que j'avais moi-même reçu et que je vous avais montré. Pour son oncle, il n'y avait pas de doute : Léna avait tué Salazar et avait disparu dans la nature pour échapper à la police. Sa nièce était devenue une criminelle et il avait fait une croix sur la possibilité de la revoir un jour. Mais il y a un mois, il a reçu une carte postale de Léna, lui disant qu'elle était en vacances au Japon. C'étaient les premières nouvelles qu'il avait reçues d'elle en trois ans, et il a retrouvé l'espoir. Alors il m'a demandé de venir au Harlem Café pour interroger ceux qui la connaissaient et essayer de trouver une piste sur l'endroit où elle pourrait se cacher aujourd'hui. Il avait peur que vous ne mettiez la main sur elle avant lui et qu'elle ne se retrouve en prison.

— Et vous avez accepté, dit Bozillon. C'était à la fois courageux et stupide de votre part.

— Vous savez bien que si je peux vous être désagréable, je le serai sans hésiter.

— Continuez, Leclerc, je vous en prie.

— J'espérais que le barman du Harlem Café m'apporte des réponses, mais il n'a fait que confirmer ce que je savais déjà : Léna avait disparu dans la nuit du 20 au 21 juin 2015, le même soir où un homme avait été assassiné à côté du club, et personne ne l'avait revue depuis. J'allais me faire une raison quand j'ai découvert que ce n'était pas Salazar mais Jorik Berisha, un autre membre historique du Harlem Café qui se faisait surnommer l'Albanais, qui avait été tué ce soir-là. Tout était donc remis en cause : si Salazar n'était pas mort, cela signifiait que Léna ne l'avait pas tué. Donc qu'elle n'aurait eu aucune raison de fuir pour se cacher de la police.

— Sauf si c'est elle qui a tué Berisha.

— Pourquoi aurait-elle fait une chose pareille ? D'après le barman, ils s'appréciaient.

— Mais elle a eu une violente dispute avec lui quelques heures avant sa mort.

— La fameuse dispute... Celle où Léna aurait employé les mots « Tu vas le regretter » avant de quitter les lieux ?

— Celle-là même.

— Allons, commissaire, ce n'est pas à vous qu'on va la faire, quand même. « *Tu vas le regretter* », vraiment ? Et pourquoi pas « *Je vais te tuer dans quelques heures* », tant qu'on y est ?

— Je ne suis pas sûr de bien vous suivre, Leclerc.

— C'est parce que vous avez trop lu Sherlock Holmes dans votre jeunesse. Les traces de pas dans la neige, les empreintes digitales sur les mégots de cigarette… Tout ça n'existe pas dans la vraie vie. Vous pensez vraiment que si Léna avait voulu tuer Berisha, elle l'aurait fait quelques heures seulement après s'être disputée avec lui devant témoins en employant les termes « Tu vas le regretter » ?

— C'est une possibilité.

— Vous vous attachez trop aux preuves matérielles et pas assez à la psychologie des personnages. Je vous l'ai déjà dit.

À l'évidence, Bozillon n'avait que faire de la psychologie des personnages si les preuves disaient le contraire.

— Où voulez-vous en venir ? me demanda-t-il.

— Je pense que la dispute a bien eu lieu, puisque d'autres témoins l'affirment. En revanche, je pense que Salazar a inventé ces mots, « Tu vas le regretter ».

— Et pourquoi aurait-il fait cela ?

— Pour la simple et bonne raison qu'il est lui-même impliqué dans le meurtre de Berisha et qu'il voulait faire porter le chapeau à Léna. Peut-être qu'il avait découvert qui elle était et craignait qu'elle ne cherche à se venger de la mort de ses parents. Il faisait ainsi d'une pierre deux coups : éloigner les soupçons pour le meurtre de Berisha et se débarrasser de Léna. D'ailleurs ce soir, juste avant d'en venir aux mains, il m'a dit que je ne la retrouverai jamais car elle était *partie pour de bon*. Ça me paraît assez explicite comme phrase.

Bozillon prit une longue inspiration en joignant ses mains devant lui.

— Je salue le fait que vous cherchiez à défendre tant bien que mal votre ex-fiancée, mais laissez-moi vous expliquer quelque chose. Pour commettre un meurtre, deux éléments sont nécessaires : un mobile et une opportunité. Lors du meurtre de Berisha, Salazar n'avait ni l'un ni l'autre.

— Vous en êtes certain ?

— Max Salazar se trouvait à l'intérieur du Harlem Café lors des faits. Plusieurs témoins ont pu le confirmer. Le vigile a également affirmé que personne n'est entré ni sorti du club entre le départ de Berisha et l'arrivée de Jojo.

— Cela ne prouve rien.

— Et quand bien même Salazar aurait eu l'opportunité de tuer Berisha – ce qui n'était pas le cas comme je viens de vous le dire, quel aurait été son mobile ?

— Une question de dettes ? Jalousie mal placée ? Je ne sais pas mais j'espérais que vous puissiez m'éclairer sur ce point.

— Eh bien je le fais : il n'en avait pas.

— Cet homme cache quelque chose, commissaire. J'en suis persuadé.

— La psychologie des personnages, encore une fois ?

Je ne dis rien et Bozillon secoua la tête d'un air agacé.

— Vous parliez de Sherlock Holmes, mais à mon tour de vous rappeler que nous ne sommes pas dans un roman policier. Dans la vraie vie, nous avons besoin de faits. Si plusieurs témoins affirment que Salazar était assis au bar toute la soirée, c'est que Salazar était assis au bar toute la soirée. Ce qui signifie que ce n'est pas lui qui a tué Berisha, mais quelqu'un d'autre. Et nous revenons donc à mademoiselle Monacello.

— Vous êtes convaincu que c'est elle, n'est-ce pas ?

— Il va falloir vous faire une raison, Leclerc : les éléments à charges s'accumulent contre elle. Saviez-vous que Jojo avait été entendu comme principal témoin lors de l'enquête sur le meurtre de Berisha ? Il a déclaré avoir croisé un individu qui traînait sur la place de l'arbre tordu, juste à côté du Harlem Café. Un individu qui portait une casquette de couleur foncée avec des inscriptions blanches dessus. Le même soir, Léna Monacello disparaissait. Trois ans plus tard, Jojo est assassiné à son tour et une casquette bleu foncé avec des inscriptions blanches ainsi que l'ADN de Léna Monacello est retrouvée sur la scène du crime. Désolé, Leclerc, mais je ne crois pas aux coïncidences.

Derrière ses cheveux gris en désordre et son air négligé, le commissaire Bozillon faisait preuve d'une grande méthode. À l'évidence, il avait tout revu dans les moindres détails pour ne laisser la place à aucun doute possible.

Il m'observa de ses yeux vifs, puis s'approcha lentement de moi.

— Vous nous avez parlé d'une carte postale que mademoiselle Monacello a envoyé à son oncle et sa tante. Auriez-vous gardé une copie ?

— La carte postale… Mais bien sûr ! Elle est là, la preuve de l'innocence de Léna ! Comment ai-je pu l'oublier !

Je sortis immédiatement mon téléphone et lui montrai la photo de la carte. Il la lut avec attention puis demanda à Parega d'en faire une copie. Il revint une minute plus tard et me rendit mon téléphone sans m'adresser un seul mot.

Bozillon se leva de sa chaise et me dit calmement :

— Désolé, Leclerc, mais j'ai bien peur que cet élément ne soit qu'une preuve de plus contre votre ex-fiancée.

— Vous plaisantez, j'espère ?

— Réfléchissez : il y a trois ans, Léna Monacello disparaît sans donner de nouvelles à personne. Lorsqu'elle refait surface, c'est à travers une carte postale écrite *exactement* au moment de la mort de Jojo. Inutile de dire qu'une carte postale et un timbre du Japon sont facilement trouvables un peu partout. Elle a donc très bien pu tuer Jojo puis écrire cette carte et l'envoyer à son oncle et sa tante, pour prétendre s'être trouvée au Japon au moment du meurtre. C'était un alibi parfait… S'il n'y avait pas eu la casquette avec son ADN.

— À moins que cette casquette ne soit qu'une coïncidence.

— Je vous le répète : je ne crois pas aux coïncidences.

Il posa ses mains à plat sur la table et ajouta :

— Avec ou sans caillou dans la chaussure, je la trouverai, Leclerc. Et je découvrirai la vérité sur cette affaire.

— C'est tout le mal que je vous souhaite, commissaire. J'ai hâte de voir Léna vous expliquer que vous aviez faux sur toute la ligne.

Il me fit signe que l'entretien était terminé et se dirigea vers la porte.

— Inutile de dire que nous gardons un œil sur vous.

— Et inutile de répondre que vous devriez plutôt garder un œil sur Salazar.

Je me levai à mon tour et pris le chemin de la sortie. Juste avant de quitter la pièce, j'hésitai une seconde puis ajoutai :

— Une dernière question, commissaire. Pourquoi avoir embarqué la jeune femme qui faisait le service au Harlem Café, ce soir ? Je sais que vous êtes méthodique et têtu, mais j'espère tout de même que vous n'interpellez pas chaque personne avec qui j'ai une interaction sociale, quand même ?

— Mêlez-vous de vos affaires et laissez la police faire son travail. À bientôt, Leclerc.

14.

De rencontres en découvertes

Extrait n°7 du carnet saisi par la police – 12 février 2015.

Ma résolution pour la nouvelle année est la meilleure que j'ai prise : j'ai retrouvé beaucoup de complicité avec Léna, on se voit plus qu'avant et tout paraît infiniment simple quand on est ensemble.

C'est assez étrange à dire, mais je crois que je ne n'ai jamais ressenti une sensation d'épanouissement aussi forte de toute ma vie. Mon corps est léger, mon esprit apaisé. J'ai l'impression que rien ne peut m'arrêter, que je peux presque toucher les étoiles. L'autre jour, une collègue m'a même dit que j'avais une mine radieuse ! Moi qui n'aie pas forcément le visage le plus démonstratif...

Je ne sais pas trop ce que nous réserve l'avenir, mais je n'ai plus envie de me poser de questions. Cette philosophie du lâcher-prise me réussit à merveille jusqu'à présent, et je compte bien continuer à l'appliquer.

*

Le soleil brillait dans le ciel et se reflétait sur la structure métallique du musée Beaubourg, qui se trouvait à quelques pas de la terrasse où je me prélassais avec Colleen et Django. Il faisait très chaud et nous n'étions *a priori* pas les seuls à avoir privilégié un verre en terrasse plutôt qu'une sortie culturelle.

— À quelle heure Aliénor est censée nous retrouver ?

— Elle ne devrait pas tarder, répondit Colleen en regardant sa montre. Elle a commencé l'exposition il y a plus d'une heure.

— Tu ne voulais pas y aller avec elle ?

— C'est-à-dire que j'aimerais bien conserver mon bronzage.

— Est-ce que tu comptes placer les mots Maldives, bronzage ou vacances dans chacune de tes phrases ?

— Oui. C'est la résolution que j'ai prise depuis mon retour de vacances aux Maldives.

J'esquissai un sourire. Colleen avait pris le soin de me raconter dans les moindres détails son voyage : plage, plongée, soleil, cocktails… Elle n'était pas partie depuis trois ans et je crois qu'elle avait besoin de le répéter à tout bout de champ pour compenser cette longue attente et, d'une certaine manière, prolonger le plaisir de ses vacances. J'eus même le droit à un rapport complet sur les nouvelles valises qu'avait achetées Nathan, des valises de qualité mais qui avaient fait l'affront de venir remplacer celles que leur avait offert la mère de Colleen pour leur mariage, et qui avaient eu le don de l'agacer car « on ne jette pas ses cadeaux de mariage sans prévenir sa femme, surtout s'ils fonctionnent encore ! ».

— Tom et Nathan ne voulaient pas venir aujourd'hui ? lui demandai-je.

— Tom est à l'anniversaire d'un copain et Nathan travaille à la Mairie, expliqua Colleen. Mais ce n'est pas grave, on a passé un mois de vacances ensemble, ça fait du bien d'avoir nos petits moments à nous aussi.

— Une femme moderne et indépendante.

— Tiens, en parlant de femme moderne et indépendante.

Aliénor venait de sortir du musée et marchait dans notre direction d'un pas déterminé. À en croire son visage, elle n'avait pas l'air d'aussi bonne humeur que Colleen et moi. Quand elle arriva à notre table, elle se laissa tomber dans une chaise et nous regarda d'un air furieux.

— J'aime l'art, mais franchement je me demande parfois ce que certains artistes ont dans la tête !

— Que s'est-il passé cette fois-ci, Alié ? demanda Colleen.

— Ce qu'il s'est passé ? Il s'est passé que j'ai payé vingt euros pour voir des œuvres toutes plus absurdes les unes que les autres, avec, pour clou du spectacle, une table à repasser au milieu d'une salle d'exposition de la taille d'un hall de gare ! Est-ce que quelqu'un peut m'expliquer ce que cela a d'artistique, une table à repasser au milieu d'un hall de gare ?

— Une histoire de rapport des volumes ? tentai-je. Ou une portée féministe cachée ?

— Une vaste fumisterie, oui ! explosa Aliénor. Je passe des jours entiers derrière mes toiles pour essayer de faire quelques ventes dans ma petite galerie, et pendant ce temps-là, un type fout une table à repasser d'occasion en plein milieu d'une salle immense et tout le monde se bouscule au portillon pour l'applaudir. Il y a vraiment un truc qui m'échappe !

— Du calme, Alié, dit Colleen en lui prenant la main. Ce que tu fais est magnifique, et je ne suis pas la seule à le penser. Tu l'auras, un jour, ton exposition.

— J'espère, murmura Aliénor.

— J'ai peut-être une idée pour toi, intervins-je.

— Oui ?

— Pourquoi tu ne tenterais pas de faire la nature morte d'une table à repasser ?

Colleen éclata de rire et Aliénor secoua la tête d'un air désespéré. Elle appela le serveur pour commander une bière puis alluma une cigarette. Une fois calmée, elle me demanda :

— Alors, Django ne t'a pas trop manqué ?

— Si, et beaucoup plus que je ne l'avais imaginé. Merci encore de l'avoir gardé pendant mon absence.

— Tu plaisantes. J'aurais pu le garder encore six mois de plus s'il le fallait.

— Il a été sage ?

— Adorable. Ce chien est une véritable merveille. Colleen t'a dit que grâce à lui, Nathan envisageait d'en prendre un ?

— On parle bien du même Nathan qui est opposé à toute forme de vie chez lui en dehors de deux plantes qui se battent en duel ?

— Lui-même, répondit Colleen. Alié et Django nous ont accompagnés le week-end dernier à Deauville, et figure-toi que Nathan est allé courir avec lui matin, midi et soir, au point de rendre jaloux son propre fils. Je crois qu'il a été conquis. Ton chien est un génie, Marc.

Je souris et caressai Django. Il me regarda de ses yeux sombres avant de retourner à sa sieste.

Cette anecdote avait eu le mérite de redonner le sourire à Aliénor. Le serveur arriva pour lui apporter sa bière, et nous trinquâmes à la fin de carrière de l'artiste à la table à repasser. Après avoir reposé son verre, Colleen me demanda :

— Et toi, Marc, comment se sont passées tes vacances ? Tu es parti tout l'été ?

— Non, je suis rentré mi-août.

— Mi-août ? Mais pourquoi tu n'as pas récupéré Django avant, alors ? Je pensais que tu étais en vadrouille jusqu'à la semaine dernière.

— Disons que j'avais un certain nombre de points à régler et que je préférais m'en occuper seul.

Colleen me lança un regard interrogateur. Je racontai en détail le contenu de mes vacances, depuis mon séjour à Montréal jusqu'au Harlem Café et ma nuit au commissariat. Son visage devint grave.

— Pourquoi fais-tu tout cela, Marc ?

— Je cherche à m'occuper comme je peux.

— Cela ne me fait pas rire. Je m'inquiète pour toi.

— Tu ne devrais pas, Colleen. Tout va bien.

— Excuse-moi, mais je n'ai pas vraiment l'impression que tout aille bien ! Tu t'es battu avec un inconnu et tu as passé la nuit au commissariat, Marc ! Que veux-tu de plus ?

— Retrouver Léna.

Elle me fixa droit dans les yeux sans ciller.

— Tu sais quoi ? J'abandonne. J'ai tenté ce que j'ai pu pour te remettre sur la voie de la raison, j'ai été très patiente depuis le début, mais quoi que je dise, tu n'en fais qu'à ta tête. Alors c'est terminé. À partir de maintenant, débrouille-toi tout seul. Continue de courir le monde autant que tu veux, continue de te mettre en travers de la police si tu le souhaites, continue de chercher un passé qui n'existe plus, et continue de te faire du mal. Mais ne viens pas te plaindre le jour où tu comprendras que tu t'es trompé.

— Merci pour tes vœux de réussite, Colleen. Je ferai de mon mieux, c'est promis.

Elle poussa un soupir de colère avant de tourner la tête. Je jetai un coup d'œil à Aliénor en m'attendant à une remarque similaire, mais son visage était ailleurs, les sourcils froncés et la mâchoire crispée.

— Ça va, Aliénor ? Tu fais une drôle de tête.

— Je n'avais pas prêté attention aux dates la dernière fois qu'on en avait parlé, articula-t-elle. C'était le jour de la finale et... je crois que j'avais un peu trop bu. Mais maintenant que tu en reparles, ça vient de faire tilt dans ma tête. Le sans-abri qui a été assassiné, tu as une photo de lui ?

Je ne pus cacher ma surprise. Colleen se retourna et la regarda à son tour sans comprendre. Je sortis mon téléphone et lui montrai une photo où j'étais avec Jojo. Aliénor acquiesça.

— C'est bien lui, dit-elle.

— Tu le connaissais ?

— Il a fait un séjour aux Urgences mi-juin. Je m'en rappelle parce que c'était le soir de ma dernière garde, le 17. Mes collègues m'avaient préparé un gâteau au chocolat avec des bougies très moches que je devais souffler à minuit, mais c'est le moment où l'on a reçu l'appel pour aller le chercher.

— Qu'est-ce qu'il lui est arrivé ?

— Un mini-AVC. Heureusement, on nous a prévenu très vite et on a pu le prendre en charge avant qu'il ne clamse sur place. Il n'a eu que de légères séquelles. Et moi, un gâteau tout froid. Tu parles d'un pot de départ ! J'ai croisé une copine de service la semaine dernière et elle m'a raconté qu'ils l'ont gardé plusieurs jours en observation parce qu'il était devenu complètement fou. Ce qu'il disait n'avait plus aucun sens. Ils ont envisagé de l'envoyer au service psychiatrique, mais il a fini par avouer que ce n'était que du cinéma : il voulait simplement rester à l'hôpital pour suivre les matchs de la Coupe du Monde à la télé... Ils ont fini par le libérer le 28.

— Soit trois jours avant sa mort... murmurai-je.

Une pensée me traversa l'esprit.

— Dis-moi, Aliénor : est-ce que tu te souviens si une jeune femme blonde se trouvait avec Jojo, au moment où vous êtes arrivés sur les lieux ?

— J'aime regarder les filles, mais pas quand je dois sauver la vie de quelqu'un, Marc.

— S'il te plaît, c'est important !

Elle réfléchit quelques secondes avant de hocher la tête.

— C'est possible, oui. Mais je ne me souviens plus trop.

— OK. Imaginons maintenant que c'est cette personne qui a appelé les Urgences. Peut-on remettre la main sur elle ? Vous devez bien enregistrer les appels quelque part.

— Alors là, aucune idée. J'imagine qu'il faut voir avec les gars du service informatique.

— Est-ce que tu pourrais faire ça pour moi ?

— Qu'est-ce qu'il se passe, Marc ? Tu m'inquiètes.

Avant que je n'aie eu le temps de répondre, Colleen avait pris son sac et avait quitté la table d'un pas hostile, sous le regard désemparé d'Aliénor.

*

Lundi 3 septembre 2018

J'étais en train de mettre ma souplesse à rude épreuve pendant que Django jouait avec un parterre de pétunias, au pied de l'arbre tordu. Cela faisait plus d'un mois que nous n'avions pas mis les pieds ici et j'avais décidé de m'y arrêter après notre footing quotidien pour une petite séance d'étirements. Il faisait un temps magnifique.

Mon téléphone sonna et je découvris sans surprise le numéro de Richard. Depuis mon retour de Montréal, nous nous appelions régulièrement pour nous donner des nouvelles de l'enquête. Je lui avais raconté mon passage au Harlem Café et ma découverte surprise de l'existence de Salazar. Il en était resté sans voix. Mais une fois le choc passé, il avait tout de suite mis le doigt sur le nœud du problème : si Salazar était toujours en vie, pourquoi Léna avait-elle disparu ? Car rien ne semblait indiquer qu'elle en veuille à Berisha au point de le tuer. L'explication devait forcément être ailleurs.

— Bonjour, Marc. Je te dérange ?

— Pas du tout, Richard. Merci de me rappeler.

— Je ne te cache pas que le message que tu m'as laissé était pour le moins mystérieux. Tu as du nouveau sur Léna ?

— Je pense avoir trouvé un moyen d'entrer en contact avec elle. Vous vous souvenez du sans-abri qui a été assassiné ?

— Difficile de l'oublier.

— Eh bien deux semaines avant sa mort, il a fait un mini-AVC et a été pris en charge par les Urgences. C'était un samedi soir, vers minuit, soit quasiment les mêmes circonstances que le jour de son meurtre. Et devinez qui se trouvait avec lui ce soir-là ? Une jeune femme blonde. Avec un peu de chance, cette personne est la même que celle qui se trouvait avec lui le soir de sa mort. C'est-à-dire…

— Léna, souffla Richard.

Je m'attendais à ce qu'il accueille cette nouvelle avec un certain enthousiasme, mais ce ne fut pas le cas.

— Bravo Marc, dit-il d'une voix neutre, c'est effectivement une découverte importante.

— Non, Richard, c'est une découverte capitale ! Si on récupère son numéro, on pourra entrer en contact avec elle !

— Tu peux avoir accès aux registres des Urgences ?

— Je connais quelqu'un qui travaillait là-bas. Elle va se renseigner pour trouver le numéro de la personne qui a appelé.

— Tu penses avoir les résultats bientôt ?

— Je ne sais pas combien de temps il faudra, mais je vous promets que je fais au plus vite.

— D'accord… Et si l'on découvre que ce n'était pas elle ?

— Eh bien nous continuerons à la chercher. Encore et encore.

Il resta silencieux un moment avant de finir par s'effondrer en sanglots.

168

— Excuse-moi, Marc. Ce que tu fais est formidable et je te suis infiniment reconnaissant. Mais elle me manque tellement ! Je n'en peux plus de rester chez moi à l'attendre. Je veux revoir ma nièce et la serrer dans mes bras. Je donnerai tout ce que j'ai pour ça.

— Je vous ai fait une promesse, Richard, et je tiens toujours mes promesses. Je vais la retrouver.

— Oui, c'est vrai. Et je ne te remercierai jamais assez pour tout ce que tu fais.

Il balbutia un « Au-revoir » mêlé de larmes et raccrocha. Je comprenais son désarroi : plus on se rapprochait du but et plus l'attente devenait insoutenable. Mais j'avais le sentiment que nous étions sur la bonne piste. Bientôt, le mystère serait levé sur cette affaire. J'en étais convaincu.

— Tu viens, mon vieux ? On rentre à la maison.

Django me lança un regard déçu mais finit par abandonner son parterre de pétunias pour venir me retrouver.

*

Vendredi 7 septembre 2018

J'avais rendez-vous avec Maggy dans un café de la rue de Rennes, à 10 heures du matin. Je ne l'avais pas revue depuis ma mise à pied et je me faisais du souci pour elle. La veille s'étaient tenus les oraux du concours pour le Grand Cinéma de Paris, et Maggy avait dû défendre le dossier de l'Agence avec Darambert, suite à leur qualification sur la partie écrite (les résultats étaient tombés peu après mon retour de Montréal). Même si j'étais convaincu qu'elle avait tout fait pour que cela se passe bien, j'avais en revanche des doutes importants sur les capacités de Darambert.

J'étais arrivé un peu en avance et je la vis débouler comme à son habitude, aussi discrète qu'un éléphant dans un magasin de porcelaine. Elle avait des cernes sous les yeux et semblait avoir perdu du poids, ce qui n'était pas bon signe chez elle.

— Comme je suis contente de vous voir, Marc ! s'exclama-t-elle en s'asseyant à ma table.

— Moi aussi, Maggy. Tenez, j'ai un cadeau pour vous.

Je lui tendis un petit sac plein de pains au chocolat. Elle me lança un regard affectueux mais leva la main pour refuser ma proposition.

— Vous êtes adorable, mais pas cette fois-ci.

— Vous m'inquiétez. Tout va bien ?

— Oh, c'est cette pression autour du concours du Grand Cinéma de Paris qui m'a coupé l'appétit. Mais ça va, oui.

— Comment s'est passée la présentation ?

— Plus ou moins bien. J'avais tout minutieusement préparé mais Stanislas n'a voulu en faire qu'à sa tête. Il disait qu'il n'avait pas besoin de fiches, qu'il était un expert sur scène, ce genre de chose. Résultat des courses : il a bégayé la moitié du temps et me regardait comme un chiot apeuré en quête de ressousse pendant l'autre moitié. J'ai sauvé les meubles, bien sûr, mais le jury n'était clairement pas emballé. Il y avait d'ailleurs votre ami Nathan. Un homme charmant.

— Nathan était là ?

— Oui, avec les autres élus de la Mairie de Paris qui participent à ce projet. J'ai eu l'impression qu'il se faisait un malin plaisir à mettre Stanislas en difficulté. Il a même réussi à glisser votre nom dans une ou deux de ses questions.

— Ça ressemble tout à fait à Nathan, souris-je. Quel a été le verdict ?

— Nous avons été sélectionnés parmi les deux finalistes. Sans surprise, Darambert père a fait du lobbying après la présentation pour s'assurer qu'il n'y ait aucun problème avec le projet de son fils. Et bien que je n'aime pas cette manière de faire, je pense que c'est quand même mieux pour l'Agence. C'est notre réputation qui est en jeu.

— Vous avez raison.

Elle soupira.

— Vous nous manquez, Marc. C'est différent sans vous.

— Vous me manquez aussi, Maggy.

— Vous savez, j'ai surpris un coup de téléphone de Jacques, l'autre jour, où il disait être inquiet de la tournure des évènements avec Stanislas. J'ai bien tenté de le convaincre de vous faire réintégrer dès le mois d'octobre, mais il est trop fier pour revenir sur ce qu'il a fait. Maudite fierté masculine !

— Ne vous en faites pas pour moi. Je m'en sortirai.

Elle baissa les yeux et marmonna quelques mots que je fus incapable de saisir. Au moment où j'allais poser ma main sur son épaule d'un geste amical, elle manqua de m'arracher la tête en levant les deux bras en l'air avec vigueur.

— Mais assez parlé de moi ! s'écria-t-elle. Comment allez-vous ? Qu'avez-vous fait pendant ces deux derniers mois ?

— Essentiellement du sport, voir des amis, lire des livres, dis-je en reprenant une distance de sécurité raisonnable. Et une petite bagarre dans un bar aussi. Pour faire passer le temps.

Elle fronça les sourcils.

— Une bagarre ? Cela ne vous ressemble pas…

— Comme dirait mon ami Wallace : *aux grands maux les grands remèdes.*

— Je ne plaisante pas, Marc. Que s'est-il passé ?

— C'est une longue histoire qui est tout sauf intéressante. Je vous remercie de vous inquiéter pour moi, mais je vous rassure. Tout va bien.

Elle n'en croyait visiblement pas un mot, mais décida de ne pas insister.

— Et cette affaire avec la police ? Vous avez eu du nouveau là-dessus ? J'espère qu'ils vous ont laissé tranquille.

— Oui, mentis-je. Je ne les ai pas revus de tout l'été, donc j'imagine que l'enquête suit son cours normalement.

— Bien, très bien. C'est une bonne nouvelle.

Je me contentai de hocher la tête sans ajouter un mot. Je n'aimais pas cacher la vérité à Maggy, mais je voulais surtout éviter de lui apporter plus de soucis qu'elle n'en avait déjà.

Nous discutâmes encore quelques minutes puis elle me fit signe qu'elle devait retourner travailler.

— J'ai été contente de vous voir, Marc. Si le cœur vous en dit, n'hésitez pas à passer à l'Agence. Rien que pour voir le visage radieux de Cynthia et la tête horrifiée de Stanislas.

— Ce sont de bons arguments, dis-je en souriant. Prenez soin de vous, Maggy. Et avant de partir, faites-moi plaisir : ne me laissez pas ces pains au chocolat.

Elle hésita une seconde, puis prit le paquet avec elle.

— C'est bien parce que c'est vous, Marc.

Elle m'adressa un clin d'œil puis tourna les talons en manquant de renverser la table qui se trouvait juste à côté.

*

Un peu plus tard ce vendredi, je retrouvai Nathan sur la terrasse du Ramineh en compagnie de Darhys et Wallace.

— Alors comme ça, on vient plaider en ma faveur devant Darambert ?

— Tu aurais dû voir sa tête ! jubila Nathan. Un mélange de hibou et de lémurien.

J'éclatai de rire et m'installai à leur table. Nathan me raconta les coulisses de la présentation :

— Il a été minable de bout en bout. Toutes les personnes présentes ont été unanimes à son sujet. Pour autant, le projet a été sélectionné pour la finale du concours. C'est affligeant, mais Darambert père a vraiment le bras très long.

— C'est ce que m'a dit Maggy.

— Je suis désolé, mon vieux, j'ai fait tout ce que j'ai pu.

— Ne t'inquiète pas, tu n'y es pour rien.

— Attends une seconde, intervint Wallace. Qui te dit que tu ne récupèreras pas le dossier à la fin de ta mise à pied ? Si Darambert est trop mauvais, tu as tes chances, non ?

— Je doute que Steinberg le voit de cet œil.

— *Qui vivra verra*, Marc.

Il leva son verre en ma direction. J'en profitai pour changer de sujet :

— Vous avez passé de bonnes vacances ?

— Nathan était justement en train de nous raconter son voyage aux Maldives, dit Darhys en réajustant sa casquette.

— Il parait que vos nouvelles valises n'étaient pas au goût de tout le monde ?

J'esquissai un sourire et Nathan leva les yeux au ciel.

— Colleen est incorrigible, soupira-t-il. Nos anciennes va-lises étaient moches et pesaient une tonne, mais comme c'était un cadeau de sa mère, il ne fallait soi-disant pas y toucher ! Tu sais qu'elle m'a fait une scène à l'aéroport pour ça ?

— J'aimerais te dire que je suis surpris, mais non, je l'ima-gine très bien.

— Ce foutu caractère irlandais… Enfin bref, en dehors de ça, c'était paradisiaque !

— Tant mieux ! Et Tom ? Il a bien supporté le voyage ?

— Il nous a fait une crise terrible le premier jour, puis il a été sage. Maintenant il nous demande pourquoi on n'a pas de plage en bas de chez nous…

— Il est malin. Il va suivre les traces de son père.

— Tu plaisantes, il est beaucoup plus intelligent que moi. Il tient de sa mère, sans aucun doute. Et toi, mon vieux ? Colleen m'a dit que tu avais passé un été un peu plus agité ?

— C'est un doux euphémisme.

Je racontai le contenu de mes vacances pour les deux autres qui n'étaient pas au courant. Ils ouvrirent de grands yeux et Wallace en laissa tomber le morceau de poulet qu'il avait dans la bouche.

— Tu es vraiment sûr que c'est une bonne idée de remuer tout ça, Marc ? *Toutes les vérités ne sont pas bonnes à dire*. Ou à être entendues.

— Je le sais bien. Mais il y a quelque chose qui cloche dans cette affaire.

— Tu ne penses pas être tout simplement biaisé par l'envie de retrouver Léna ?

— Non, Wallace, ce n'est pas ça. Léna s'était faite embauchée au Harlem Café pour se venger de Salazar. Le soir où elle a disparu, elle a envoyé un SMS à son oncle pour dire qu'elle avait accompli sa vengeance et qu'elle devait se faire discrète. Pourtant, ce n'est pas Salazar qui est mort ce soir-là, mais Berisha. Ça n'a aucun sens.

— Peut-être que Léna en voulait à Berisha ?

— Ça ne colle pas. Tout le monde disait qu'ils s'entendaient bien.

Darhys fronça les sourcils.

— Et si elle s'était trompée, Marc ? Elle visait Salazar, mais c'est Berisha qu'elle a tué. C'était la nuit, il faisait sombre. Elle n'a pas eu le temps de vérifier l'identité de sa victime car quelqu'un arrivait. C'est possible, non ?

— Ça me parait difficile à croire. Je ne suis pas expert en la matière, mais j'imagine que quand on veut tuer quelqu'un, on vérifie quand même son identité avant de passer à l'acte, non ?

Et puis Berisha a été étranglé. À moins d'une myopie fulgu-
rante, le meurtrier a dû voir le visage de sa victime.

— Même s'il faisait nuit noire ?

— Il y a des lampadaires dans la rue du Harlem Café.

— Dans ce cas, peut-être que Berisha portait quelque chose
qui cachait son visage ?

— On était au mois de juin, donc pas le meilleur moment
de l'année pour porter une cagoule.

— Tu as vraiment réponse à tout, hein ?

— Justement non, Darhys, c'est bien ça le problème. Je n'ai
réponse à rien.

Il me regarda d'un air perplexe et poussa un soupir.

— Je suis désolé, Marc, mais ton scénario ne tient pas la
route. Aussi désagréable soit-elle, la possibilité que Léna ait tué
Berisha avant de prendre la fuite pour échapper à la police me
paraît beaucoup plus probable. Il nous manque sûrement des
éléments qui expliquent le pourquoi du comment, mais je suis
sûr que la police saura mettre la main dessus.

— Salazar cache quelque chose, et je vais le découvrir...

Nathan secoua la tête à son tour en me regardant avec des
yeux inquiets.

— Je n'aime pas ça. Léna qui est suspecte dans deux affaires
de meurtre mais qui est introuvable, son oncle qui ment à la
police, cette nouvelle histoire avec un type qu'on croyait mort
mais qui est pourtant bien vivant, en chair et en os.

— Surtout en os, remarquai-je.

— Et pour couronner le tout, la police qui traque tes moindres faits et gestes. Tu es dans l'œil du cyclone. Si j'étais toi,
j'essaierais de me tenir à carreau le temps que cette affaire se
calme.

— Je suis innocent, Nathan.

— Je sais, mon vieux, mais visiblement tu as une cible dans
le dos et la police ne va pas te lâcher d'une semelle. Je ne veux

pas juger ce que tu as fait car je comprends l'envie que tu as de retrouver Léna. Crois-moi, je sais à quel point tu tenais à elle. Mais honnêtement, Marc, tu n'aurais pas dû aller dans ce bar. En faisant ça, tu es remonté dans la liste des suspects.

— Bozillon peut s'acharner sur moi autant qu'il veut, je n'ai rien à cacher.

— Tu as confiance en son jugement ?

J'hésitai une seconde avant de hocher la tête.

— Il est un peu bourru et ne semble pas vraiment m'avoir à la bonne. Mais dans le fond, je pense que c'est un type honnête qui veut bien faire son boulot.

— C'est une bonne nouvelle. Il y a déjà eu de graves erreurs judiciaires dans ce pays et j'aimerais autant ne pas voir ton nom s'ajouter à l'une d'elles.

— Je préfèrerais aussi.

Son visage se referma et il ajouta :

— Une chose est sûre : si ce que tu avances est vrai, un type qui a commis un double meurtre et avec qui tu viens de t'accrocher se balade tranquillement dans la nature à l'heure qu'il est. Je le répète, je n'aime pas ça. Que la police traque tes moindres faits et gestes pour retrouver la trace de Léna, c'est une chose. C'en est une autre qu'ils te protègent correctement face à un fou.

— Ce serait le meilleur scénario qui puisse arriver !

— Je suis bien d'accord. J'espère qu'ils vont renforcer leur dispositif de sécurité.

— Mais non, pas ça. Que Salazar s'en prenne à moi !

— Je te demande pardon ?

— Réfléchis, Nathan : si Salazar s'en prend à moi, alors cela signifie que j'avais raison depuis le début !

— Tu n'es pas sérieux, quand même ?

— Je n'ai jamais été aussi sérieux.

Il ne répondit pas mais jeta un regard équivoque en direction de Darhys et Wallace. Tous les trois s'observèrent avec un mélange d'inquiétude et d'incompréhension, mais jugèrent qu'il valait mieux en rester là. Le reste du repas se déroula dans un silence de cathédrale.

*

Mardi 11 septembre 2018

Je me tenais devant un pavillon de banlieue assez modeste. Une allée en gravier traversait un court jardin pour donner accès à une porte blanche, au pied de laquelle se tenait deux nains de jardin aux visages fatigués.

Je sonnai et une vieille dame vint ouvrir quelques secondes plus tard, vêtue d'un tablier à motifs de coccinelles.

— Bonjour madame Berisha, dis-je poliment. C'est moi qui vous ai appelé un peu plus tôt au sujet de votre mari. Je m'appelle Marc Leclerc.

— Ah, monsieur Leclerc ! dit-elle d'une voix fluette avec un léger accent d'Europe de l'Est. Bien sûr, entrez ! J'étais en train de préparer un clafoutis.

La vieille dame m'indiqua le chemin du salon avant d'aller préparer deux cafés à la cuisine. J'observais la pièce : en dehors des tapisseries et du canapé en velours vert pâle qui montraient des signes du temps, l'atmosphère était chaleureuse. Un meuble avec une platine vinyle et une bonne centaine de disques trônaient devant moi, complétés par une horloge à coucou qui battait collégialement la mesure. À côté de la fenêtre, une desserte regroupait plusieurs photos encadrées.

Je m'approchai de la desserte pour regarder les photos plus en détail : madame Berisha y apparaissait tout sourire avec un homme à la mâchoire carrée et aux cheveux longs, plus ou moins grisonnants selon la date à laquelle avait été pris le cliché. Et quelle que soit la date, ils avaient l'air heureux. J'allai me diriger vers le canapé quand l'une des photos m'interpella : on y voyait le couple Berisha dans ce qui semblait à l'évidence être le Harlem Café, quelques années plus tôt. Ils se tenaient à côté de Charlie, le barman, et levaient leur verre en direction de la caméra. C'était la première fois que je tombai sur cette photo et pourtant, je fus frappé par une sensation de déjà-vu…

— Je vois que vous avez déjà fait connaissance avec Jorik, me dit la vieille dame derrière moi.

— Désolé, dis-je en reposant précipitamment le cadre. Je ne voulais pas être indiscret.

— Bien au contraire ! J'aime beaucoup ces photos, elles me rappellent de bons souvenirs. Jorik était un bel homme, n'est-ce pas ?

Je ne sais pas si « bel homme » était le qualificatif le plus adapté à Jorik Berisha, mais c'est vrai qu'il dégageait quelque chose de singulier. Il faisait également beaucoup plus jeune que son âge.

— Ce sont de belles photos, acquiesçai-je. Vous aviez l'air d'être heureux ensemble.

— C'était le cas, je peux vous l'affirmer ! Cinquante-deux ans de mariage et pas une seule dispute !

Elle m'adressa un sourire nostalgique et m'invita à prendre place dans le canapé.

— Que puis-je faire pour vous, monsieur Leclerc ?

— J'aimerais vous poser quelques questions sur une personne qu'a connu votre mari juste avant sa mort. À condition que cela ne vous dérange pas, bien entendu.

— Vous êtes gentil, mais ne vous inquiétez pas pour moi : la police m'a déjà interrogée plusieurs fois et je commence à avoir l'habitude. Mon Jorik était un brave homme qui a vécu une vie riche et pleine. Même si sa fin fut tragique, je suis sûre qu'il repose en paix aujourd'hui, et c'est tout ce qui compte pour moi.

Je pris cette affirmation pour un oui et attaquai sans plus attendre mes questions :

— Votre mari était membre du Harlem Café, n'est-ce pas ? C'est un club de jazz privé du 14ᵉ arrondissement.

— Effectivement, il allait là-bas tous les jeudis et samedis soir. Comme vous pouvez le voir ici, ajouta-t-elle en désignant du doigt le meuble avec la platine vinyle, le jazz était toute sa vie. Et encore, j'ai mis la moitié de ses disques à la cave car ils n'étaient bons qu'à prendre la poussière.

— Avait-il évoqué avec vous le nom de Léna Monacello ? Une jeune femme qu'il aurait rencontrée là-bas.

Le visage de la vieille dame s'éclaira et elle s'exclama d'une voix aigüe :

— Mais oui, bien sûr ! Vous connaissez Léna ?

— Assez bien, oui.

— Oh, quelle bonne surprise ! Je ne m'attendais pas à ce que vous me parliez d'elle ! Cela fait une éternité que je n'ai pas eu de ses nouvelles.

— Vous la connaissez aussi ?

— Effectivement, j'ai eu le plaisir de la rencontrer il y a quelques années. Jorik avait insisté pour l'inviter à déjeuner, et j'avoue avoir passé ce jour-là un moment fort agréable en sa compagnie. Léna était une jeune femme charmante, polie, tou-jours prête à aider. Et mon Dieu qu'elle était belle ! Ils devaient être nombreux à lui courir autour.

Un éclat de malice apparut dans les yeux de mon interlo-cutrice. Je poursuivis comme si de rien n'était :

— Votre mari entretenait-il de bons rapports avec elle ?

— Oh que oui ! Je vais même vous dire, monsieur Leclerc : au début, j'ai cru qu'il en pinçait pour elle tellement son pré-nom lui revenait à sa bouche. Mais lorsqu'elle est venue à la maison, j'ai compris. Il n'y avait aucun rapport de séduction entre eux. Jorik la considérait plutôt comme sa fille adoptive, et de la même manière Léna voyait en lui une image paternelle.

— Donc il n'y a jamais eu de dispute entre eux ?

— Pas que je sache. Bien sûr, je n'étais pas tout le temps sur le dos de Jorik non plus, mais je pense qu'il me l'aurait dit s'il y avait eu ne serait-ce qu'un début d'anicroche entre eux. Je lui faisais parfaitement confiance.

Elle m'adressa un nouveau sourire.

— Lorsque vous l'avez rencontrée, continuai-je, Léna a-t-elle fait allusion à sa famille, ses amis, ou bien ses projets futurs dans la musique ?

— C'était il y a longtemps et malheureusement, je vais avoir du mal à vous aider là-dessus, dit-elle sur un ton d'excuse. Mais dans mes souvenirs, la discussion était restée autour du jazz.

— Très bien, merci. Une dernière question, si vous le permettez : votre mari vous avait-il parlé d'une autre personne qui fréquentait le Harlem Café, un certain Max Salazar ?

Elle prit un peu plus de temps pour réfléchir, mais finit par secouer la tête.

— Je suis désolée, mais cela ne me dit rien. Jorik a peut-être évoqué son nom, mais ma mémoire ne l'a pas imprimé. Pourtant, je fais des exercices quotidiens pour la mémoire… Vous connaissez le Sudoku ? Il paraît que c'est très bon pour les petites cellules grises ! Enfin, j'admets qu'il m'arrive tout de même d'oublier des choses à mon âge… C'est bien dommage, mais que voulez-vous, c'est la vie.

— Il n'y a pas de mal. Votre aide m'a déjà été très utile.

— Tant mieux ! s'enthousiasma-t-elle. Mais dites-moi, ce Max Salazar, c'est un ami à vous ?

— On peut dire ça comme ça, oui. Mais on s'est disputé récemment.

— Ah, d'accord. J'espère que ce n'est pas trop grave.

— Disons que cela nous a permis de mettre les choses au clair pour construire une relation durable dans l'avenir.

— C'est tout le mal que je vous souhaite. En amour comme en amitié, la communication est la clé. Croyez-en une vieille dame qui a fêté ses cinquante-deux ans de mariage !

La grande pendule se mit à sonner bruyamment 16 heures avec quatre allers-retours musclés du coucou qui l'habitait. Je saisis cette occasion pour terminer mon café et me lever.

— Je ne vous dérange pas plus, madame Berisha. Je vous remercie encore pour le temps que vous m'avez accordé, en espérant que cela ne fut pas trop pénible pour vous.

— Au contraire, dit-elle en souriant, j'ai passé un bon moment en votre compagnie.

Elle m'escorta jusqu'au seuil de la porte d'entrée gardée par les deux nains de jardin. Je la saluai chaleureusement et m'en allai. Juste avant de franchir le portail, j'entendis la voix fluette de la vieille dame s'élever derrière moi :

— Vous pensez y arriver, monsieur Leclerc ?

— Je vous demande pardon ? dis-je en me retournant. Arriver à quoi, madame Berisha ?

— À trouver le moyen de reconquérir cette jeune femme, Léna Monacello. Parce que c'était bien ça le but de votre visite, n'est-ce pas ?

Elle leva ses deux mains pour mettre en évidence les doigts qu'elle avait croisés en signe d'espoir, avant de m'adresser un sourire complice et refermer la porte sur elle.

15.

Quand tout bascule

Extrait n°8 du carnet saisi par la police – 24 février 2015.

Je crois que j'ai fait une bêtise. Tout se passait bien avec Léna et il n'y avait aucune raison de changer le cours des choses. Mais j'ai peut-être été un peu trop loin samedi. En même temps, après la soirée que nous avions passée et les révélations pour le moins dramatiques qu'elle m'avait faites, on était en droit de se laisser aller. Un peu de légèreté n'a jamais fait de mal à personne. Et dans le fond, je sais qu'elle en avait envie, elle aussi. Il suffisait de voir ses yeux : ils voulaient tout dire. Je ne cherche pas d'excuse mais je connais Léna depuis plus de deux ans maintenant, et je sais comment elle fonctionne. Quand elle m'observe de cette manière, c'est qu'elle a une idée derrière la tête. Sinon, pourquoi le ferait-elle ?

Le problème, c'est que je n'ai pas pu en reparler avec elle. Elle ignore tous mes messages et c'est à peine si elle m'a adressé la parole quand on a déjeuné avec les autres au Ramineh. Peut-être qu'elle a tout simplement honte : elle me fait croire que je l'ai forcée alors qu'elle a pris du plaisir. Car le plaisir, j'ai bien vu qu'elle en avait pris.

Au final, je m'inquiète sûrement pour rien : Léna est une grande fille et il n'y a pas eu mort d'homme non plus.

*

Cela faisait plus d'un mois que j'étais rentré de Montréal. Suite à mes dernières découvertes, j'avais acheté un grand tableau blanc sur lequel j'inscrivais les points clés de l'enquête. Par superstition, j'avais noué l'écharpe de Léna dans l'anse qui permettait de fixer le tableau au mur, comme si sa simple présence allait suffire à me donner la solution du problème. Pour autant, je n'avais toujours pas réussi à prouver la culpabilité de Salazar ni à trouver des pistes sur l'endroit où Léna pouvait bien se cacher aujourd'hui. À défaut d'avancer, cette écharpe avait tout de même eu le mérite de devenir le nouveau jouet favori de Django.

Un doux soleil d'automne brillait dans le ciel en ce vendredi matin, et je m'étais installé sur ma terrasse pour y boire un café. À côté de moi, Django faisait paisiblement la sieste, lové dans son coin – de là où nous étions, aucun bruit ne filtrait à part celui des oiseaux et quelques voitures qui passaient en bas.

La sonnette de mon appartement vint interrompre ce moment de quiétude. J'allai ouvrir et ne pus cacher ma surprise en découvrant devant moi Vanille, vêtue d'une jupe écossaise et d'une veste en cuir.

— Alors comme ça je vous fais entrer dans un club de jazz privé et vous, vous ne trouvez rien de mieux à faire que de vous battre ?

— Comment avez-vous eu mon adresse ?

— Il faut que nous ayons une petite discussion, Marc.

Elle me lança un regard furieux qui ne me donna pas d'autre choix que de la laisser entrer. À son passage, une douce odeur de framboise pénétra dans la pièce. Je lui proposai un café, qu'elle accepta volontiers. Pendant que je m'attelai à la tâche en cuisine, elle se dirigea vers le salon pour regarder les bibelots et livres en tout genre qui composaient mes étagères.

— Écoutez, Vanille, commençai-je sur un ton d'excuse, je suis sincèrement désolé que la police vous ait embarqué l'autre soir. Je vous ai vue au commissariat. Je n'avais aucune intention de me battre mais… les choses ne se sont pas passées comme prévu.

— Et comment auraient-elles dû se passer ?

— Salazar aurait dû être mort. Pas Berisha.

— Je n'ai absolument aucune idée de ce dont vous parlez, Marc. C'est un bon livre ?

Je jetai un coup d'œil par-dessus mon épaule. Elle tenait entre ses mains *La Vérité sur l'Affaire Harry Quebert*.

— C'est un livre formidable. Vous le connaissiez ?

— Je ne vous aurais pas posé la question si je le connaissais.

— Je parlais de Max Salazar.

— Ah… Tout le monde le connaît au Harlem.

— Dommage que vous ne m'en ayez pas parlé plus tôt, ça nous aurait évité des problèmes. Vous voulez du lait dans votre café ? Du sucre ?

— Non, simplement noir et bien serré, merci. Et Léna, qui est-ce ?

Je me retournai de nouveau et découvris cette fois-ci Vanille en train de lire une copie de la carte postale du Japon que j'avais faite imprimer depuis mon téléphone.

— Pourriez-vous arrêter de fouiller dans mes affaires, s'il vous plaît ?

— Je pars du principe qu'on a le droit de le regarder si c'est sur une étagère.

— Sauf quand on débarque chez quelqu'un à l'improviste.

Elle reposa la carte et vint s'accouder au bar qui séparait le salon de la cuisine. Elle me fixa de ses yeux bleu électrique.

— Alors, Marc. Pourquoi cette bagarre ?

— Vous vous souvenez de la raison pour laquelle je voulais entrer au Harlem Café ?

— Oui. Le meurtre d'un vieil ami, la mise à pied de votre travail et les fantômes du passé. Les malheurs arrivent par trois et vous étiez venu chercher des réponses au Harlem.

— Vous avez une bonne mémoire.

— C'est mieux pour prendre les commandes des clients.

Un sourire malicieux apparut sur son visage.

— Eh bien Salazar faisait partie des données du problème, expliquai-je. Sauf qu'il était censé être mort.

— Que vous a fait Salazar pour que vous souhaitiez sa mort à ce point ?

— Ce serait trop long à expliquer. Disons simplement que cette découverte était aussi inattendue que désagréable.

— J'espère que vous ne donnez pas des coups de poing à toutes les personnes qui vous surprennent. Ce n'est pas la meilleure des politesses.

— J'essaie de faire de mon mieux. Mais regardez, ça fonctionne plutôt bien avec vous : vous êtes en train de boire mon meilleur café.

— Dans ce cas, promettez-moi de rester calme après ce que j'ai à vous dire.

— Ce que vous avez à me dire ?

— Le mot sous votre porte, début juillet. C'était moi.

Je faillis recracher la gorgée que je venais d'avaler.

— Je… je vous demande pardon ?

— Oui, Marc. C'est moi qui vous avais donné rendez-vous au Bistrot de la Place ce soir-là.

— Vous cherchez à vous payer ma tête, c'est ça ?

— J'ai bien peur que non. Réfléchissez, comment aurais-je pu être au courant de ce mot si ce n'était pas moi qui l'avais écrit et déposé là ?

Au moment où elle prononçait cette phrase, mes yeux s'attardèrent sur la couleur de ses cheveux. Et c'est là où je m'en aperçus pour la première fois : un blond doré, pur et brillant. Ce qui correspondait à la description de la femme qui était avec Jojo le soir de sa mort. Un coup de massue venait de s'abattre sur ma tête.

— C'est vous qui… mais… pourquoi ?! balbutiai-je.

— Car je connaissais bien Jojo. C'est moi qui étais avec lui, le soir où il a été assassiné, et il m'a parlé de vous juste avant de mourir.

Vanille alla s'installer dans le canapé et me fit un signe pour que je vienne la rejoindre. Puis, la tête basse et les yeux humides, elle prit une grande inspiration :

— En plus de mon boulot de serveuse au Harlem Café, je suis bénévole aux Restos du Cœur depuis plus de deux ans, et c'est comme ça que j'ai fait la connaissance de Jojo. Après le premier hiver, nous avions sympathisé et j'avais accepté de lui rendre visite une fois par semaine pour passer un peu de temps avec lui. Au fil des discussions, Jojo a commencé à se livrer et m'a parlé de vous. Il vous estimait beaucoup, Marc. Le soir de sa mort, je devais justement lui rendre visite. Mais quand je suis arrivée, il était dans une mare de sang, à moitié inconscient. Je me suis jetée sur lui pour stopper l'hémorragie et j'ai hurlé pour que l'on me vienne en aide. Un sans-abri est arrivé et je l'ai immédiatement sommé d'aller chercher du secours. Lorsqu'il est parti dans le bistrot le plus proche, Jojo m'a agrippé avec les dernières forces qu'il lui restait et il a prononcé les mots suivants : « Trouve Marc… Danger… Casquette… ». Je lui ai promis que je ferais tout ce qu'il voudrait, même si j'ignorais ce qu'il voulait dire par là. Jojo m'a souri une dernière fois puis il est mort, dans mes bras. Les larmes aux yeux et le cœur lourd, j'ai voulu rester avec lui mais j'ai été prise d'une vague soudaine de panique : allait-on croire à ma version ?

J'avais du sang plein les mains et il n'y avait pas de témoins. J'ai hésité quelques secondes, puis j'ai pris la fuite avant que le sans-abri ne soit revenu avec de l'aide. Mais dès le lendemain, je me suis mise à votre recherche pour honorer la mémoire de Jojo. J'ai réussi à trouver votre adresse en fouillant un peu, et j'ai mis ce mot sous votre porte.

— Mais... Pourquoi tant de mystère avec ce mot anonyme ? Et surtout, pourquoi me donner rendez-vous pour me poser un lapin ?

— Je suis désolée. Aussi ridicule que cela puisse paraître, j'ai eu un empêchement de dernière minute ce soir-là. Après cet épisode, je ne savais pas comment vous recontacter sans que vous ne le preniez comme une mauvaise blague. Par chance, je vous ai vu débarquer l'autre soir au Harlem Café, depuis l'une des caméras de surveillance du club. C'était l'occasion rêvée. Je vous ai fait entrer pour tout vous expliquer, mais vous avez trouvé le moyen de vous battre avec Salazar avant. Voilà, vous connaissez toute l'histoire.

Django fit son apparition dans le salon et nous observa à tour de rôle, avant de venir se poster à côté de Vanille. Il la renifla à plusieurs reprises puis, convaincu par son odeur de framboise, s'allongea à ses pieds. Elle le regarda faire avec un sourire et se mit à le caresser derrière les oreilles.

— Jojo était le vieil ami dont vous m'avez parlé, n'est-ce pas ? me dit-elle. L'un de vos trois malheurs.

— En effet, oui. Et vous, vous êtes la jeune femme blonde, très belle, qui se trouvait avec Jojo le soir de sa mort ?

— C'est un compliment ?

— Non, ce sont les mots du sans-abri que vous avez vu et qui est allé chercher de l'aide.

— Oui, c'était bien moi, confirma-t-elle d'un air déçu.

— À tout hasard, c'est également vous qui étiez avec Jojo deux semaines plus tôt, lorsqu'il a fait son mini-AVC ?

— Je ne sais absolument pas comment vous êtes au courant de cet incident, mais oui, c'est moi qui ai appelé les secours ce soir-là.

Je me pris la tête dans les mains en poussant un cri de colère. L'air déçu de Vanille laissa place à un regard surpris, mais je l'ignorai pour aller me poster en face de mon tableau blanc.

Avec cette découverte, toute l'affaire prenait une tournure différente. Ce n'était pas Léna, teinte en blonde, qui était avec Jojo le soir de sa mort. Ce n'était pas Léna qui avait déposé ce mot anonyme chez moi, malgré la coïncidence du Bistrot de la Place. Et ce n'était pas non plus Léna qui avait prévenu les secours au moment du mini-AVC de Jojo. Donc la piste pour retrouver son numéro de téléphone tombait à l'eau. Il fallait que je revoie tout depuis le début.

J'entendis Vanille s'approcher de moi.

— Qu'est-ce que c'est que ça, Marc ?

— La liste de mes questions sans réponses.

— Merci, c'est beaucoup plus clair.

Elle balaya le tableau des yeux et s'exclama :

— Tiens, c'est marrant. Jojo avait la même casquette.

— Hein ?

Elle tapota du doigt la photo où l'on me voyait avec Léna, en vacances à la Nouvelle Orléans.

— Je me souviens de cette casquette : elle était bleu foncé avec une inscription *New Orleans Pelicans*. Jojo avait la même, en plus usée bien sûr, mais il l'adorait.

— Vous voulez dire qu'il l'avait depuis longtemps ?

— Oh, oui. Il l'avait déjà avec lui quand je l'ai connu, donc au moins deux ans.

Je poussai un juron qui la fit sursauter.

— Vous commencez à me faire peur, Marc.

— Désolé. Ce que vous venez de me dire change toutes les données du problème.

— Les données du problème ?

— Encore une fois, trop long à expliquer. Mais est-ce que je peux vous demander un service ?

— Au point où l'on en est…

— Pourriez-vous regarder attentivement ce tableau et me dire si vous reconnaissez autre chose que cette casquette ?

Elle parcourut l'ensemble des éléments qui se trouvaient devant elle et secoua la tête.

— Non, désolée. Rien d'autre.

— D'accord, merci.

— En revanche, j'aime bien votre écharpe.

— Ce n'est pas mon écharpe, mais merci quand même.

Je m'immobilisai d'un seul coup et un frisson glacial me parcourut l'échine.

— L'écharpe ! m'écriai-je. Mais bien sûr !

Je me précipitai sur la copie de la carte postale du Japon et la relus plusieurs fois avant de prendre la tête dans mes mains.

— Mais comment ai-je pu être aussi stupide ! C'était pourtant là depuis tout ce temps, juste sous mon nez ! Et moi, je n'ai rien vu !

Vanille m'observa d'un œil qui trahissait ses pensées.

— Vous m'inquiétez, Marc. Vous êtes sûr que tout va bien ?

— Non, non, bien sûr que non ! Rien ne va plus !

— Que se passe-t-il ?

— Je ne suis pas certain. Mais si c'est ce que je pense, il s'agit de quelque chose de très grave.

— À votre tête, je veux bien vous croire. Vous êtes blanc comme un cachet d'aspirine. On dirait que vous venez de voir un fantôme.

— Figurez-vous que c'est peut-être bien le cas. Mais je n'ai pas le temps de vous expliquer. Il faut que je file, c'est urgent. Restez ici aussi longtemps que vous voulez mais claquez juste la porte derrière vous en partant. Et si je ne suis pas rentré dans trois heures, sortez Django. Il a besoin de faire un tour dehors dans l'après-midi, et je crois qu'il vous aime bien.

Elle ouvrit la bouche mais j'avais déjà quitté mon appartement avant qu'elle n'ait eu le temps de prononcer un seul mot.

*

J'arrivai au commissariat le souffle coupé. Un petit homme au crâne dégarni se tenait derrière l'accueil.

— Bonjour, je demande à voir le commissaire Bozillon. Dites-lui que c'est Marc Leclerc et que c'est très urgent. Je suis sûr qu'il se fera un plaisir de venir me récupérer en personne.

L'homme au crâne dégarni me dévisagea avec curiosité derrière les petites lunettes rondes qui trônaient sur le bout de son nez, puis finit par décrocher son téléphone. Une minute plus tard, Bozillon arriva à l'accueil, le visage grimaçant.

— Leclerc… Pour une surprise, c'est une désagréable surprise. Que faites-vous ici ?

— Il faut que je vous parle de toute urgence, commissaire.

— Je vous écoute.

— Non, pas ici. Dans un lieu privé.

— Désolé, Leclerc, mais si vous croyez que…

— Je pense avoir fait une découverte capitale dans notre affaire, l'interrompis-je. Mais pour ça, j'ai besoin de vous.

Il fronça les sourcils et ses yeux se mirent à briller d'un éclat vert que je commençais à bien connaître.

— Très bien, dit-il. Suivez-moi.

Il me conduisit à travers le commissariat jusqu'à une salle d'interrogatoire vide. Après m'avoir indiqué la chaise au centre de la pièce, il s'absenta un instant et revint avec Parega, qui prit position sans dire un mot. Bozillon ferma la porte et s'installa en face de moi.

— Nous vous écoutons, Leclerc. Que se passe-t-il ?

— Je crois que nous avons tout faux depuis le début. Mais avant d'en dire plus, il faut que je puisse jeter un coup d'œil au rapport de l'enquête du meurtre de Berisha.

— Ces documents sont confidentiels.

— Je n'en doute pas, commissaire, mais c'est très important. Si vous ne voulez pas que je les regarde moi-même, vous pouvez le faire pour moi, ça m'est égal. J'ai juste besoin de savoir exactement ce qu'a dit Jojo au sujet de la personne qu'il a vue sur la place de l'arbre tordu, le soir du meurtre de Berisha.

Bozillon m'observa attentivement de ses yeux vifs, puis il fit un signe de tête en direction de Parega, qui quitta aussitôt la pièce. Il en revint une minute plus tard avec un carton qu'il déposa sur la table à côté du commissaire.

Bozillon en tira un épais classeur blanc qu'il feuilleta rapidement, puis en sortit une feuille qu'il me tendit.

ENQUETE DE POLICE
RAPPORT D'INTERROGATOIRE

<u>Nom de la personne interrogée</u> : Jojo.
<u>Rapport avec la victime</u> : Témoin visuel et première personne à avoir découvert le corps.
<u>Date de l'interrogatoire</u> : Dimanche 21 juin 2015 – 05:10.

Police : Connaissiez-vous la victime ?

Jojo : J'peux pas dire que je le connaissais personnellement, mais je l'avais déjà vu plusieurs fois. J'habite un peu plus loin, sur la place de l'arbre tordu, à côté de l'église, donc forcément je croise des gens qui vivent dans le coin.

Police : Vous ne savez pas comment il s'appelle ?

Jojo : Non, aucune idée.

Police : À quelle heure l'avez-vous découvert ?

Jojo : Quelques minutes avant que le barman du Harlem Café vous ait appelé.

Police : Donc 2 heures 30 du matin. Pouvez-vous nous raconter votre soirée dans les moindres détails ?

Jojo : Il faisait très chaud et les rues étaient pleines de monde. J'avais acheté un petit stock de boissons pour la soirée – après tout, il faut savoir se faire plaisir. J'étais à côté de la place Flora Tristan et tout se passait parfaitement bien quand un énorme orage est tombé. Il pleuvait si fort que j'ai dû me mettre sous un porche pour pas ressembler à un chien mouillé. Le problème, c'est que la pluie a continué comme ça toute la nuit, alors j'ai pris mes quartiers et j'ai écumé tranquillement mon petit stock. Lorsque la pluie s'est calmée, j'ai eu envie de retourner chez moi. Mais en arrivant, j'suis tombé sur quelqu'un qui traînait dans le square, au niveau de ma cabane. J'lui ai crié : « Hé toi, qu'est-ce que tu fais là ? ». L'autre s'est retourné et a déguerpi comme un lapin en me voyant. J'étais trop fatigué pour lui courir après, mais j'ai tout de même été faire un tour du pâté de maison, histoire de jeter un dernier coup d'œil. Et c'est là où j'ai vu ce type, allongé au milieu de la route. J'ai voulu prendre de ses nouvelles, mais le bonhomme ne bougeait pas et ne faisait aucun bruit. Par chance, le Harlem Café était allumé ce qui signifiait qu'il était encore ouvert. J'ai été tambouriner à leur porte jusqu'à ce que le vigile sorte. J'lui ai expliqué ce qu'il venait de m'arriver en lui montrant du doigt le corps du type que l'on pouvait voir de là. Il est rentré deux minutes et en est ressorti avec le barman, que j'avais croisé quelques fois dans la rue. Un type toujours très bien habillé, avec chapeau et costume trois pièces. J'les ai accompagnés jusqu'à l'endroit où était étendu le pauvre gars. Le barman a mis ses doigts devant la bouche de la victime en faisant bien attention de ne pas le toucher. Puis il a pris son téléphone et a appelé les secours.

Police : Pouvez-vous nous en dire plus sur la personne que vous avez croisée dans le square ? Était-ce un homme, une femme ? Grand, petit ? Mince, gros ?

Jojo : Taille moyenne, j'dirais. Pas gros. Plutôt une carrure d'homme, mais j'ai pas pu voir son visage parce qu'il portait une casquette.

Police : À quoi ressemblait cette casquette ?

Jojo : Elle était foncée, avec des écritures blanches dessus. Mais j'saurais pas en dire plus, il faisait nuit.

Police : D'autres faits à signaler qui vous ont paru curieux ?

Jojo : Non, j'crois pas. À part le pauvre type étendu devant le Harlem Café, tout était normal pour cette heure de la nuit.

J'arrêtais ma lecture. En rendant la feuille à Bozillon, je lui indiquai du doigt le passage suivant : *quelqu'un qui traînait dans le square, au niveau de ma cabane. J'lui ai crié : « Hé toi, qu'est-ce que tu fais là ? ». L'autre s'est retourné et a déguerpi comme un lapin en me voyant.* Il me regarda en haussant les sourcils.

— Eh bien, Leclerc ? Qu'y-a-t-il ?

— C'est bien ce que je craignais, commissaire. Et pourtant, je peux vous assurer que jamais dans ma vie je n'aurais aimé avoir plus tort qu'aujourd'hui.

16.

Le sel des larmes

Extrait n°9 du carnet saisi par la police – 21 juin 2015.

Pourquoi ? Pourquoi ? Pourquoi ?
Comment en est-on arrivé là ?
Qu'ai-je fait pour me retrouver dans cette situation ?

La soirée avait pourtant parfaitement commencé : on était tous réunis au Palais des Congrès, l'atmosphère était festive (malgré un problème de climatisation et une chaleur étouffante), et cette victoire tant attendue à la cérémonie du Golden Compass...

Et puis tout a basculé dans l'ombre et le chaos. À croire qu'il fallait monter au firmament pour descendre au plus profond des ténèbres. L'Histoire sait être ironique quand elle le veut, et j'en ai payé le prix fort.

J'essaie de retracer le fil de la soirée, mais tout est encore flou dans ma tête. La seule chose dont je me souviens, c'est de me tenir devant les placards vides de Léna, mon portable à la main, en train de me demander comment nous avions pu en arriver là.

J'ai bien peur que rien ne soit jamais plus comme avant.

*

Un ciel gris ardoise recouvrait Paris et il pleuvait sans interruption depuis deux jours. Le froid avait également refait son apparition, forçant de nombreux immeubles à mettre en route les chauffages plus tôt que prévu. L'automne était bel et bien de retour.

J'avais rendez-vous avec les autres au Ramineh pour notre traditionnel déjeuner dominical, mais une fois n'était pas coutume, j'avais dû décliner l'invitation suite au coup de fil que j'avais reçu la veille. Le commissaire Bozillon m'avait confirmé qu'il avait réussi à avoir les autorisations nécessaires de la part du juge d'instruction. L'opération allait avoir lieu ce dimanche, tôt dans la matinée.

Il était 9 heures lorsque je le retrouvai sur la place de l'arbre tordu. Il portait un imperméable beige qui lui donnait des faux airs de Columbo et était accompagné de Parega, impeccable dans son caban bleu foncé. Je leur fis un signe de la main sous mon parapluie et les rejoignis.

— Vous n'étiez pas obligé de venir, Leclerc, me dit Bozillon d'un air maussade.

— Allons, commissaire, vous savez pertinemment qu'un caillou dans la chaussure vous accompagne partout.

— C'est bien ce qui me fait peur.

— Vous pensez que la pluie va poser un problème ?

— C'est possible. Mais attendons de voir ce que disent les spécialistes. Tiens, justement, les voilà.

Trois fourgons firent leur apparition et se garèrent un peu plus loin dans la rue. Un homme aux épaules larges et aux cheveux ras sortit du premier et vint serrer énergiquement la main du commissaire Bozillon. Il portait un blouson de la police.

— C'est ici ? demanda-t-il.

— Oui, répondit Bozillon. Tout le secteur à proximité de l'arbre que vous voyez derrière vous. Celui qui a poussé de travers. Ça va aller avec ce temps ?

L'homme regarda le ciel et frotta le sol de sa *ranger*.

— Pas idéal, dit-il, mais on verra bien.

Il se retourna, siffla en direction des fourgons et cria « Allez les gars, au boulot ! ». Une dizaine d'hommes accompagnés de chiens en sortit aussitôt et se postèrent aux quatre coins de la place.

Trente minutes plus tard, les hommes arrêtèrent leurs allées et venues pour venir s'entretenir avec le chef de la brigade canine, dont j'appris entre temps que le nom était Morin. Apparemment, le sol était trop humide et les chiens ne sentaient rien, donc il fallait suspendre les recherches. Morin en informa Bozillon et ils ramenèrent les chiens dans les fourgons, en attendant que le temps s'améliore. Parega en profita pour aller chercher trois cafés et m'en donna gracieusement un, ce qui le fit légèrement remonter dans mon estime.

La pluie cessa sur les coups de midi et une éclaircie fit son apparition. Morin annonça que si le temps se maintenait de la sorte pendant deux heures, ils allaient pouvoir reprendre les recherches. Mais pas avant. Bozillon fit la moue mais se résolut à accepter la recommandation de Morin, et s'en alla déjeuner avec Parega dans un bistrot au coin de la rue. Je mis également à profit ce délai pour rentrer déjeuner chez moi, prendre des nouvelles de Django et me réchauffer avant de retourner sur place.

Le temps resta stable malgré le retour de nuages menaçants et, comme annoncé, la brigade canine se remit au travail à 14 heures. Bozillon et Parega se tenaient en retrait et laissaient Morin diriger les opérations à sa mesure. Je les observais d'un peu plus loin, adossé à un mur.

Une dizaine de minutes après la reprise des recherches, un homme se signala à Morin. Celui-ci alla le retrouver au pied de l'arbre tordu, à proximité du parterre de pétunias où avait joué Django lors de notre dernière venue. Ils échangèrent quelques mots, puis Morin s'accroupit et sonda la terre qui avait été remuée par le chien. Visiblement satisfait par ce qu'il venait de voir, il se dirigea vers Bozillon et Parega.

— On a trouvé quelque chose, déclara Morin. Encore trop tôt pour dire quoi, mais on va y aller doucement pour le découvrir.

J'aperçus Bozillon me jeter un regard par-dessus son épaule avant de hocher la tête en silence. Morin retourna près de l'arbre et appela trois personnes de ses équipes pour venir l'aider.

L'opération dura plus d'une heure pendant laquelle Bozillon faisait les cent pas devant Parega qui restait impassible, les bras croisés. De temps à autre, le commissaire me lançait des coups d'œil inquiets, avant de poursuivre ses allers-retours frénétiques. Enfin, quand la pluie recommença à tomber, Morin fit un signe à Bozillon et Parega de venir le rejoindre.

— Vous ne bougez pas, Leclerc, ordonna Bozillon. C'est compris ?

— Oui, commissaire.

Les deux hommes allèrent retrouver Morin et entamèrent avec lui une longue discussion. Visiblement, son équipe avait fait une découverte intéressante et ils évoquaient ensemble la marche à suivre. Mais de là où j'étais, je ne pouvais pas entendre un seul mot. J'avançai de quelques mètres pour essayer de discerner des bribes de leur échange, mais toujours rien. En revanche, je m'aperçus que Bozillon et Parega me tournaient le dos et que toute leur attention était désormais fixée sur la zone qui avait été creusée au pied de l'arbre.

Le plus discrètement possible, je me mis alors à contourner le petit bosquet de buissons qui longeait le parterre de pétunias pour m'approcher de la scène. Je réussis à me placer à une distance raisonnable pour pouvoir enfin entendre les conversations sans être remarqué.

— C'était ce que vous pensiez, non ? interrogea une voix que je reconnus comme celle de Morin.

— Pas de conclusion hâtive, dit Bozillon d'un ton plus dur que je ne lui connaissais d'habitude.

— Que voulez-vous que l'on fasse maintenant ?

— Continuez à fouiller dans le parc. Il se peut que l'on trouve d'autres choses. Pendant ce temps-là, j'appelle les gars du labo et le médecin légiste.

— Vernoult ?

— Lui-même.

— Il n'aime pas être dérangé le dimanche, observa Morin.

— Je n'en ai rien à faire de son dimanche, répliqua Bozillon. C'est une urgence et il va rappliquer.

Bozillon s'éloigna pour passer son coup de fil. Dix mètres me séparaient de l'arbre tordu, devant lequel se tenaient toujours Parega et Morin. Mais il m'était impossible de sortir de ma cachette sans être vu. C'est à ce moment-là qu'un immense éclair transperça le ciel, suivi d'un coup de tonnerre vrombissant. La soudaineté et la puissance du choc détournèrent un bref instant l'attention des deux hommes. C'était tout ce dont j'avais besoin.

D'un geste vif, je bondis hors du bosquet et me mis à courir en direction de l'arbre tordu. Un homme de la brigade canine qui se trouvait un peu plus loin aperçut la manœuvre et hurla en direction de Parega et Morin, mais un second coup de tonnerre explosa et ils ne parvinrent pas à l'entendre. Lorsqu'ils réalisèrent enfin ce qu'il venait de se passer, je me tenais déjà debout, devant l'arbre tordu.

Cet instant ne dura qu'une fraction de seconde, et pourtant, j'eus la sensation qu'il se passa une éternité.

Le corps de Léna était abîmé, mais je reconnus sans difficulté sa robe bleu nuit. Cette même robe qu'elle portait lors de
notre première rencontre et qu'elle avait choisi de mettre pour
ce qui allait devenir notre dernière soirée ensemble, afin que je
n'aie d'yeux que pour elle. C'était trois ans plus tôt, à la 20ᵉ
cérémonie du Golden Compass. C'était trois ans plus tôt, la
dernière soirée avant la fin du monde.

Je me mis à hurler aussi fort et aussi longtemps que mon
corps le pouvait, même si cela ne représentait qu'un millième
de la douleur que j'éprouvais au fond de moi. Quand le souffle
vint à me manquer, mes genoux cédèrent et je m'effondrai sur
le sol mouillé, l'esprit étourdi et le corps brisé. *Tout était fini.
Léna était morte.* Je sentis les bras musculeux de Parega me saisir
d'un geste vif pour m'éloigner de la scène, mais je ne voulais
pas partir. Je voulais rester là, avec elle. Ne plus jamais la quitter, ne plus jamais l'abandonner. Je me débattis avec l'énergie
du désespoir, l'énergie d'un fou qui n'a plus rien à perdre, et
malgré sa force phénoménale, Parega eut du mal à contenir ma
hargne. Et puis, pour la première fois, j'entendis un son sortir
de sa bouche :

— Venez avec moi, Leclerc. Ne restons pas ici.

Je m'immobilisai de surprise. Ce n'étaient que huit mots,
mais il y avait quelque chose de spécial dans la manière dont
Parega les avait dits. De la compassion, peut-être. À moins que
ce soit de la tristesse. Je lui lançai un regard de détresse, auquel
il répondit d'un bref signe de tête, puis je me laissai emmener,
cette fois-ci sans résistance, jusqu'au banc qui se trouvait le plus
proche.

Les nuages noirs se déversèrent en pluie battante tout autour de nous et le vent se leva, comme si les éléments avaient
choisi ce moment précis pour se déchaîner. Parega ouvrit un
parapluie pour nous abriter tous les deux tandis que de mon

côté, je l'observais comme un bateau contemple un phare lointain qu'il ne pourrait atteindre en pleine tempête.

Après s'être longuement entretenu avec Morin, Bozillon finit par nous rejoindre. Il s'assit à côté de moi et me dit d'une voix douce :

— Vous n'en avez sûrement pas grand-chose à faire de mes condoléances, mais sachez tout de même que je suis désolé pour vous, Leclerc. Sincèrement.

— Merci commissaire, répondis-je d'une voix absente.

Il jeta un regard en direction de l'arbre tordu, où les équipes scientifiques étaient à présent en train de s'afférer.

— Le moment est probablement mal venu, continua-t-il, mais si je peux me permettre, comment avez-vous fait pour découvrir tout cela ?

— Grâce à la jeune femme qui m'avait fait entrer au Harlem Café. Vous vous souvenez d'elle ? Vous l'aviez interpellée en même temps que moi, le soir de mon altercation avec Salazar.

— Je me souviens parfaitement d'elle, oui. Mais qu'a-t-elle à voir dans cette histoire ?

— Elle s'appelle Vanille, elle avait fait la rencontre de Jojo aux Restos du Cœur où elle est bénévole depuis deux ans, et c'est elle qui se trouvait avec lui le soir de sa mort. Pas Léna. Elle était venue lui rendre visite comme elle le faisait une fois par semaine. Mais lorsqu'elle est arrivée ce soir-là, il était déjà trop tard. Juste avant de mourir, Jojo lui a dit les mots suivants : « Trouve Marc, Danger, Casquette ». Alors elle a voulu mener sa propre enquête. D'abord, en m'écrivant un mot anonyme pour me donner rendez-vous dans un bar et me poser des questions sur Jojo, mais elle n'est jamais venue à ce rendez-vous. Puis en me faisant entrer au Harlem Café, mais on sait tous les deux comment ça s'est terminé. Enfin, en débarquant chez moi, il y a deux jours. C'est là où elle m'a révélé ce que je viens de vous dire, et également que la casquette de

Léna était en la possession de Jojo depuis longtemps. Nous faisions donc fausse route depuis le début : Léna n'avait rien à voir avec ce meurtre. La suite n'est qu'un enchaînement de coïncidences – et vous le savez mieux que personne, les coïncidences n'existent pas.

— Quelles étaient ces coïncidences, Leclerc ?

— Tout a commencé avec une écharpe. Lorsque je suis allé à Montréal, Richard Beauchemin m'a donné une écharpe de Léna comme souvenir. De retour à Paris, j'ai laissé traîner cette écharpe chez moi et sans que je me rende compte, mon chien Django a commencé à s'imprégner de son odeur. Django, dont le jeu favori est de sauter sur les pâquerettes des pelouses – il fait ça à chaque fois que l'on se balade dans un parc. Mais l'autre jour, lorsque nous sommes venus ici, il n'en avait que faire des pâquerettes. Il n'était intéressé que par le parterre de pétunias, au pied de l'arbre tordu. Il m'aura fallu plusieurs semaines pour faire le lien avec cette écharpe : Django avait reconnu l'odeur de Léna sous ce parterre de pétunias.

« Il y a ensuite eu la carte postale du Japon. Depuis le début de cette affaire, je trouvais que cette carte sonnait faux, sans arriver à expliquer pourquoi. Là encore, il m'aura fallu du temps mais j'ai fini par comprendre : Léna appelait *toujours* son oncle « Oncle Richard » et sa tante « Tante Rosalie ». Or qu'y avait-il écrit dans la lettre ? « Chère Rosalie, cher Richard » sans autre marque de familiarité. Si vous l'aviez connue comme moi, vous auriez su qu'il était impossible qu'elle commette une telle erreur. Quelqu'un d'autre avait donc écrit cette carte pour faire croire que Léna était au Japon au moment du meurtre de Jojo. Quelqu'un qui voulait absolument que nous arrêtions de nous intéresser à elle, au point de reproduire à la perfection son écriture. Quelqu'un qui savait pourquoi Léna avait disparu, et qui avait une bonne raison de le cacher à la police.

« Et enfin, le témoignage de Jojo il y a trois ans : *Quelqu'un qui traînait dans le square, au niveau de ma cabane.* Depuis le début, nous pensions que cet individu se trouvait là car il prenait la fuite après avoir tué Berisha devant le Harlem Café. Mais connaissez-vous beaucoup de meurtriers qui *traînent* à seulement quelques mètres du lieu de leur crime ? La réaction normale aurait été de partir le plus vite et le plus loin possible, non ? Les mots ont un sens, commissaire, et parfois plus qu'on ne peut l'imaginer. Jojo a peut-être employé celui-ci sans faire attention, et pourtant, cela ne pouvait être plus parlant. Si cet individu traînait là, c'était pour une bonne raison qui n'avait rien à voir avec Berisha. Et cette raison, c'était Léna. La boucle était bouclée.

Bozillon ne fit pas de commentaire mais se contenta de hocher la tête à plusieurs reprises. Ses yeux témoignaient d'un mélange de gratitude pour l'avancée majeure dans l'enquête, mais également de compassion pour moi.

— Quelle est la suite, commissaire ?

— Nous allons tout reprendre depuis le début. Retracer les mouvements de Léna, interroger les personnes qui l'ont vue et lui ont parlé. Nous allons également rouvrir le dossier Berisha, car il est probable que tout ceci soit lié. Avec de la méthode, nous réussirons à établir la chronologie des faits.

— Promettez-moi de cuisiner Salazar. Je suis certain que ce type cache quelque chose.

— Max Salazar est suspect dans cette affaire, et à ce titre nous l'interrogerons en bonne et due forme. Ne vous inquiétez pas là-dessus.

— Est-ce que je peux vous aider ? Dites-moi que je peux vous aider, s'il vous plaît.

— Vous nous avez déjà beaucoup aidé, Leclerc. Soyez-en convaincu. Pour le reste, nous serons sûrement amenés à nous revoir dans le cadre de l'enquête. Mais ne vous préoccupez pas de cela pour le moment, je vous le dirai en temps voulu.

Il me regarda droit dans les yeux et posa sa main droite sur mon épaule trempée, alors que la pluie redoublait d'intensité.

— Quel que soit le temps qu'il faudra passer à questionner tout le monde et à relire les anciens dossiers, je vous promets une chose, Leclerc : nous découvrirons la vérité sur cette affaire. Et nous mettrons derrière les barreaux le salaud qui a fait ça.

17.

Le jour d'après

Extrait n°10 du carnet saisi par la police – 30 octobre 2015.

« Un seul être vous manque et tout est dépeuplé ».

Depuis que Léna est partie, plus rien n'a de sens. Les journées sont fades, les soirées interminables, et les lendemains ressemblent à des gueules de bois toujours plus sinistres les unes que les autres. J'essaie de prendre sur moi, de ne pas montrer aux autres ce que je ressens, mais c'est très difficile. Elle me manque tant...

Mais il n'y a pas que ça. N'ayant toujours aucun souvenir de la soirée, je suis allé voir un médecin. Après examen, il s'avère que j'ai reçu un choc post-traumatique qui a entraîné cette perte de mémoire.

Quatre mois après avoir commencé une thérapie EMDR, j'ai enfin réussi à me souvenir du déroulé de la soirée. Et j'ai fait une terrible découverte : juste avant de dire adieu à Léna, j'ai croisé le SDF qui vivait sur la place de l'arbre tordu. Je ne pense pas qu'il ait reconnu la personne qui se trouvait en face de lui... Mais si c'était le cas ?

Pour le moment, je fais mon deuil. Mais il faudra que je m'en occupe en temps voulu. Je ne peux pas prendre le risque de tout perdre maintenant.

*

Les analyses ADN confirmèrent qu'il s'agissait du corps de Léna Monacello.

La nouvelle eut l'effet d'une bombe. Les médias s'emparèrent du fait divers pour alimenter leurs gros titres et compenser une période où l'actualité était pauvre. Certains journalistes, aussi bien informés que peu scrupuleux, tentèrent de venir m'interviewer chez moi. Mais je restais cloitré dans mon appartement, les volets fermés, le lit défait et le moral en berne.

Rosalie et Richard Beauchemin furent avertis par la police et prirent le premier avion pour Paris. Ils trouvèrent un hôtel dans ma rue et nous passâmes plusieurs jours ensemble à évoquer nos souvenirs de Léna et à noyer notre chagrin dans des « si » et des « pourquoi ». Au-delà de nos discussions, je crois qu'ils avaient surtout besoin de voir le lieu où avait été retrouvée Léna pour rendre réelle une image qui leur était si difficile à accepter. Ils furent également interrogés par la police mais, comme m'en informa Richard par la suite, ils n'en savaient pas plus que ce qu'ils m'avaient déjà dit quand j'étais allé les voir à Montréal. Enfin, ils s'occupèrent des premières démarches avec les pompes funèbres, même si la police ralentissait considérablement le processus pour les besoins de l'enquête. Ils repartirent une semaine plus tard, le cœur lourd de peine, mais en me promettant qu'ils reviendraient très vite pour rendre un hommage digne de ce nom à leur nièce.

Mes amis furent également aux premières loges de ce séisme. Au-delà du choc, je crois qu'ils éprouvèrent une certaine forme de culpabilité à mon égard : en effet, ils n'avaient cessé de me répéter pendant trois ans que je me faisais des idées pour refuser le départ de Léna, alors que ces craintes étaient justifiées. Je recevais des dizaines de messages et d'appels par jour de leur part, menés par leur chef de file, Colleen. Peut-être était-ce parce qu'elle avait été la plus véhémente avec moi, ou bien parce que c'était celle de mes amis qui était la plus proche de Léna, mais elle se mit en tête de veiller sur moi comme une mère ou une grande sœur. Et lorsqu'elle découvrit mon stock de pâtes et de cornichons au fond d'un tiroir, elle déclara l'état d'urgence. Elle posa deux semaines de congés et concocta un planning de menus équilibrés qu'elle vint cuisiner tous les jours chez moi, en m'employant comme commis.

— Tu ne peux pas te nourrir exclusivement de pâtes et de cornichons jusqu'à la fin de tes jours, Marc.

— Quelle importance ? Léna est morte.

— Je le sais et je suis la première à partager ta peine. Je l'aimais énormément. Mais je ne veux pas te perdre non plus. Peux-tu couper les aubergines en petites tranches ?

— C'est gentil, Colleen, mais tu n'aurais pas dû poser de congés pour moi. Tu aurais dû les garder pour Tom et Nathan.

— Ce sont mes congés, c'est moi qui décide de ce que j'en fais !

— Mais je n'ai besoin de personne. Alors que tes patients, eux, ont besoin de toi.

— À l'heure actuelle, c'est toi mon patient. Et tu vas me faire le plaisir de suivre mes conseils. Les aubergines en petites tranches, s'il te plaît. Et ensuite, les courgettes et le riz. Allez, au boulot !

Les autres ne furent pas en reste dans cette démarche. Pour compléter les menus de Colleen, Darhys cuisina spécialement pour moi plusieurs assiettes iraniennes et *Djoujeh*, mes deux plats préférés du Ramineh. Pour honorer le dicton « *Un esprit sain dans un corps sain* », Wallace m'offrit un rameur de compétition qu'il installa sur ma terrasse, ainsi qu'un carton rempli de ses livres préférés. Aliénor me fit le don d'un chevalet et d'un kit de pinceaux afin que je m'essaye à la peinture. Cette activité se révéla très ludique, particulièrement les fois où elle emmena

Tom avec elle, mais le rendu fut absolument horrible. Enfin, malgré son emploi du temps de ministre, Nathan se débrouilla lui aussi pour venir me voir. Il m'exposa notamment les dernières nouvelles au sujet du Grand Cinéma de Paris : tous les oraux du concours étaient passés et les résultats auraient lieu le 20 novembre. Il se montra très enthousiaste quant à la possibilité que l'Agence gagne ce projet et que je reprenne la main sur le dossier au retour de ma mise à pied, compte tenu de la nullité de Darambert. Connaissant Steinberg, je doutais que cela arrive et je suspectais Nathan de le savoir aussi, mais j'appréciais le cœur qu'il mettait à l'ouvrage.

À l'issue de ces deux semaines, j'avais pris trois kilos, lu cinq livres, peint deux tableaux qui ressemblaient à un exposé d'Arts Plastiques de CE2 (même si Aliénor considérait que je possédais une « touche spéciale ») et entendu Darambert se faire copieusement insulter de tous les noms. La douleur de la perte de Léna restait toujours vive mais je commençais à entrevoir qu'un futur sans elle était malgré tout possible.

Lorsque je ressortis de chez moi, je fus surpris par la vitesse avec laquelle l'automne avait accéléré son cycle. Les arbres aux couleurs orangées que j'avais aperçus quinze jours plus tôt étaient désormais à moitié dénudés et leurs feuilles jonchaient le sol. Le thermomètre avait chuté, le vent frais avait refait son apparition et les couleurs du ciel étaient devenues plus ternes. Il n'y avait aucun doute : octobre nous acheminait doucement vers l'hiver.

Le mercredi 3 au matin, je me rendis au commissariat pour voir Bozillon. Il m'avait laissé un message la veille pour prendre de mes nouvelles et m'annoncer qu'il souhaitait me voir.

En arrivant à l'accueil, je reconnus le petit homme au crâne dégarni et aux lunettes rondes qui m'avait reçu la dernière fois.

— C'est pourquoi ? me demanda-t-il.

— J'ai rendez-vous avec le commissaire Bozillon.

— Nom ?

— Leclerc.

Ce nom ne semblait pas évoquer le moindre souvenir à mon interlocuteur. Il décrocha le combiné, composa un numéro et donna mon nom. Quelques secondes plus tard, il fit un signe de tête et raccrocha.

— Vous pouvez attendre ici. Son adjoint arrive.

J'allai m'installer sur une chaise de la salle d'attente. À côté de moi, une jeune femme au visage terriblement triste regardait dans le vide devant elle. Son mascara avait coulé, ses cheveux étaient emmêlés et je remarquai des traces rouges sur ses poignets. Je voulus lui témoigner une marque de sympathie, mais Parega arriva avant que je ne réussisse à trouver comment m'y prendre.

— Bonjour, Leclerc. Suivez-moi, le commissaire Bozillon vous attend.

Parega me mena dans les couloirs du commissariat et, pour une fois, je ne fus pas conduit dans une salle d'interrogatoire mais dans le bureau de Bozillon. La pièce était relativement vaste, composée d'une grande table où trônait une pile impressionnante de dossiers, d'une étagère dont l'une des cases contenait un cadre affichant trois médailles, et d'un immense tableau rempli de photos et de notes.

Bozillon était au téléphone mais il raccrocha lorsqu'il me vit entrer. Il me fit signe de m'assoir sur l'une des deux chaises qui se trouvaient en face de lui, et Parega prit place dans l'autre.

— Comment allez-vous, Leclerc ?

— Je n'ai jamais été aussi en forme. Et vous, commissaire ?

— Je vous remercie d'être venu nous voir aussi vite. Je réalise que c'est un moment encore difficile, mais l'enquête avance et il y a un certain nombre de points que j'aimerais éclaircir avec vous.

— Rassurez-vous, j'ai épuisé mon quota d'inactivité.

Il prit le dossier qui se trouvait au sommet de la pile. Juste avant d'entrer dans le vif du sujet, il s'interrompit pour me fixer droit dans les yeux.

— Les détails que je vais vous donner ne sont pas plaisants. Vous êtes certain d'être prêt à les entendre ?

— Oui, commissaire.

Il prit une grande inspiration et dit :

— L'analyse du corps de mademoiselle Monacello a révélé que sa mort a eu lieu entre trente-huit et trente-neuf mois avant sa découverte. C'est-à-dire entre juin et juillet 2015. Nous savons également qu'elle était en vie le 20 juin, dernière date à laquelle elle a été vue par plusieurs personnes, dont vous. Si vous vous en sentez capable, j'aimerais vous montrer les photos des pièces avec lesquelles elle a été retrouvée afin que vous puissiez confirmer leur identification.

Bozillon me glissa les clichés correspondants sous les yeux. Il y avait un sac à main, une pochette contenant de l'argent et des cartes de fidélité, du maquillage, une fiole de parfum, un paquet de mouchoirs, une paire de boucles d'oreilles dorées et des bottines en cuir. Le dernier cliché était celui de sa robe bleu nuit que j'avais déjà reconnue dans le square.

Je hochai la tête à chacune des photos et Bozillon s'empressa de les ranger lorsque la liste fut terminée.

— Merci, Leclerc. Vous venez de lever un léger doute que j'avais. Mais nous y reviendrons plus tard.

Sans plus d'explication, il reprit son dossier et continua son énumération des faits :

— La mort a été causée par une fracture importante à l'arrière du crâne, probablement provoquée par un objet lourd et contendant. Le reste du corps n'indiquait pas de traumatisme, ce qui laisse à penser qu'il n'y a pas eu de lutte. Également...

Il hésita une seconde en me jetant un nouveau coup d'œil.

— Également quoi, commissaire ?

— Je suis désolé, Leclerc, car je pense que vous ignorez ce que je m'apprête à vous dire.

— Je vous en prie, venez-en au fait.

— Léna était enceinte au moment de sa mort.

Le choc fut si violent que je fus incapable d'ouvrir la bouche pendant plusieurs minutes. Je dus faire un effort surhumain pour réussir à structurer mes pensées et mes mots.

— Enceinte ? Mais… Comment est-ce possible ? Je veux dire, Léna ne m'en a jamais parlé. Vous êtes sûr de vous ?

— Il n'y a malheureusement aucun doute possible. L'autopsie a révélé qu'elle était enceinte de trois mois. Et comme vous le savez, la science ne se trompe jamais.

Il m'adressa un regard compatissant et ajouta :

— Ce que je vais vous dire maintenant ne va pas beaucoup plus vous plaire, mais nous allons devoir procéder à un test ADN pour savoir si cet enfant était le vôtre.

— Si cet enfant était le mien ? Mais…

Bozillon leva sa main pour me calmer.

— Pas de conclusion hâtive. Seulement une mesure de précaution. Nous avons à faire à un meurtre et, comme vous le comprendrez, cette piste n'est pas à négliger.

Je m'enfonçai dans ma chaise, groggy, les yeux troubles et la tête qui commençait à tourner. Bozillon s'en aperçut et sortit de son bureau pour aller me chercher une bouteille d'eau. Il m'accorda deux minutes de répit avant de reprendre :

— La mort de mademoiselle Monacello vient remettre en cause toutes les pistes que nous avions creusées jusqu'alors. J'aimerais que nous revoyions ensemble la liste des faits afin de tout bien avoir en main avant d'attaquer les interrogatoires.

J'acquiesçai et Bozillon s'éclaircit la gorge.

— Nous avons donc affaire à trois meurtres. Le premier, Jorik Berisha, étranglé dans la rue devant le Harlem Café la nuit du 20 au 21 juin 2015. Le second, Léna Monacello, frappée à la tête à une date qui reste à confirmer, et enterrée sur la place de l'arbre tordu. Le troisième, Jojo, poignardé dans la nuit du 1er au 2 juillet 2018 devant la Gare Montparnasse. Outre leur proximité géographique, ces trois meurtres sont connectés les uns aux autres sur plusieurs points.

« Commençons par Berisha : c'était le membre le plus ancien du Harlem Café, il s'y rendait tous les jeudis et samedis depuis l'ouverture du club. Il était assez discret, sans histoire, mais avait noué une relation privilégiée avec Léna Monacello, alors qu'il ne la connaissait que depuis quelques mois. Le soir du 20 juin 2015, peu après 18 heures, il est vu en train de se disputer avec elle à l'intérieur du Harlem Café. Plus tard dans la nuit, Berisha quitte le club et est assassiné par étranglement. Il est retrouvé mort par Jojo dans la rue du Harlem Café, à 2 heures 30 du matin.

« Passons à Jojo : il a vécu plusieurs années sur la place de l'arbre tordu, qui se situe à une centaine de mètres du Harlem Café. Le soir du 20 juin 2015, il croise un individu qui traîne autour de sa cabane. Lorsqu'il l'interpelle, cet individu part en courant. Il n'a pas vu son visage mais a identifié qu'il portait une casquette de couleur foncée avec des inscriptions blanches. Quelques minutes plus tard, à 2 heures 30 du matin, il découvre Berisha, mort au milieu de la rue du Harlem Café. Il sonne l'alerte puis est interrogé par la police. Peu après ces évènements, Jojo est contraint de déménager dans le quartier de Montparnasse. Dans la nuit du 1er au 2 juillet 2018, il est assassiné de cinq coups de couteaux à l'endroit où il vivait.

« Et enfin Léna Monacello : elle a terminé ses études au Conservatoire National de Paris à l'été 2014. En janvier 2015, elle entame une série de concerts à l'Institut Culturel Italien. En février 2015, elle est embauchée au Harlem Café où le meurtrier de ses parents, Max Salazar, a ses habitudes. Le 20 juin 2015, à 18 heures, Léna Monacello est vue en train de se disputer avec Berisha au Harlem Café. D'après les témoins, elle était très agitée. À 19 heures, elle part avec vous au Palais des Congrès, où se tenait la cérémonie du Golden Compass, un prix d'architecture pour lequel vous étiez engagé. Elle rentre vers minuit. Après cette heure-ci, personne ne l'a revue. Elle sera retrouvée trois ans plus tard, enterrée sur la place de l'arbre tordu, avec les vêtements qu'elle portait lors de la cérémonie. Nous savons également que le même soir, toutes ses affaires ont disparu de ses placards et que deux SMS annonçant son départ ont été envoyés de son portable à 4 heures 26, l'un pour vous et l'autre pour son oncle. Enfin, une carte postale du Japon signée de son nom a été reçue par son oncle et sa tante le 25 juillet 2018.

Bozillon reposa sa feuille et me regarda.

— Est-ce que tout y est ?

— Beau travail, commissaire.

— N'oubliez jamais que la méthode est notre meilleure alliée, Leclerc.

Il se redressa dans son fauteuil et dit :

— Maintenant que nous avons établi l'intégralité des faits, nous pouvons passer à leur interprétation. Tout ce qui va suivre est bien sûr à prendre au conditionnel, mais j'estime que les éléments que nous avons sont assez parlants pour dire que ces suppositions sont bonnes – ou du moins, qu'elles sont très proches de la réalité.

— Je vous écoute.

— Ma première supposition est que Léna Monacello a été tuée dans la nuit du 20 au 21 juin 2015. En effet, comme vous l'avez confirmé, elle a été retrouvée avec les affaires qu'elle portait à la cérémonie du Golden Compass.

J'acquiesçai tristement.

— Je pense également que l'individu qu'a aperçu Jojo sur la place de l'arbre tordu venait d'enterrer Léna, poursuivit-il. Ce qui situerait le meurtre entre minuit (heure à laquelle elle est partie du Palais des Congrès) et 2 heures 30 du matin (heure à laquelle Jojo a vu cet individu).

— C'est ce que je pensais aussi, dis-je. Mais il y a un bémol : on remarque quelqu'un qui creuse une tombe. Cela prend du temps, cela fait du bruit, et cela laisse des traces. C'était une prise de risque énorme de la part du meurtrier, sachant que Jojo avait sa cabane juste à côté. Il aurait pu le surprendre à tout moment. Et il a bien failli le faire, d'ailleurs.

Bozillon poussa un soupir.

— Si l'on y réfléchit bien, ce n'était pas si risqué que cela. D'une part, il s'agissait d'un lieu replié et sans voisinage, à l'abri des regards. Il n'y avait que Jojo qui vivait dans sa cabane, et il ne s'y trouvait pas quand le meurtrier est arrivé. Ce dernier avait donc le champ libre pour se débarrasser du corps de Léna. Ensuite, souvenez-vous : il y avait des travaux de végétalisation sur la place à cette période, donc un trou fraîchement creusé n'aurait pas soulevé de questions. Enfin, il y avait eu un gros orage ce soir-là, donc la terre devait être molle et beaucoup plus facile à creuser.

— Vous êtes en train de me dire que ce meurtre était prémédité et planifié depuis le début, commissaire ?

— C'est probable. Et pourtant, le meurtrier a commis une petite erreur.

Il tapota du doigt l'enveloppe qui contenait les photos des pièces de Léna, qu'il m'avait montrées un peu plus tôt.

— Avez-vous remarqué qu'il n'y avait pas de trousseau de clés dans son sac à main, alors que son portefeuille était bien là ? Si elle avait été agressée dans la rue, tout aurait disparu. Ou rien. Mais pas *seulement* ses clés. Je ne vois qu'une explication, et c'est ma troisième supposition : ce n'est pas mademoiselle

Monacello mais le meurtrier qui a enlevé ses affaires de vos placards. Tout comme ce n'est pas elle mais le meurtrier qui a envoyé ces deux SMS, à 4 heures 26. En faisant cela, le meurtrier se fabriquait un alibi : Léna vous quittait pour des raisons personnelles en emportant tout avec elle et en laissant un message d'adieu. Une affaire de mœurs classique, qui n'aurait pas alerté les soupçons de la police. Mais voilà : dans la précipitation, le meurtrier a oublié de remettre les clés dans le sac à main de Léna avant de l'enterrer. Une petite erreur lourde de conséquences.

— Attendez un peu, commissaire. Pour que votre théorie soit valable, il aurait fallu que le meurtrier sache où habitait Léna. Son adresse, son étage, son numéro d'appartement… Je n'imagine pas Salazar être au courant de tous ces détails.

Bozillon me regarda gravement.

— C'est ma quatrième supposition, Leclerc : ce n'est pas Max Salazar qui a tué Léna, mais quelqu'un qui la connaissait beaucoup plus personnellement.

— Non, c'est impossible !

— Au contraire, tout semble converger dans cette direction. Les clés volées, les SMS envoyés uniquement à son oncle et à vous. Ce n'est pas seulement l'adresse de Léna que le meurtrier connaissait, mais également ses proches.

— Il suffisait de lire ses messages pour comprendre les rapports que nous entretenions.

— Peut-être. Mais il y a un point qui ne trompe pas : la carte postale.

— La carte postale ?

Bozillon hocha la tête.

— Nous l'avons fait comparer avec d'autres papiers rédigés de la main de Léna que nous avions récupérés chez vous. Les deux écritures correspondent à 90%. En d'autres termes, soit Léna est sortie de sa tombe pour écrire cette carte, soit quelqu'un qui connaissait son écriture l'a reproduite à la perfection pour l'envoyer à son oncle et sa tante en juillet dernier. Et ça, vous l'admettrez comme moi, est peu envisageable de la part de Salazar. Mais très envisageable pour quelqu'un qui la connaissait bien et à qui elle avait, par exemple, envoyé des lettres ou des cartes postales par le passé.

Cette phrase éteignit ma dernière lueur d'espoir. Bozillon avait trouvé un emplacement pour chaque pièce du puzzle, son raisonnement était d'une logique froide et implacable. Froide et implacable, comme la mort de Léna.

— Avez-vous fini avec vos suppositions, commissaire ?

— Il y en a une cinquième et dernière, Leclerc. Et celle-ci risque de ne pas beaucoup vous plaire.

— Comme si les autres m'avaient apporté la plus grande joie, maugréai-je.

— L'heure du SMS que vous avez reçu. 4 heures 26.

— Eh bien quoi ? Vous venez de montrer que c'est le meurtrier qui l'a envoyé parce que Léna était déjà morte et enterrée, non ?

— C'est beaucoup plus que ça, précisa-t-il. C'est *exactement* l'heure à laquelle vous êtes rentré chez vous et avez découvert que Léna n'était plus là. À première vue, rien de spécial, sauf qu'elle était censée avoir quitté la soirée quatre heures plus tôt. Quatre heures ! Si Léna avait vraiment prévu de vous quitter ce soir-là, comme voulait le faire croire le meurtrier, elle aurait fait ses valises et vous aurait envoyé ce message au moment de s'en aller, non ? Elle n'aurait pas attendu quatre heures pour le faire !

— Elle aurait très bien pu mettre quatre heures pour faire ses valises. Si vous aviez vu tout ce qu'elle avait…

— Non, Leclerc. C'est impossible. La police bloquait la rue de votre immeuble depuis 2 heures 30 du matin, pour le meurtre de Jorik Berisha qui avait eu lieu devant le Harlem Café. Ils l'auraient vue si elle était sortie.

— Où voulez-vous en venir ?

— Le meurtrier savait que vous alliez découvrir l'absence de Léna vers 4 heures 30, car il vous a vu quitter le Palais des Congrès à 4 heures et il connaissait le temps de trajet qu'il vous fallait pour rentrer. Il était obligé de vous envoyer ce message pour renforcer son alibi et éviter que vous n'alliez poser trop de questions, mais il a choisi de le faire au dernier moment. Pourquoi ? Je ne vois qu'une seule explication : la compassion. La nouvelle allait vous anéantir et il a voulu attendre le plus tard possible avant de vous l'annoncer.

Un coup aussi violent que soudain vint me déchirer la poitrine, avant de laisser place à un vide abyssal. J'avais compris où Bozillon voulait en venir avant même qu'il ne termine sa phrase, et les mots qui suivirent ne firent que confirmer ma pensée.

— Cela ne peut signifier qu'une chose, Leclerc : la personne qui a tué Léna est l'un de ses proches. Et tout laisse à penser que cette personne se trouvait avec vous à la cérémonie du Golden Compass, le soir où elle a disparu.

Troisième partie

Mensonges et vérités

18.

Interrogatoires

"Face à un problème complexe, Oscar, la
solution est bien souvent la plus simple."
                                    – Bozillon

Mercredi 10 octobre 2018

À 10 heures précises, Colleen Vuillemin fit son apparition
dans la salle d'interrogatoire, encadrée par deux agents de la
police. Elle s'assit face au commissaire Bozillon et posa sur lui
des yeux rougis – elle avait une mine terrible. Oscar Parega était
posté dans un coin de la pièce, debout, un carnet à la main.

Bozillon balaya rapidement les formalités administratives
pour entrer dans le vif du sujet :

— Quand avez-vous fait la connaissance de Léna Monacello ?

— Il me semble que c'était à la fin de l'année 2012, répondit
Colleen. Marc l'avait rencontrée quelques mois plus tôt.

— Quelle a été votre première impression sur elle ?

— J'ai adoré Léna. Un vrai coup de cœur amical. Elle avait
du caractère, de la répartie et beaucoup d'humour. Nous parta-
gions de nombreuses valeurs et notamment une vision similaire
du féminisme. Forcément, cela crée des liens.

— Vous vous considériez donc comme proche d'elle ?

— Très proche. Nous nous retrouvions souvent toutes les deux pour faire une balade, boire un café, aller au théâtre.

— Elle se confiait à vous ?

— Cela lui arrivait, oui, même si elle était assez secrète.

— À quels sujets ?

— Son travail, son couple, sa famille… Les fondamentaux de la vie, j'imagine.

— Pourriez-vous nous en dire plus là-dessus ?

Colleen réfléchit.

— Je me souviens que Léna était inquiète – pour ne pas dire angoissée – de son avenir dans la musique. Elle avait fait ses premiers concerts et elle y pensait sans arrêt. Elle craignait de ne pas être à la hauteur et que son rêve s'écroule comme un château de cartes. Mais si vous l'aviez entendue jouer du saxophone, vous auriez compris que c'était impossible. Elle était beaucoup trop douée pour cela. C'était sa destinée d'être en haut de l'affiche, si seulement…

Sa voix s'évanouit et Bozillon lui laissa une minute avant de passer à la suite.

— Que pouvez-vous me dire de son couple ?

— Tout allait bien de ce côté-là, dit-elle doucement. Elle était heureuse avec Marc. Ils avaient emménagé ensemble et venaient de se fiancer.

— Donc pas de querelle particulière entre eux ?

— Pas à ce que je sache, non.

— Vous avait-elle dit qu'elle était enceinte ?

Colleen écarquilla les yeux et son visage, déjà pâle, devint livide.

— Léna était enceinte ? répéta-t-elle d'une voix tremblante.

— C'est exact, confirma Bozillon. De trois mois.

— Cela signifie qu'elle est tombée enceinte en même temps que moi. Si j'avais imaginé que… Oh, ma pauvre Léna…

Elle se cacha la tête dans les mains et s'effondra en sanglots. Le commissaire l'observa attentivement de ses yeux vifs avant de sortir un paquet de mouchoirs, que Colleen accepta avec un sourire humide.

Une fois calmée, Bozillon reprit ses questions :

— Vous souvenez-vous de la cérémonie d'architecture qui a eu lieu au Palais des Congrès, il y a trois ans ?

— Celle qu'a remportée Marc ?

— Celle-là même. Avez-vous remarqué quelque chose de différent chez Léna ce soir-là ? Par exemple dans son attitude ou une remarque qu'elle aurait faite ?

— C'était il y a longtemps… Mais du peu que je me rappelle, Léna était la même que d'habitude.

— Avec tout le monde ?

— Je crois, oui. En tout cas, elle l'était avec moi.

— Parmi vos connaissances, qui d'autre était présent à cette soirée ?

— Notre petit groupe de sept. Nous étions quasiment inséparables à l'époque ! Marc et Léna, Aliénor, Wallace et Darhys, mon mari Nathan et moi.

— Avez-vous d'autres souvenirs de la soirée ?

— C'est le soir où nous avons annoncé aux autres que j'étais enceinte de Tom, sourit-elle timidement. Un beau moment que l'on a partagé avec la victoire de Marc. Mais je me rappelle aussi qu'il faisait très chaud car la climatisation était en panne. Je suis partie assez tôt car j'étais épuisée.

— Léna était-elle toujours présente quand vous êtes partie ?

Elle hésita une seconde puis répondit :

— Non, elle était partie peu de temps avant moi.

— Vous souvenez-vous de l'heure qu'il était ?

— Je dirais que Léna est partie vers minuit et moi une heure après elle, mais sans grande certitude.

— Comment êtes-vous rentrée ?

— En voiture.

— Et votre mari ?

— Il me semble qu'il a pris un taxi avec Aliénor et Darhys. Mais aucune idée de l'heure à laquelle il est rentré, je dormais profondément.

Parega nota méthodiquement ces points dans son carnet.

— Revenons à cette année, dit Bozillon. Où étiez-vous il y a trois mois, le dimanche 1ᵉʳ juillet, aux alentours de minuit ?

— Je suis de garde à l'hôpital Cochin tous les dimanches soir.

— Quels sont les horaires de votre garde ?

— De 22 heures à 6 heures du matin.

— Comment s'est passée la soirée ?

— Nous avons eu beaucoup de travail toute la nuit et un manque cruel de personnel soignant. Une soirée ordinaire aux Urgences.

— Je vous remercie pour votre temps, madame Vuillemin. Nous pouvons vous libérer.

Colleen jeta un dernier regard rougi au commissaire puis se leva et quitta la pièce.

*

Nathan Vuillemin prit la place de sa femme dans la chaise qui faisait face au commissaire Bozillon à 11 heures. Ses traits étaient fatigués et il avait des cernes sous les yeux. C'est lui qui ouvrit la bouche le premier :

— Vous venez de voir ma femme, n'est-ce pas ?

— C'est exact.

— Comment allait-elle ?

— Je peux simplement vous dire qu'elle a reçu un choc. Mais votre femme est solide et je suis persuadé qu'elle s'en remettra.

— Je l'espère, dit Nathan en baissant la tête. Je m'inquiète pour elle, vous savez. Depuis que le corps de Léna a été retrouvé, elle ne dort quasiment plus de la nuit, elle a des crises d'angoisses et de pleurs à longueur de journée. Son médecin vient de lui prescrire des anti-dépresseurs et lui a recommandé de s'arrêter une semaine pour souffler un peu. Mais je n'ai pas l'impression que cela ait beaucoup d'effet pour l'instant. Je ne l'ai jamais vue comme ça, c'est terrible.

— Nous allons faire notre maximum pour résoudre cette affaire le plus vite possible, monsieur Vuillemin.

— En quoi puis-je vous aider ?

— Pour commencer, pourriez-vous nous dire quels étaient vos rapports avec Léna Monacello ?

— Léna était fiancée avec l'un de mes meilleurs amis, Marc. Je l'ai rencontrée pour la première fois il y a six ans et nous avons tout de suite bien accroché. Elle est rapidement devenue très amie avec Colleen, ma femme, et elle s'est naturellement intégrée à notre groupe d'amis.

— Vous estimez que votre femme était la personne la plus proche de mademoiselle Monacello dans votre groupe ?

— Incontestablement.

— C'est donc vers votre femme qu'elle se serait tournée si elle avait eu besoin de parler ?

— J'imagine.

— Étiez-vous au courant de ce qu'elles se racontaient ?

— Non, commissaire, sourit-il en secouant la tête. Colleen a une vision très pure de l'amitié. Elle ne trahira jamais les secrets de ses amis, même si je lui demandais de le faire pour moi.

— Vous ne saviez donc pas que mademoiselle Monacello était enceinte lorsqu'elle a été assassinée ?

Nathan fit un bond sur sa chaise.

— Comment ? s'écria-t-il. Léna était enceinte ?

— Oui, de trois mois.

— Oh mon Dieu…

Ses épaules s'affaissèrent et ses yeux s'embuèrent. Au prix d'un effort intense, Nathan réussit à ne pas craquer, mais il semblait être autant affecté par la nouvelle que sa femme, une heure plus tôt.

Après avoir observé sa réaction, Bozillon lui demanda :

— Quels sont vos souvenirs de la 20e cérémonie du Golden Compass que monsieur Leclerc a remporté, il y a trois ans ?

— De très bons souvenirs, dit Nathan en se ressaisissant. Il avait tellement travaillé pour obtenir cette récompense ! C'était amplement mérité.

— Comment était Léna ce soir-là ?

— Normale, je dirais.

— Pas d'incident particulier ?

— Pas que je sache. Je me souviens qu'elle est partie tôt, mais c'est tout.

— Une raison à cela ?

— J'imagine qu'elle était fatiguée.

— Cela n'aurait pas pu être lié à un problème personnel ? Avec monsieur Leclerc, par exemple ?

— Je vois où vous voulez en venir, mais laissez-moi vous corriger tout de suite : leur couple allait très bien. Ils s'étaient d'ailleurs fiancés quelques mois plus tôt.

— D'autres souvenirs de cette soirée ?

— Il me semble que c'est le soir où nous avons annoncé aux autres que nous attendions Tom. Colleen n'a d'ailleurs pas fait long feu, elle était épuisée. Pour le reste, Darhys est arrivé en retard à la cérémonie, comme à son habitude, mais il s'est rattrapé sur la piste de danse. Le directeur de l'Agence de Marc cherchait à être sur toutes les photos, Aliénor avait trop bu et moi j'ai retrouvé de vieilles connaissances avec qui j'ai parlé politique.

— Avez-vous remarqué si l'un de vous s'est absenté de la soirée pendant, disons, deux heures ?

— Vous m'en demandez beaucoup, commissaire. C'était il y a longtemps.

— Faites un effort, je vous prie, monsieur Vuillemin.

Nathan fronça les sourcils.

— Je crois me souvenir que Wallace s'est éclipsé un petit moment avec une architecte panaméenne, pour réapparaître tout sourire. Inutile de vous expliquer pourquoi. Aliénor fume, donc elle sortait souvent. Et il faisait très chaud à l'intérieur, donc les gens allaient régulièrement dehors pour s'aérer. Mais deux heures ? Non, cela me paraît beaucoup trop long.

— À quelle heure êtes-vous rentré ?

— Il était tard, sûrement 4 ou 5 heures du matin. J'ai pris un taxi avec Aliénor et Darhys qui a mis une éternité à rentrer parce qu'Aliénor devait s'arrêter toutes les cinq minutes pour ne pas vomir dans la voiture.

Bozillon réajusta méthodiquement le col de sa chemise puis demanda :

— Où étiez-vous le 1er juillet dernier, monsieur Vuillemin ? Dans la soirée, vers minuit.

— Quel jour était-ce ?

— Un dimanche.

Nathan esquissa un sourire.

— Le dimanche, c'est ma soirée privilégiée avec mon fils à la maison. Colleen est de garde donc j'en profite pour passer un peu de temps avec lui. Je rentre trop tard du travail pour le voir les autres jours.

— Je vous remercie, nous avons fait le tour des questions. Souhaitez-vous ajouter quelque chose avant de partir ?

Nathan fixa le commissaire et son regard s'embrasa.

— Coincez vite l'ordure qui a tué Léna, qui a brisé la vie de Marc et qui est en train de bousiller celle de ma femme.

*

Les interrogatoires reprirent à 13 heures, après une courte pause déjeuner où Bozillon et Parega échangèrent moins de dix mots, la tête perdue dans leurs pensées respectives et les yeux rivés sur le sandwich triangle Sodebo et la canette de Coca-Cola qu'ils avaient devant eux.

Quand il entra dans la salle, Wallace Jackson n'avait pas l'air particulièrement marqué par l'évènement qui se profilait, mais semblait plutôt curieux. Le commissaire Bozillon attaqua cet interrogatoire de la même façon que les deux autres :

— Que pensiez-vous de mademoiselle Monacello ?

— *Les amis de mes amis sont mes amis*, répondit Wallace.

— Je vous demande pardon ?

— Léna était fiancée à un très bon ami. Par extension, je la considérais donc comme une amie.

— Et au-delà de cette considération philosophique ?

— Elle m'a fait une très bonne première impression. Et comme vous le savez, *on n'a jamais deux fois l'occasion de faire une bonne première impression*. Celle-ci s'est confirmée par la suite.

Bozillon sentit que cet interrogatoire allait être plus pénible que les deux autres. Il décida d'entrer dans le vif du sujet sans faire de détour :

— Saviez-vous que Léna était enceinte au moment de sa mort, monsieur Jackson ?

Le visage de Wallace perdit son assurance pour la première fois.

— Léna était… enceinte ? répéta-t-il lentement.

— C'est exact.

— Je l'ignorais, avoua-t-il. Et je pense que Marc l'ignorait aussi. J'espère que vous ne lui avez pas dit ?

— Si, nous lui avons dit. Vous y voyez un problème ?

— C'est ce qui s'appelle *tirer sur l'ambulance*, commissaire ! On ne frappe pas un homme à terre ! Je ne vois pas ce que ça change de lui avoir révélé cette information, si ce n'est de le faire souffrir. Et croyez-moi, il a déjà assez souffert.

Bozillon ne réagit pas à cette attaque mais poursuivit sans ciller :

— Vous faites partie des dernières personnes à avoir vu Léna Monacello en vie, lors de la cérémonie d'architecture qui s'est tenue au Palais des Congrès, le 20 juin 2015. Pourriez-vous nous raconter tout ce dont vous vous souvenez de cette soirée ?

Wallace ferma les yeux et porta une main à son visage pour se concentrer. Des plis apparurent sur son front en signe de réflexion intense. Il finit par dire :

— Il faisait très lourd dehors, un temps d'été orageux. Je suis arrivé au Palais des Congrès à 19 heures. Nathan était déjà là et m'attendait avec des casquettes et des T-shirts à l'effigie de Marc, que nous avions confectionnés pour l'occasion. Marc et Léna sont arrivés vers 19 heures 30. La cérémonie a commencé à 20 heures et s'est terminée peu après 22 heures avec la victoire de Marc, et Colleen nous a annoncé qu'elle attendait un bébé. Nous avons pris des photos tous ensemble puis nous sommes allés au cocktail pour nous rafraîchir : il y avait un problème de climatisation et il faisait une chaleur étouffante à l'intérieur. Léna est partie vers minuit, au moment où un énorme orage a éclaté dehors. La pluie a d'ailleurs duré toute la nuit. Colleen l'a suivie peu de temps après ; une heure je dirais. Ensuite euh… Comment dire… j'ai été occupé à approfondir ma rencontre avec une architecte panaméenne, puis j'ai retrouvé les autres et on a fait la fête jusqu'à 4 heures du matin. On a fini par tous quitter les lieux en même temps : Marc est rentré de son côté, Aliénor, Nathan et Darhys ont partagé un taxi, et moi j'ai passé la nuit avec Yessi – l'architecte panaméenne.

Le commissaire leva ostensiblement les sourcils.

— Vous avez une très bonne mémoire pour un évènement qui s'est déroulé il y a trois ans.

— *C'est en forgeant qu'on devient forgeron*, dit Wallace. Je suis professeur d'Histoire. Mémoriser des faits qui ont eu lieu dans le passé est mon quotidien.

— Pendant combien de temps avez-vous approfondi votre rencontre avec Yessi, au milieu de la soirée ?

Wallace se trouva pris de cours par la question.

— Vous voulez savoir combien de temps nous avons…

— Oui, coupa Bozillon.

— C'est-à-dire que c'est un peu gênant…

— Répondez à la question, monsieur Jackson.

— D'accord, si vous insistez. Ça a duré une heure environ.

Bozillon ne fit aucun commentaire particulier sur ce point mais se contenta d'observer Wallace de ses yeux perçants.

— Que faisiez-vous le dimanche 1er juillet, aux alentours de minuit ? demanda-t-il en reprenant ses notes.

— Cette année ?

— Oui.

— Alors là, aucune idée.

— Je croyais que mémoriser des faits qui ont lieu dans le passé était votre quotidien ?

— C'est exact, commissaire. *Mais l'occasion fait le larron*. Je vais me souvenir d'un évènement s'il représente quelque chose de spécial, comme cette cérémonie avec la victoire de Marc et l'annonce de Colleen. Mais si ce n'est pas le cas, ma mémoire le classe comme un jour lambda, ni plus ni moins. Étant donné que je n'ai aucun souvenir particulier du 1er juillet, j'imagine que j'étais chez moi, tout simplement.

— Quelqu'un peut-il attester que vous êtes resté chez vous toute la soirée ?

— Non, je n'ai pas de caméra de surveillance chez moi.

Bozillon lui adressa un nouveau coup d'œil irrité puis il parcourut le reste des papiers avant de les ranger dans leur dossier.

— Je crois que nous avons fait le tour, dit-il.

— Si vous le permettez, je souhaiterais ajouter un dernier point avant de vous quitter.

— Oui ?

— Je sais que vous avez vu Colleen et Nathan avant moi, et que vous comptez voir Aliénor et Darhys après moi. J'aimerais vous aider à gagner du temps en vous disant que vous faites fausse route.

— Léna Monacello ne s'est pas suicidée et enterrée toute seule sous cet arbre, monsieur Jackson.

— Vous ne comprenez pas, commissaire. Nous adorions Léna, elle faisait partie de notre groupe d'amis. Aucun de nous n'a pu commettre ce meurtre. En revanche, un déséquilibré qui se baladait dans la nature ce soir-là…

— Croyez-moi, monsieur Jackson, ce meurtre est tout sauf l'œuvre d'un déséquilibré. Bonne journée.

*

Darhys Bakshi fut la quatrième personne à être entendue. Il avait mis une casquette intégralement noire pour l'occasion, et l'inquiétude pouvait se lire dans ses yeux.

Après une brève introduction qui vit Bozillon le féliciter pour la qualité de son restaurant – apparemment, le Ramineh était l'une des adresses préférées de sa fille aînée, le commissaire entama ses questions :

— Monsieur Bakshi, vous connaissiez Léna Monacello, n'est-ce pas ?

— Oui.

— Que pensiez-vous d'elle ?

— Sentiments partagés. Je pense qu'on était assez similaires dans notre caractère : expansifs et besoin d'être en permanence en mouvement. Elle apportait un brin de folie à Marc qui lui faisait du bien. Mais je trouve qu'elle l'était parfois un peu trop. Qu'elle essayait de le changer, de le modeler à son image. Et je n'étais pas fan de ça. J'avais d'ailleurs averti Marc à ce sujet, mais il m'avait dit qu'il gérait la situation et je l'ai laissé tranquille.

— Vous ne la portiez pas particulièrement dans votre cœur, à ce que je comprends.

— Je n'irai pas jusque-là. C'était tout de même une fille bien avec laquelle j'avais des points communs. Mais je me méfiais d'elle. Je ne sais pas si c'était lié à son travail, ou à son côté artiste, mais j'ai toujours eu la sensation qu'elle cachait quelque chose.

— Les pressentiments viennent souvent de détails que l'on a perçus un jour sans y prêter attention, observa Bozillon. C'est sûrement ce qu'il vous est arrivé ici. Une idée de ce que cela pouvait être en particulier ?

Darhys réfléchit un moment avant de secouer la tête.

— Désolé, mais je ne vois rien de spécial.

— Je vais vous aiguiller : vous n'auriez pas vu ou entendu quelque chose qui vous aurait fait penser que mademoiselle Monacello était enceinte, par exemple ?

Darhys ouvrit de grands yeux.

— Léna était enceinte ?

— De trois mois, dit Bozillon. Cela vous surprend ?

— J'avoue que je ne m'attendais pas à ça. C'est bizarre... Je ne pense pas que Marc ait été au courant.

— Je vous confirme : il ne l'était pas.

— Mais… Trois mois, ce n'est quand même pas rien. Pourquoi elle ne lui a pas dit ?

— C'est une des questions que l'on se pose.

Bozillon sonda le visage de Darhys, qui resta de marbre, avant de changer de sujet :

— Que pouvez-vous nous dire du 20 juin 2015 ?

— Le 20 juin 2015 ?

— Le soir de la cérémonie du Golden Compass. D'après les témoignages que nous avons reçus jusqu'à présent, vous seriez, je cite, « arrivé en retard, comme d'habitude ».

— Je vois que ma réputation me précède, sourit Darhys. Je m'en souviens, oui. Même si je n'étais pas de service ce soir-là, j'avais dû passer au Ramineh en début de soirée pour un problème avec la caisse. Ce n'est pas toujours facile de tenir un restaurant, croyez-moi… Mais je suis quand même arrivé à l'heure pour voir la consécration de Marc.

— Et ensuite ?

— On a fait la fête. Boissons, musique et piste de danse.

— Parmi votre groupe d'amis, avez-vous vu des gens s'absenter de la soirée ?

— Difficile à dire car j'étais justement focalisé sur la piste de danse. Mais j'imagine que pas mal de personnes sont sorties prendre l'air. Il faisait une chaleur terrible à l'intérieur.

— Avez-vous remarqué des choses qui vous ont semblé curieuses sur le moment ? Des comportements inhabituels ? Des éléments qui n'étaient pas à leur place ?

Darhys fouilla de nouveau dans sa mémoire et dit :

— Non, désolé, tout m'a paru normal.

— À quelle heure êtes-vous parti ?

— En même temps que les autres.

— Les autres étant… ?

— Marc, Nathan, Aliénor, Wallace. Colleen et Léna étaient rentrées plus tôt.

— Une idée de l'heure qu'il était ?

— Difficile à dire… Sûrement 4 ou 5 heures du matin.

Bozillon hocha la tête avant de demander :

— Où étiez-vous il y a trois mois, le dimanche 1er juillet ?

— Le 1er juillet… réfléchit Darhys. Cette date me dit quelque chose… Ah oui, ça y est : c'est le jour où on a fait notre déjeuner de retrouvailles avec Marc au Ramineh. J'avais réservé une table pour l'occasion.

— Qui était là ?

— Le même groupe que celui dont je viens de vous parler mais… sans Léna.

— Et le soir, où étiez-vous ?

— C'est moi qui fais la fermeture le dimanche soir.

— À quelle heure fermez-vous ?

— En règle générale vers minuit. Mais ce soir-là, j'ai dû fermer plus tard parce qu'il manquait un cuistot, donc le service a été plus long.

Bozillon remercia Darhys et lui fit un signe qui mettait un terme à l'interrogatoire. De la même façon qu'avec ses deux prédécesseurs, Parega vint alors chercher Darhys pour l'amener dans la salle où on allait lui prélever des échantillons de salive et de cheveux, dans l'optique des futurs tests ADN.

*

Tout comme Wallace Jackson, le visage d'Aliénor Duvernet trahissait une certaine curiosité au moment d'entrer dans la salle d'interrogatoire et de faire face aux deux policiers qui s'y trouvaient.

Bozillon fit les présentations habituelles puis demanda :

— Quand avez-vous rencontré Léna Monacello ?

— À mon retour en France, après une expatriation d'un an en Italie. C'est-à-dire début 2013.

— Qu'avez-vous pensé d'elle ?

— Pour être honnête, j'ai pas du tout accroché avec elle la première fois où je l'ai vue. Certes, elle connaissait déjà les autres depuis quelques mois pendant que j'étais en Italie, mais j'ai trouvé qu'elle était un peu trop à l'aise dans ses baskets. Mais ça n'a pas duré longtemps. Après l'avoir revue plusieurs fois, j'ai commencé à piger sa manière de fonctionner. Et finalement, on est devenues proches.

— Vous la considériez comme une amie ?

— Oui, c'était une bonne copine. On se voyait assez souvent, avec ou sans Marc. Elle aimait l'art, tout comme moi, et on faisait de temps en temps des expositions ensemble.

— Elle se confiait à vous ?

— Ça lui arrivait.

— Vous avait-elle dit qu'elle était enceinte juste avant de disparaître ?

— Je le savais.

— Vous le saviez ? répéta Bozillon sans cacher sa surprise.

Aliénor se contenta de hocher la tête. Bozillon rapprocha sa chaise de la table et la fixa avec intérêt.

— Quand l'avez-vous découvert ? demanda-t-il.

— C'était au Palais des Congrès, le soir où Marc a gagné un prix. Je ne me souviens plus du nom… Le Golden Globe ou un truc du genre pour les architectes. Je faisais la queue pour les toilettes quand j'ai entendu que la personne à l'intérieur passait un mauvais moment, avec vomissements et compagnie. J'ai cru que c'était quelqu'un qui avait trop bu, même s'il était encore tôt. Et puis Léna est sortie. On a échangé un regard et sans dire un mot, on a toutes les deux compris ce qu'il se passait. Elle m'a alors prise à part et m'a faite jurer de ne rien dire à Marc pour le moment. Le lendemain, elle a disparu dans la nature. J'ai hésité à raconter cet épisode à Marc après que Léna soit partie, mais je me suis dit que ça allait lui faire davantage de peine qu'autre chose et j'ai décidé de le garder pour moi.

— Pourquoi Léna ne souhaitait pas parler de sa grossesse à monsieur Leclerc ?

— Je n'en sais rien.

— Elle ne vous l'a pas dit ?

— Non, elle m'a simplement fait promettre de ne rien dire, ce que j'ai fait sans insister.

— Que s'est-il passé ensuite ?

— Léna est partie peu de temps après cet épisode et je dois vous avouer que pour ma part, le reste de la soirée est assez flou. Il faisait une chaleur de dingue et j'ai passé mon temps à me désaltérer au bar. Mais pas avec de l'eau, si vous voyez ce que je veux dire. J'y suis d'ailleurs allée un peu trop fort.

— Vous fumez, mademoiselle Duvernet ?

— Oui.

— Vous êtes donc sortie dehors pour fumer ce soir-là ?

— Vraisemblablement.

— Avez-vous vu des gens que vous connaissiez quitter le Palais des Congrès quand vous étiez dehors ? Ou revenir sur place après s'être absenté pendant plusieurs heures ?

— Alors là, vous me posez une colle. Comme je viens de vous le dire, le reste de ma soirée est un vaste flou artistique. Je me souviens juste que Nathan et Darhys ont été très patients avec moi dans le taxi du retour.

— Je vous remercie. Une dernière question avant de vous laisser partir : que faisiez-vous le soir du 1er juillet dernier ?

— Le 1er juillet, vous dites ? C'était un dimanche, non ?

— Exact.

— Oui, je m'en souviens. J'avais réservé une semaine de surf au Pays Basque, qui commençait le lendemain. J'étais donc dans le train.

— Seule ?

— Je préfère être seule que mal accompagnée.

— À quelle heure est parti votre train ?

— Aucune idée. C'était un train de nuit mais il est parti avec du retard et je dormais déjà.

— À quelle gare était-ce ?

— Montparnasse.

Comme la Bretagne et toute la région Ouest de la France, pensa Bozillon. La gare Montparnasse, évidemment.

*

Jeudi 11 octobre 2018

Le commissaire Bozillon faisait face au tableau qui recouvrait tout un pan de mur de son bureau. Il était plongé dans une intense réflexion et n'entendit pas son adjoint entrer. Il ne s'aperçut de sa présence que lorsqu'il manqua de lui marcher sur les pieds en reculant, perdu dans ses pensées.

— Oscar ! sursauta-t-il. Je ne t'avais pas vu !

Il lui serra la main et lui fit signe de le suivre vers la partie gauche du tableau où il avait retranscrit le déroulement de la soirée du 20 juin 2015. Parega lut en détail ses notes puis hocha la tête en signe d'approbation.

— Bien, très bien, dit Bozillon. À présent, il s'agit de remplir les trous. N'oublions jamais que la rigueur et la méthode sont nos meilleures alliées pour résoudre cette affaire.

Il pointa du doigt les questions qu'il avait écrites en rouge sous les mots encadrés *Meurtre de Léna Monacello*.

— Tu as réussi à retrouver Yessi, l'architecte panaméenne ?

— Oui, dit Parega de sa voix grave. Elle confirme la version de Jackson.

— OK. En dehors de nos suspects, qui d'autre connaissait Léna Monacello ce soir-là ?

— Une seule personne : Maggy Saint-Ellois, la secrétaire de Leclerc. Très affectée par sa mort. Elle n'a rien remarqué de spécial.

— Que disent les invités par rapport à l'ambiance ?

— Du monde, de la bonne musique et un bon traiteur.

— En d'autres termes, le cocktail idéal pour s'absenter un petit moment sans être remarqué. Tu as posé les questions que je t'avais demandées au service de sécurité ?

— Oui : climatisation en panne toute la soirée. Et interdiction de laisser entrer quelqu'un sans tenue correcte.

— C'est bien ce qu'il me semblait… Et la concierge de Leclerc, elle se souvient de quelque chose ?

— Elle a son double de clés mais ne se rappelle pas si une autre personne que Leclerc le lui a demandé, il y a trois ans.

Bozillon nota consciencieusement ces points sur le tableau puis se reporta à une seconde liste de questions, cette fois-ci notées en vert, sous les mots encadrés *Meurtre de Jojo*.

— Que dit l'hôpital Cochin ?

— Colleen Vuillemin était bien de garde la nuit du 1er au 2 juillet, de 22 heures à 6 heures du matin, répondit Parega.

— La nounou des Vuillemin ?

— Elle n'est jamais allée chez eux le dimanche soir. Elle affirme aussi que Tom ne fait pas ses nuits – réveil toutes les deux ou trois heures.

— Intéressant… Les employés du Ramineh ?

— Fermeture habituelle à minuit. 1 heure du matin si beaucoup de monde, 23 heures 30 si peu de monde.

— La gare Montparnasse ?

— 2 heures de retard pour le train Paris – Hendaye du 1er juillet. Départ à 00 heure 25.

— Bravo, Oscar. C'est du beau boulot !

Il compléta la liste de questions d'un air satisfait, puis se gratta le menton.

— À ton avis, quel est le mobile du meurtre de Monacello ? Tout le monde semblait l'apprécier, elle n'avait pas beaucoup d'argent donc sa mort ne bénéficiait à personne, et pourtant, elle a été tuée et enterrée sous cet arbre. Pourquoi ?

— Le bébé, répondit stoïquement Parega.

— C'est ce que je pense aussi, dit Bozillon. Et la question que je ne cesse de me poser est : pourquoi cacher à son fiancé qu'elle était enceinte ? Je ne vois qu'une possibilité : le bébé n'était pas de lui.

Parega ne témoigna aucune émotion face à cette annonce. Bozillon poursuivit :

— Oui, je me questionne sur la paternité de cet enfant. Si le bébé n'était pas de Leclerc, tout est possible. Imaginons par exemple que Wallace Jackson était le père de l'enfant et que Léna Monacello lui ait révélé cette information pendant la soirée : il aurait pu paniquer et la tuer. Idem pour Nathan Vuillemin et Darhys Bakshi. Quant aux deux femmes, cela fonctionne aussi. Colleen Vuillemin aurait pu découvrir que son mari était le père de l'enfant et tuer Léna par jalousie, à moins qu'Aliénor Duvernet l'ait fait pour sauver le mariage de sa meilleure amie. Aliénor Duvernet, qui, ne l'oublions pas, était la seule personne de la soirée à savoir que Léna Monacello était enceinte. Sauf si quelqu'un d'autre le savait et nous a menti… Tu as vu comme moi la réaction des autres suspects lorsque je leur ai annoncé cette information ? Ils avaient tous l'air de tomber des nues, mais qui sait, il se cache peut-être un bon acteur dans le lot… Quoiqu'il en soit, cette question est la clé de ce meurtre, j'en suis persuadé. Quand aurons-nous les résultats des tests ADN ?

— Pas avant une semaine.

— Pourquoi est-ce aussi long ?

— Complications avec les échantillons récupérés.

— Ah oui, c'est vrai, Vernoult m'avait expliqué… Bon, il nous faudra attendre patiemment alors.

Bozillon passa une main noueuse dans sa crinière de cheveux gris et se dirigea vers la partie droite du tableau.

— Nous avons cinq suspects, Oscar, et chacun d'entre eux avait un mobile pour tuer Léna Monacello. Tous avaient également l'opportunité de le faire entre minuit et 2 heures 30 du matin. Colleen Vuillemin lorsqu'elle est rentrée chez elle en voiture, vers 1 heure du matin. Wallace Jackson après ses ébats avec l'architecte panaméenne. Aliénor Duvernet lorsqu'elle est sortie fumer. Nathan Vuillemin et Darhys Bakshi sont restés à l'intérieur, mais avec le monde et la chaleur qu'il faisait, il aurait été facile de s'absenter un petit moment sans être remarqué. Les cinq noms sont donc envisageables et pourtant… Il y a trois points qui laissent penser que ce meurtre était impossible.

« Le premier, Oscar, c'est la *mort de Berisha*. Jorik Berisha a été assassiné le même soir que Léna Monacello, à une centaine de mètres de l'endroit où elle a été enterrée. Tout semble donc indiquer que les deux affaires sont liées. Et pourtant, comment pourraient-elles l'être ? Berisha et Monacello s'appréciaient. Leur seule dispute a eu lieu quelques heures plus tôt. Peut-on imaginer que le meurtrier ait utilisé cette dispute pour justifier la disparition de Léna ? « Léna tue cet homme et s'envole dans la nature pour éviter la police » ? Dans l'absolu, c'est possible. Et malin, même. Mais, encore aurait-il fallu savoir que Berisha et Léna s'étaient disputés ce soir-là au Harlem Café. Et ça, *aucun* des suspects ne le savait !

« Le second point, c'est la *pluie*. Nous pensons que Léna a été tuée entre minuit et 2 heures 30 du matin et que le meurtrier était avec Leclerc à 4 heures, puisqu'il lui a envoyé un SMS du portable de Léna quand il l'a vu rentrer chez lui. Cela signifie qu'il est revenu au Palais des Congrès après avoir tué et enterré Léna. Sauf qu'un orage a éclaté à minuit et qu'il a plu sans arrêt tout le reste de la soirée. Le meurtrier était donc sous le déluge lorsqu'il a enterré Léna. Je ne sais pas si tu as déjà passé trente minutes dans la terre et sous une pluie battante, Oscar, mais on en ressort trempé et plein de boue. Or le service de sécurité n'aurait jamais laissé entrer quelqu'un qui était trempé ou plein de boue. Comment a fait le meurtrier ? Je ne vois qu'une option possible : il est rentré chez lui pour récupérer des affaires propres avant de revenir au Palais des Congrès. Mais dans ce cas, il fallait aller vite, très vite. Et cela m'amène à mon troisième point incohérent : le *temps*.

« S'il était envisageable pour nos cinq suspects de commettre ce meurtre, il leur aurait fallu beaucoup de temps. Le Palais des Congrès se trouve à une vingtaine de minutes de voiture de la place de l'arbre tordu. Vingt minutes auxquelles il faut ajouter le temps de tuer Léna, la transporter sur la place, l'enterrer, vider les affaires de ses placards, aller se changer, puis revenir. J'ai fait l'exercice l'autre jour et il m'a fallu pas moins de deux heures pour simuler tout cela. Il était facile de s'absenter de la soirée un petit moment sans être remarqué car il y avait du monde, du bruit, une ambiance festive. Mais partir deux heures ? Non, cela me parait impossible ! À part pour une personne...

— Colleen Vuillemin, dit Parega.

— Tu vois juste, Oscar. Colleen Vuillemin est partie de la soirée vers 1 heure du matin. Elle avait donc assez de temps pour tout faire. Elle aurait ensuite pu revenir devant le Palais des Congrès, attendre que Leclerc s'en aille, lui envoyer le SMS depuis le portable de Léna et rentrer chez elle. Son mari n'est d'ailleurs rentré que bien plus tard, puisqu'il partageait le taxi de Bakshi et Duvernet qui a mis beaucoup de temps pour faire le trajet. D'après ces éléments, tout porte à croire que Colleen Vuillemin est la coupable. Et pourtant…

Bozillon secoua la tête d'un air mécontent.

— Et pourtant non, je n'arrive pas à l'imaginer dans ce rôle.

— La psychologie des personnages ?

Un éclat de malice apparut dans les yeux de Parega, auquel Bozillon répondit par une grimace.

— Les faits, Oscar, les faits ! Colleen Vuillemin était enceinte de trois mois lorsque Léna a été assassinée. Même si elle est habituée à porter des personnes dans son travail, je l'imagine mal réussir à déplacer le corps de Léna jusque sur la place de l'arbre tordu dans cet état. Et n'oublions pas Jojo : Colleen Vuillemin est la seule à avoir un alibi solide pour son meurtre. Quand on est de garde aux Urgences, on ne s'absente pas pour aller tuer un SDF. J'aurais envie de mettre son mari dans le même panier, car il devait veiller sur son fils ce soir-là et on sait qu'il n'a pas fait appel à sa nounou alors que ce dernier ne fait pas ses nuits. Mais les autres… J'imagine qu'il ne t'a pas échappé que Wallace Jackson est le seul qui n'a pas d'alibi pour le meurtre de Jojo ? Wallace Jackson qui, par ailleurs, a une mémoire très performante pour des faits qui se sont passés il y a trois ans mais qui ne se souvient pas de ce qu'il a fait il y a trois mois, alors que c'était le jour où il fêtait le retour de Leclerc. Une mémoire bien sélective… L'alibi de Darhys Bakshi n'est pas beaucoup plus solide : il aurait pu fermer son restaurant avant minuit et aller tuer Jojo. Et n'oublions pas qu'il y a trois ans, il est arrivé en retard au Palais des Congrès, *comme d'habitude*. Mais la cérémonie commençait à 20 heures, et il n'était pas de service ce soir-là. Alors, se serait-il caché derrière cette habitude pour faire autre chose ? Vider les affaires des placards de Léna Monacello, par exemple ? Il aurait facilement pu récupérer le double de ses clés chez la concierge de Leclerc. Et quid d'Aliénor Duvernet, qui est partie en train de la gare Montparnasse le soir de l'agression de Jojo avec deux heures de retard. Elle se souvient parfaitement de sa discussion avec Léna lorsqu'elle a découvert sa grossesse, mais elle ne se rappelle de rien d'autre de la soirée au Palais des Congrès. Comme par hasard.

Bozillon leva les yeux vers le plafond et poussa un long soupir.

— Plus on avance et plus j'ai la sensation que cette affaire est trop complexe. Il y a trop d'hypothèses, trop de possibilités, trop de tout. On nous jette de la poudre aux yeux pour que l'on ne regarde pas dans la bonne direction. Tout ceci est l'œuvre de quelqu'un de très ingénieux. Oui, très ingénieux…

Il se tourna vers son adjoint et une lueur verte brilla au fond de ses yeux.

— Mais face à un problème complexe, Oscar, la solution est bien souvent la plus simple. Si tu devais dire un seul nom, ce serait lequel ?

Parega s'approcha du tableau et pointa son index sur l'un des noms qui y figurait. Bozillon lui sourit.

— Je vois que les grands esprits se rencontrent. Allez, au travail. Si notre intuition est bonne, nous n'avons pas de temps à perdre.

19.

Dans l'œil du cyclone

"Il ne faut pas avoir fait quinze ans
d'études pour comprendre qui est
derrière tout ça."

— Louveau

Vendredi 19 octobre 2018

Cela faisait plus d'une semaine que je dormais, dans le meilleur des cas, deux heures par nuit. Je savais que les interrogatoires étaient terminés et pourtant, le commissaire Bozillon ne m'avait pas rappelé pour me donner des nouvelles. Même si j'essayais de me convaincre que ce silence radio était dû à un manque d'avancée dans l'enquête, j'avais un mauvais pressentiment.

En proie à une énième nuit blanche, je balayais de mes yeux rougis le tableau sur lequel j'avais épinglé tous les éléments de l'affaire, lorsque l'on sonna à ma porte. Interpellé par l'heure tardive, j'allais jeter un coup d'œil par le judas et vis de l'autre côté une silhouette blonde emmitouflée dans un ciré jaune qui me faisait des signes de main.

— Vous n'arrivez pas à trouver le sommeil, n'est-ce pas ? dit Vanille lorsque j'ouvris la porte.

— Il semblerait que je ne sois pas le seul. Que faites-vous ici ?

— Je suis venue prendre de vos nouvelles.

— En plein milieu de la nuit ?

— Il n'y a pas d'heure pour prendre les nouvelles de quelqu'un, si ?

— C'est aimable à vous, mais vous réalisez quand même que notre première rencontre s'est soldée par une nuit au poste de police, tandis que la seconde a débouché sur la découverte du corps de mon ex-fiancée dans un square à côté d'ici. À ce rythme, nous allons voir un avion s'écraser sur nos pieds dans peu de temps.

— Je venais justement pour conjurer le mauvais sort, Marc.

— Bon, au moins je vous aurais prévenue…

Je lui ouvris le passage et elle entra en amenant avec elle son odeur de framboise.

— Vous voulez boire quelque chose ? lui proposai-je.

— Volontiers.

— J'ai du vin, des bières, du jus d'orange et ce qui semble être un fond de lait périmé.

— J'aurais adoré le lait périmé, mais je crois que je vais plutôt prendre du vin.

Je remplis deux verres et allai prendre place à côté d'elle sur le canapé. Elle trinqua avec moi sans me quitter des yeux, puis me dit d'une voix douce :

— C'était donc votre ex-fiancée pour qui vous étiez venu chercher des réponses au Harlem Café, n'est-ce pas ?

— Oui, c'était Léna.

— Je suis désolée, Marc. Que s'est-il passé ?

— Tout semble indiquer que Léna a été assassinée dans la nuit du 20 au 21 juin 2015, en rentrant d'une cérémonie où elle m'avait accompagné, puis enterrée sur la place de l'arbre tordu. Ce soir-là, Jojo a vu un individu traîner sur cette même place, à quelques mètres seulement de l'endroit où le corps de Léna a été retrouvé. Un individu qui portait une casquette.

— « Trouve Marc, Danger, Casquette… » murmura-t-elle. Les mots qu'a prononcé Jojo juste avant de mourir. Cela signifie qu'il savait qui était le meurtrier de Léna, et c'est pour cette raison qu'il a été tué à son tour ! Mais pourquoi le meurtrier a-t-il attendu trois ans avant de faire taire Jojo ?

— Peut-être qu'il voulait brouiller les pistes. Ou peut-être que Jojo ne l'avait pas reconnu le soir même et que c'est arrivé plus tard. Je ne sais pas. Mais il y a autre chose. Lors de cette même nuit du 20 au 21 juin 2015, quelques minutes seulement après avoir croisé l'individu à la casquette sur la place de l'arbre tordu, Jojo a découvert le corps d'un homme devant le Harlem Café. Il s'agissait de Jorik Berisha, surnommé l'Albanais, le plus vieux membre du club. Lui aussi, assassiné. Et pour compléter le tout, Léna s'était faite embauchée au Harlem Café pour se venger de Max Salazar, car il était responsable de la mort de ses parents quand elle n'avait que six ans.

— Eh bien dis donc, c'est un sacré sac de nœuds !

— Je ne vous le fais pas dire.

Je bus mon verre de vin d'une seule gorgée avant de m'en servir un autre. Elle m'adressa un sourire compatissant et se mit à boire le sien tout en caressant Django, qui venait de nous rejoindre dans le salon.

— Vous avez des nouvelles de l'enquête ? demanda-t-elle.

— Aucune. Ça fait une semaine que j'attends un coup de fil du commissaire Bozillon, le type qui est en charge de l'affaire. Mais rien pour le moment. Et vous, des nouvelles ?

— Pourquoi voulez-vous que j'en aie ?

— Chacune de nos rencontres s'est soldée par une découverte inattendue. Alors peut-être que vous allez m'avouer ce soir que vous êtes flic. Ou que vous savez qui est derrière toute cette affaire. Ou que vous êtes vous-même la coupable de ces trois meurtres.

Elle accueillit ma plaisanterie avec une grimace.

— Depuis combien de temps n'avez-vous pas fermé l'œil, Marc ?

— Plus ou moins une semaine. J'admets que je commence un peu à fatiguer.

— Faites-moi plaisir, buvez ce verre de vin et adressez-moi la parole lorsque vous l'aurez terminé. Je vais fumer une cigarette en attendant.

Elle s'éclipsa sur la terrasse, laissant derrière elle la douce odeur de son parfum. Django me lança des regards en coin, comme s'il voulait me dire quelque chose, mais pour une fois je n'arrivais pas à comprendre son langage.

Je m'enfonçai dans mon canapé et entamai mon second verre. J'étais tellement fatigué que je pouvais déjà sentir les effets du premier : mes paupières étaient infiniment lourdes et ma tête commençait à tourner. Les minutes passèrent et je me mis à observer d'un air absent les murs de mon appartement. Jojo… Léna… Salazar… Le Harlem Café… La crinière de cheveux gris de Bozillon… Les yeux sombres de Parega… Le Palais des Congrès… La cérémonie du Golden Compass…. À nouveau Léna, mais cette fois-ci avec une perruque blonde… À moins que ce soit Vanille ? Les images commençaient à se mélanger les unes aux autres dans ma tête. J'entendis une voix, au loin, qui essayait de me dire quelque chose. Mais impossible de voir à qui elle appartenait. Et soudain, je me trouvais sur la place de l'arbre tordu. Il faisait nuit, mais je pouvais distinguer une silhouette, de dos, qui portait une casquette. Je sentais monter en moi l'excitation : si j'arrivais à voir le visage de cette personne, je découvrirais la vérité. J'en étais convaincu. Je me mis à avancer lentement, le cœur battant de plus en plus fort dans ma poitrine. Plus que quelques mètres avant de savoir. Il y avait du bruit autour de moi. Des coups de tonnerre. L'orage. À moins que ce soit les aboiements de Django ? Mais peu importe, je me trouvais à présent juste derrière la personne à la casquette. J'allais savoir, enfin. Ça y est, je posais ma main sur son épaule. Elle se retournait lentement, très lentement, et...

Les grognements de Django me réveillèrent en sursaut. Je me redressai douloureusement dans mon fauteuil et découvris mon chien posté devant la porte d'entrée, les oreilles dressées et les pattes fléchies, prêt à attaquer. Dans la cuisine, la grande horloge indiquait 7 heures du matin. Vanille avait disparu, son verre n'était plus sur la table basse, et un petit bout de papier avait été déposé sur le canapé :

Je suis désolée pour tout, Marc.
J'espère que nous pourrons nous revoir un jour.

Au même moment, des bruits de cliquetis s'élevèrent de ma serrure. Dans un réflexe, je cachai le petit bout de papier sous le tapis, juste avant que la porte d'entrée ne s'ouvre à grand fracas et que deux hommes taillés comme des Golgoths n'entrent dans l'appartement. Django se jeta sur l'un d'eux tandis que l'autre se précipita sur moi et m'immobilisa contre le mur avec son coude.

— Lâ...chez...moi ! articulai-je tant bien que mal.

— Où étiez-vous cette nuit ? me demanda l'homme qui me bloquait contre le mur.

— Ici... avec... une... amie...

— Ah oui, et vous buvez seul quand vous avez de la visite ?

Il montra l'unique verre qu'il restait sur la table basse et renforça la pression de son coudre contre ma gorge. Je ne pouvais plus respirer. À côté, l'autre homme avait réussi à prendre le dessus sur Django et à l'enfermer dans la salle de bain malgré une lutte féroce. Je tentai de me débattre, mais je n'avais aucune prise et je commençai à avoir la tête qui tournait. Il finit par relâcher la pression et je m'écroulai sur le sol en toussant pour reprendre mon souffle.

— On vous embarque, Leclerc. Vous vous expliquerez avec le chef. Il veut vous voir.

Cinq minutes plus tard, la voiture de police se gara devant le commissariat du 14ᵉ arrondissement. Mes deux gardes du corps m'escortèrent *manu militari* jusque dans une salle d'interrogatoire, où un homme que je n'avais jamais vu fit son apparition. Il était jeune et élégant, les cheveux parfaitement peignés en arrière et le visage éclairé par un large sourire. Il s'assit en face de moi et posa sur la table un dossier volumineux.

— Marc Leclerc, dit-il d'une voix chaleureuse. Ravi d'enfin faire votre connaissance.

— Qui êtes-vous ? Et qu'est-ce que je fais ici ?

— Je suis le lieutenant Louveau et c'est moi qui suis désormais en charge du dossier Léna Monacello.

— Où sont Bozillon et Parega ?

— J'ai le regret de vous annoncer que le commissaire Bozillon se trouve actuellement entre la vie et la mort et que le lieutenant Parega répond à un interrogatoire interne.

— Entre la vie et la mort ?! m'étranglai-je.

— Le commissaire a été agressé de deux coups de couteau, il y a un peu moins d'une heure.

— Mon Dieu… Que s'est-il passé ?

— Nous avons reçu un signalement qui décrivait l'agresseur comme un homme de taille moyenne, cheveux longs et allure maladive.

— Salazar, lançai-je entre mes dents serrées.

— C'est effectivement le nom qu'a crié le commissaire juste avant de s'effondrer par terre, d'après l'appel que nous avons reçu.

— J'espère que vous avez enfin mis ce salaud derrière les barreaux.

— Nous avons essayé, mais nous sommes arrivés trop tard.

— Comment ça, trop tard ?

— Il était déjà mort chez lui.

Louveau ignora mon visage déconfit et me tendit un bout de papier à l'écriture agitée.

Je plaide coupable pour le meurtre de Léna Monacello.
Que l'on me pardonne pour tout le mal que j'ai fait.
Max Salazar

Je lui rendis le mot en secouant la tête.

— Non, ça n'a aucun sens. Salazar était responsable d'autres drames et il n'a jamais éprouvé le moindre regret. Un suicide ne colle pas du tout avec le personnage.

— Effectivement, nous ne croyons pas au suicide.

— Donc quelqu'un l'a assassiné.

— Quelqu'un l'a assassiné, confirma Louveau.

— Vous savez qui ?

— Nous avons une idée, Leclerc.

Il me fixait avec une expression satisfaite. Voyant que je ne le suivais pas, il ajouta :

— Lorsqu'il a été agressé, le commissaire Bozillon se trouvait devant le bâtiment de la police scientifique. Il venait de récupérer le résultat des tests ADN qui identifiaient le père de l'enfant de Léna Monacello.

— Les tests ADN ! Vous les aviez reçus ?

— Le commissaire Bozillon a été prévenu hier soir que les résultats étaient arrivés. C'est la raison pour laquelle il est allé les chercher à la première heure ce matin. Les dossiers avaient tous disparu quand nous sommes arrivés sur place.

— Bozillon ne vous a pas dit ce qu'ils contenaient ?

— Non, il a été agressé avant.

— Il n'existe pas une copie de ces résultats ?

— Une cyber-attaque a eu lieu dans tout le réseau de la police la semaine dernière. Par mesure de sécurité, aucune copie numérique ne doit être enregistrée jusqu'à nouvel ordre. L'exemplaire qu'avait le commissaire était le seul qui existait. Il faudra attendre plusieurs semaines pour refaire les tests.

Je lançai un juron et tapai du poing contre la table.

— Le coupable ne voulait pas que l'on connaisse l'identité du père de cet enfant, poursuivit Louveau. Mais surtout, il voulait que l'on croie que Salazar était derrière l'agression du commissaire Bozillon et le meurtre de Léna Monacello. Un nom correspond parfaitement à ce profil.

— Qui ?

— Mais vous, Leclerc. Qui d'autre ?

Un rictus désagréable s'afficha sur le visage de Louveau lorsqu'il vit que son annonce avait eu l'effet escompté.

— Vous n'êtes quand même pas sérieux ?

— Si. Très sérieux.

— Mais enfin, c'est absurde ! m'écriai-je. Vous pensez vraiment que j'aurais remué ciel et terre pour retrouver Léna si je l'avais tuée ? Et encore mieux, vous dire où elle était enterrée alors que cela m'incriminait directement ? Vous avez complètement perdu la tête !

— Il est fréquent de voir le coupable mettre la police sur sa trace. Égocentrisme. Besoin d'existence.

— Tout à fait moi, ça ! Vous avez d'autres choses dans ce registre ?

— Le mobile.

— Ah oui, le mobile ? Éclairez-moi là-dessus, Louveau. Ça m'intéresse.

— Lieutenant Louveau, je vous prie. Jalousie, vengeance. Vous découvrez que Léna Monacello était enceinte d'une autre personne que vous.

— Je ne savais pas qu'elle était enceinte !

— Les tests ADN allaient vous trahir et c'est pour ça que vous aviez prévu de les voler pour les détruire. Et vous avez agressé le commissaire Bozillon car il avait découvert la vérité.

— Non, Louveau ! J'étais chez moi cette nuit ! Je n'ai pas quitté mon appartement !

— Bien sûr. Les coupables disent tous ça. Figurez-vous que le commissaire Bozillon avait eu la bonne idée de poster une équipe en bas de chez vous, pour scruter vos moindres faits et gestes. Mais, pour une raison que j'ignore, il a ordonné la fin de la surveillance la semaine dernière. Et comme par hasard, il a été agressé hier soir. Il ne faut pas avoir fait quinze ans d'études pour comprendre qui est derrière tout ça.

Il afficha un visage condescendant que je m'efforçai d'ignorer. Il fallait que je me concentre pour trouver une faille dans son raisonnement. À l'évidence, c'était le moment où je devais parler de ma soirée avec Vanille. Elle constituait mon alibi. Et pourtant, j'avais le pressentiment que cela n'allait pas jouer en ma faveur.

— Le soir du meurtre de Léna, finis-je par déclarer en levant l'index. J'étais au Palais des Congrès toute la soirée, j'assistai à la cérémonie du Golden Compass. Je n'ai pas bougé de là. Je suis sûr que vos interrogatoires l'ont prouvé !

— Les interrogatoires ont prouvé que le meurtre n'a pas pu être commis entre minuit et 5 heures du matin. Il a forcément eu lieu plus tard. Et vous étiez le seul à pouvoir le commettre.

— Plus tard ? Mais c'est impossible !

— C'est pourtant ce qui est écrit dans le rapport d'enquête.

— Le rapport d'enquête se trompe, Louveau !

— Lieutenant Louveau.

Il me lança un regard de défi et ouvrit le dossier devant lui.

— Vous saviez que Léna Monacello s'était disputée avec Jorik Berisha, dit-il. Vous avez eu l'idée de tuer Berisha pour faire croire à une vengeance personnelle de votre ex-fiancée, qui expliquait sa disparition soudaine.

— Non, je n'en avais aucune idée !

— Vous avez vidé les affaires de ses placards pour faire croire à son départ. Vous avez envoyé des SMS à son oncle et vous-même depuis son portable pour vous donner un alibi, au moment où vous êtes rentré chez vous du Palais des Congrès.

— Non, non et non !

— Jojo vous a vu lorsque vous étiez sur la place de l'arbre tordu après avoir tué Berisha, mais il ne vous a pas reconnu. Vous êtes parti à Copenhague peu de temps après ça pour laisser l'affaire se tasser. Mais vous aviez prévu de l'éliminer à votre retour. De cette façon, vous supprimiez le seul témoin du meurtre de Berisha et personne n'allait réussir à faire le lien entre les deux affaires, trois ans plus tard. Les dates le confirment : Jojo a été assassiné un mois seulement après votre retour à Paris. Vous avez mis la casquette de Léna sur la scène du crime pour brouiller les pistes.

— Mais non, Jojo était mon ami, voyons !

— Salazar était le coupable idéal. Un lien avec Monacello et Berisha, un passé agité. Le grand méchant de l'histoire. Vous avez tout monté pour le faire accuser, mais il était innocent. Alors vous l'avez tué et mis ce mot chez lui.

— Voyons, Louveau, ma première réaction a été de dire que ce mot était un trompe-l'œil !

— Là encore, vous avez joué la comédie. Comme avec la carte postale du Japon et la visite des Beauchemin à Montréal. Vous faisiez comme si vous tombiez des nues, alors que c'est vous qui aviez tout manigancé depuis le début.

— Mais arrêtez avec ça, à la fin ! m'écriai-je en tapant de nouveau du poing sur la table. Vous ne comprenez donc pas ? J'étais amoureux de Léna, nous venions de nous fiancer. J'avais de l'affection pour Jojo. Je ne connaissais pas Jorik Berisha.

Que faites-vous de tous ces éléments, hein ? Je l'ai déjà dit plusieurs fois à Bozillon : vous oubliez la psychologie des personnages, alors que c'est le plus important ! Parega le sait, lui aussi. Il est sur ce dossier depuis le début. Il était là quand le corps de Léna a été découvert, il a assisté à tous les interrogatoires. Je suis certain qu'il sait que quelque chose ne colle pas. Parlez-lui, Louveau !

Pour la première fois, le sourire de Louveau s'effaça de son visage. Il referma le dossier qu'il avait devant lui, se redressa fièrement et me dit :

— Le commissaire Bozillon a été beaucoup trop négligent avec vous depuis le début de cette enquête. Il s'est laissé berné par ses sentiments alors que les preuves plaidaient contre vous. Le lieutenant Parega a suivi le même chemin. Résultat : l'un est dans le coma, l'autre est interrogé pour manquement à son devoir. J'ai été appelé pour résoudre cette affaire au plus vite, et je compte bien y parvenir. Et pour la dernière fois, c'est lieutenant Louveau.

— Très bien, *lieutenant*. Dans ce cas, reprenez le dossier depuis le début et vous verrez que vos accusations ne collent pas.

— Au contraire, elles collent parfaitement.

Un homme fit irruption dans la salle d'interrogatoire et vint chuchoter quelque chose à l'oreille de Louveau. Celui-ci hocha la tête à plusieurs reprises avant d'arborer un large sourire. Lorsque l'homme s'en alla, Louveau me dit :

— Bonne nouvelle, Leclerc : le juge d'instruction souhaite vous voir.

Il fit un signe vers le miroir et les deux gorilles qui étaient venus me chercher chez moi débarquèrent dans la salle pour m'escorter jusqu'à une voiture de police, qui prit cette fois-ci la direction du Palais de Justice. Le trajet ne fut pas long, vingt minutes tout au plus, mais vingt minutes pendant lesquelles pas un mot ne fut échangé. Lorsque nous arrivâmes sur place, le juge nous attendait dans une petite salle, derrière un bureau en bois massif. Il avait des lunettes en forme de demi-lune, des cheveux gris soignés et des petits yeux bleus perçants.

Il déclina mon identité, rappela les faits pour lesquels j'avais été convoqué, puis m'informa de la possibilité de faire appel à un avocat. Je ne répondis pas, la tête perdue dans mes pensées, et il ne se fit pas prier deux fois pour passer à la suite. Il entama une série de questions en tout point similaires à celles que m'avait posées Louveau un peu plus tôt, à se demander s'ils n'avaient pas accordé leurs violons en amont. J'y répondis de la même manière, en essayant toutefois d'être le plus poli possible même si je sentais que l'affaire était en train de basculer du mauvais côté.

Trente minutes plus tard, le juge referma le dossier et enleva ses lunettes.

— Compte tenu des faits qui vous sont reprochés, monsieur Leclerc, j'ordonne votre mise en examen. À ce titre, vous serez placé sous contrôle judiciaire jusqu'à votre procès, qui se déroulera vraisemblablement d'ici la fin de l'année. Vous serez assigné à votre domicile avec obligation de pointer au commissariat du 14ᵉ arrondissement tous les lundis matin. Vous aurez également l'interdiction de communiquer avec les personnes proches de Léna Monacello. Vous avez le droit de demander la réalisation d'actes d'enquête et le droit de contester la mise en examen dans les six mois.

— Si je peux me permettre, Monsieur le juge, intervint Louveau d'une voix mielleuse, ne vaudrait-il mieux pas le placer directement en détention provisoire ?

— J'estime que les preuves sont insuffisantes pour une détention provisoire, lieutenant.

— Mais...

— Assez, Louveau. J'ai prononcé ma décision et elle prend effet immédiatement. Je vous laisse finaliser la partie administrative avec le greffier.

Il signifia d'un signe de tête que l'entretien était terminé. Les mâchoires de Louveau se contractèrent, mais il se contenta de hocher la tête et d'obéir au juge. Il m'attrapa par le bras et me fit sortir de la salle. Une fois dehors, il me plaqua contre le mur en me fixant droit dans les yeux. Son visage était déformé par la colère.

— Vous avez de la chance que le juge Vassimy soit de bonne humeur aujourd'hui, dit-il entre ses dents serrées. Mais je vais être très clair : si vous êtes en retard ne serait-ce que d'une seule minute à l'un de vos pointages, je fais un rapport comme quoi vous avez violé votre contrôle judiciaire et vous filez immédiatement au trou.

Il relâcha sa prise et m'adressa un dernier regard mauvais.

— Profitez bien de votre liberté conditionnelle, Leclerc. C'en est terminé pour vous.

20.

Retournement de situation

"Si j'étais vous, je ferais mes valises et j'irais
à la mer. Quitte à ne pas bouger, autant être
dans un cadre agréable."

– Maggy

Mercredi 21 novembre 2018

Un mois. Cela faisait un mois que je pourrissais dans mon appartement. Le procès avait été fixé au 30 novembre et j'attendais cette date comme on attend son passage à l'échafaud.

Tous les lundis matin, j'allais pointer au commissariat du 14ᵉ arrondissement dans le cadre de mon contrôle judiciaire. Tous les lundis matin, je voyais le visage prétentieux de Louveau m'observer avec un plaisir non dissimulé. Lors de mes venues, je n'avais jamais aperçu Parega au commissariat, ni de près ni de loin. Je suspectais Louveau d'être derrière cette manigance, pour être certain que je n'aie aucune alternative, aucun recours possible avant mon procès. Après tout, même si Parega s'était montré peu loquace pendant l'enquête, j'étais convaincu que sa simple présence sur la place de l'arbre tordu, le jour où Léna avait été retrouvée, lui avait prouvé que j'étais innocent. J'aurais aimé le voir, lui expliquer que tous les chefs d'accusation étaient faux et qu'il fallait absolument poursuivre l'enquête, mais Louveau s'était arrangé pour que cela n'arrive jamais. Son ambition n'avait aucune limite, surtout s'il s'agissait de sacrifier une personne suspectée de triple meurtre dans une affaire médiatique, et d'écarter au passage son principal concurrent au sein de la police. C'était le double coup parfait pour monter rapidement les échelons.

Contrairement à ma période de convalescence deux mois plus tôt, je n'avais cette fois-ci plus de contact avec l'extérieur. D'une part, j'étais restreint par la liste noire des numéros qui m'avait été imposée. D'autre part, j'avais décidé d'employer toute mon énergie derrière une seule idée : comprendre ce qu'il s'était passé le soir de la mort de Léna.

J'avais retourné dans tous les sens les nouveaux paramètres qui s'étaient ajoutés à l'affaire, mais je n'avais toujours pas réussi à comprendre comment ils s'imbriquaient les uns aux autres : le faux suicide de Salazar, l'agression de Bozillon, le vol des résultats ADN, et Vanille. Vanille, qui se trouvait avec Jojo lors de sa mort. Vanille, qui m'avait écrit un mot anonyme. Vanille, qui travaillait au Harlem Café. Vanille, qui s'était éclipsée de chez moi le soir de l'agression de Bozillon, après m'avoir interrogé sur les avancées de l'enquête. Oui, il y avait beaucoup de questions autour de Vanille, et très peu de réponses.

Dans la matinée du 21 novembre, un évènement inattendu vint perturber ma routine monacale. À 10 heures, l'alarme de mon téléphone sonna sous-titrée des mots : « Appeler Maggy – Résultat concours Grand Cinéma de Paris ». Maggy n'était pas dans la liste noire de mes numéros, donc je pouvais l'appeler sans risquer une violation de mon contrôle judiciaire. Mais la question était plutôt de savoir si j'en avais envie, la démarche me paraissant hautement sociale pour mon état du moment. C'est Django qui finit par me convaincre en m'apportant la maquette d'un gratte-ciel que Maggy m'avait offert après ma victoire du Golden Compass et à laquelle je tenais beaucoup.

— Oui, allô ?

— Bonjour, Maggy. C'est Marc.

— Oh !

Elle laissa un temps pour digérer la surprise. Lorsqu'elle reprit la parole, sa voix semblait s'être légèrement embuée.

— Marc… Je suis si heureuse que vous m'appeliez. Mon Dieu, toute cette histoire… Comment allez-vous ?

— Je n'en suis pas encore certain, mais je pense avoir connu de meilleurs jours.

— Je dois vous dire que personne à l'Agence ne croit à votre culpabilité. Stanislas non plus, même s'il le crie sur tous les toits. La police se trompe, c'est une évidence ! Et je suis certaine qu'ils vont finir par s'en apercevoir !

— Merci pour votre soutien, Maggy. J'aimerais partager votre enthousiasme, mais j'ai l'impression d'être tombé sur un os cette fois-ci.

— Est-ce qu'il y a quelque chose que je puisse faire pour vous ? Vous voulez que j'aille déposer un témoignage en votre faveur ? Monter un dossier pour votre défense ? Chercher les meilleurs avocats de Paris ?

— Non, dis-je en ne pouvant m'empêcher de sourire. Vous avez déjà fait beaucoup pour moi et il n'y a rien que je puisse vous demander de plus. La seule chose que j'aimerais, c'est que vous me racontiez le dénouement du concours du Grand Cinéma de Paris.

Elle souffla dans le combiné si bruyamment que je crus m'être retrouvé au milieu d'une tornade.

— Nous avons gagné. Les travaux vont commencer en début d'année prochaine. Je… Je suis désolée.

— Désolée ? Mais pourquoi ? C'est une bonne nouvelle !

— Ce projet était le vôtre. Vous avez passé beaucoup de temps dessus et vous méritiez de le réaliser jusqu'au bout. À la place de ça, Stanislas récolte les fruits de votre travail alors qu'il n'a aucun talent, et vous êtes accusé à tort dans une affaire sordide. C'est tellement injuste…

— Je m'en remettrai, ne vous inquiétez pas. Mais faites-moi plaisir et promettez-moi de mener ce projet à bien. Je ne veux pas faire plus de dégâts que je n'en ai déjà fait.

— Oh, Marc… D'accord, c'est promis.

— Promettez-moi aussi que vous viendrez m'apporter des pains au chocolat lorsque je serai en prison.

— Je vous interdis de dire ce mot !

Elle cria si fort que j'en attrapai des acouphènes.

— Vous allez me rendre sourd, Maggy, dis-je en changeant le combiné d'oreille.

— C'est pour vous punir de dire des absurdités !

— J'essayais d'égayer l'atmosphère.

— Eh bien c'est raté ! Et ne vous avisez pas de recommencer car je vais raccrocher sinon !

Elle marqua un silence, puis reprit d'une voix légèrement plus calme :

— Parlez-moi plutôt de vous et de ce que vous faites de vos journées.

— J'ai bien peur que ce ne soit pas très intéressant. Je suis assigné à domicile, ce qui signifie que je ne peux pas sortir de chez moi sauf pour motif impérieux. Et autant vous dire que les motifs impérieux sont assez rares.

— Vous ne pouvez pas demander à être assigné dans un autre endroit sur le territoire français ? Si j'étais vous, je ferais mes valises et j'irais à la mer. Quitte à ne pas bouger, autant être dans un cadre agréable. Non pas que votre appartement ne le soit pas, mais la mer, l'air iodé, la plage…

Je me figeai sur place.

— Qu'est-ce que vous venez de dire, Maggy ?

— Eh bien oui, Marc, cela vous ferait du bien de partir un peu à la mer, figurez-vous !

— Non, pas ça, juste avant.

— Euh… Je ne sais pas. C'est que je suis un peu bavarde sans m'en rendre compte, vous savez. La dernière fois, par exemple, nous étions partis avec mon mari à Dax, quand…

La voix de Maggy continua de crépiter dans le téléphone mais je ne l'écoutais plus. Les affaires de Léna. La casquette. Jojo. Oui, ça collait. La place de l'arbre tordu. Le Harlem Café. Berisha. Salazar. Là encore, ça collait.

Je me précipitai devant mon tableau blanc pour relire tous les points de l'enquête. Je les descendis méthodiquement un à un jusqu'au dernier, et un frisson me glaça l'échine. Oui, tout correspondait parfaitement.

— … et c'est après ce voyage que j'ai compris que les cures de balnéothérapie n'étaient pas faites pour moi, conclut Maggy. Marc, vous êtes toujours là ?

— Oui, je suis là.

— Ah ! Je croyais vous avoir perdu !

— Au contraire, vous venez de me retrouver.

— Parce que je vous ai parlé de mes vacances ? Allons, vous vous moquez encore de moi, c'est ça ?

— Non, Maggy, je suis très sérieux. Il faut absolument que je vous laisse. Je vous expliquerai plus tard. Merci pour tout. Vous venez de me sauver la vie !

Je raccrochai avant qu'elle n'ait eu le temps de me répondre et je me mis à courir aussi vite que mes jambes le pouvaient en direction du commissariat.

*

— Je demande à voir le lieutenant Parega, dis-je à l'homme au crâne dégarni de l'accueil du commissariat. C'est une affaire de la plus haute importance.

— Nom ?

— Leclerc. Je suis accusé des meurtres de Léna Monacello, Jorik Berisha et un sans-abri du nom de Jojo. Parega, vite !

L'homme au crâne dégarni me regarda d'un air sidéré avant de décrocher son téléphone. À mon plus grand désarroi, c'est Louveau qui fit son apparition devant moi, une minute plus tard.

— Eh bien, Leclerc, que faites-vous ici ? Nous ne sommes pas lundi, vous perdez la notion du temps ?

— Bonjour, *lieutenant*. J'aimerais voir Parega. C'est urgent.

Louveau nota l'effort que j'avais fait pour appuyer sur son grade et se mit à froncer les sourcils.

— Que se passe-t-il, Leclerc ?

— Je sais qui a tué Léna. Et Berisha, et Jojo. Je suis prêt à tout vous expliquer. Mais pour cela, j'ai besoin de Parega.

— Le lieutenant Parega n'est pas…

— Écoutez, je n'ai pas le temps d'argumenter avec vous. Je vous le dis et vous l'assure, je *sais* qui est derrière tout ça. Si vous convoquez Parega, je vous explique tout. Mais il me faut Parega.

— Je ne comprends pas pourquoi…

— Réfléchissez : si nous allons devant le juge et que je déballe mon histoire, que va-t-il se passer ? Vous ne prendriez quand même pas le risque d'essuyer une humiliation publique alors que cette affaire est un tremplin pour votre carrière ? Vous n'avez donc rien à perdre en m'écoutant aujourd'hui. Mais pour cela, je le répète, j'exige la présence de Parega.

Il m'observa attentivement de ses yeux mauvais. Je pouvais sentir toute la colère mais aussi la curiosité qui animaient son visage. Il finit par faire un signe de tête à l'homme de l'accueil et me dit :

— Vous avez cinq minutes, Leclerc.

*

Parega se tenait face à moi depuis plus d'une heure. Il avait calmement écouté mon compte rendu, en m'observant faire les cent pas. Au fur et à mesure de mes explications, il avait pris des notes dans son carnet sans faire de commentaires. Louveau, quant à lui, se tenait debout derrière moi, les bras croisés.

— Alors, dis-je impatiemment, qu'en pensez-vous ?

Parega ne répondit pas.

— Alors ? répétai-je. La psychologie des personnages, les faits. Tout se tient, non ?

— Pourquoi teniez-vous impérativement à voir le lieutenant Parega, Leclerc ?

La question de Louveau avait fusé en ma direction, directe et froide. Il n'y avait désormais plus de fausse politesse dans sa voix.

— Le lieutenant Parega a travaillé sur cette enquête depuis le début, expliquai-je. Je voulais avoir son avis en complément du vôtre. Deux valent toujours mieux qu'un.

— Qu'en penses-tu, Oscar ? demanda-t-il.

Dans son style caractéristique, Parega ne répondit pas mais se contenta de hocher la tête. Louveau s'approcha de nous et je pus distinguer son visage à la lumière du seul plafonnier qui éclairait la salle. Il était déformé par la jalousie.

— Bien, dit Louveau. Dans ce cas, je vous propose un marché : vous avez les mains libres pour suivre votre piste jusqu'au bout. Si vous avez vu juste, je vous soutiendrai et je clôturerai l'affaire en mon nom. En revanche, si cette piste s'avère fausse, ce sera de l'unique responsabilité du lieutenant Parega, ce qui entachera sérieusement sa carrière. Et je veillerai également à ce que le juge sache que vous avez essayé de nous induire en erreur jusqu'au bout, Leclerc, ce qui ne plaidera pas en votre faveur.

— Mais…

— C'est à prendre ou à laisser, coupa-t-il froidement.

Je le fusillai du regard. En faisant cela, il me donnait le faux espoir d'une porte de sortie, alors qu'il savait pertinemment que Parega ne jouerait pas sa carrière sur cette affaire. Pourquoi le ferait-il, d'ailleurs, alors que l'enquête était quasiment close et que je n'avais que ma parole pour me défendre ?

Il m'adressa un sourire satisfait lorsque la voix grave de Parega résonna dans la pièce :

— C'est votre décision, Leclerc.

Louveau tourna vers lui des yeux de merlan frit.

— Je te demande pardon, Oscar ? Tu ne vas quand même pas lui laisser le choix alors que ta carrière est en jeu ?

— On a toujours le choix.

— Mais pourquoi ?

— Cette affaire est la sienne. Cette décision lui appartient.

Louveau se mordit la lèvre en bouillonnant de rage, mais Parega l'ignora du regard : son visage était calme, ses yeux fixés sur moi, sans ciller. Il m'était impossible de savoir ce qu'il pensait vraiment et pourtant, je ne l'avais jamais trouvé si humain.

Je pris une profonde inspiration et déclarai :

— On fonce, Parega. Je veux des explications. Et surtout, je veux qu'ils payent pour tout ce qu'ils ont fait.

21.

Interpellations

"Chaque chose en son temps. D'abord,
trouver les preuves matérielles."

– Parega

Jeudi 22 novembre 2018

Un ciel brumeux recouvrait Paris et le thermomètre avoisinait les cinq degrés.

À 7 heures 30 du matin, trois voitures banalisées de la police quittèrent le commissariat du 14ᵉ arrondissement. J'étais dans l'une d'elle avec Parega. Nous nous garâmes au milieu d'une petite rue bordée par des immeubles haussmanniens, tandis que les deux véhicules qui nous accompagnaient prirent position à vingt mètres de part et d'autre du nôtre, pour bloquer les issues de la rue.

À 8 heures, une jeune femme aux cheveux auburn sortit de l'immeuble qui portait le numéro 3, accompagnée d'un garçon qu'elle tenait par la main. Ils passèrent devant notre voiture sans nous voir et Parega me jeta un coup d'œil dans le rétroviseur. Je ne répondis pas.

À 8 heures 30, un homme vêtu d'un long manteau recouvrant un costume sortit à son tour et emprunta le même chemin que la femme avant lui, en marchant à bonne allure. Parega me jeta un nouveau regard et, cette fois-ci, je hochai la

tête. Il appuya sur le bouton de son talkie-walkie et murmura :
« Go ».

Les trois équipes quittèrent immédiatement leurs véhicules et se mirent à marcher en direction de l'homme en costume. En voyant plusieurs personnes s'avancer vers lui d'un pas rapide, l'homme s'immobilisa, fouilla dans ses poches et fit demi-tour, comme s'il avait oublié quelque chose chez lui. Il tomba alors sur Parega qui lui barrait le chemin du haut de son mètre quatre-vingt-dix. La voiture où j'avais été prié de rester se trouvait juste à côté d'eux, et je pus entendre distinctement leur conversation :

— Monsieur Vuillemin, dit la voix grave de Parega. Police. Je vous prie de nous suivre.

— Que se passe-t-il ? interrogea Nathan.

— Vous le saurez bien assez tôt.

Sans opposer de résistance, Nathan monta dans la voiture de police qui se trouvait au bout de la rue, derrière nous. Elle démarra et fut suivie par la seconde voiture, tandis que la nôtre resta sur place.

Lorsque les deux véhicules furent hors de vue, Parega passa un coup de fil puis me fit signe de venir le rejoindre.

— L'équipe d'intervention sera là d'une minute à l'autre, me dit-il. Ils seront accompagnés de l'équipe scientifique.

À 8 heures 40, deux fourgons arrivèrent. Leurs occupants saluèrent Parega et entrèrent dans l'immeuble qui était resté ouvert après la sortie d'un voisin, puis montèrent au cinquième étage.

La première équipe enfonça la porte des Vuillemin, qui céda au second assaut. C'était un bel appartement haussmannien de quatre pièces avec moulures au plafond, cheminées et parquet en point de Hongrie. En dehors de quelques jouets d'enfant qui traînaient par terre dans le salon, tout était parfaitement rangé.

L'équipe d'intervention fit rapidement le tour du propriétaire pour s'assurer qu'il n'y ait personne, puis leur chef indiqua aux hommes de la police scientifique qu'ils pouvaient commencer leur travail. Il s'approcha ensuite de Parega et moi et nous tendit un trousseau de clés étiqueté « Parking » ainsi que des clés de voiture.

— Inutile de tout défoncer en bas, dit-il sans un sourire. On va faire ça proprement.

Il appela trois de ses hommes et nous nous dirigeâmes tous les six au sous-sol où se trouvait le garage des Vuillemin, numéroté 23. Il l'ouvrit et alluma un groupe électrogène qui se trouvait à côté de la porte. La voiture de fonction de Nathan, une Peugeot 2008 gris métallisé, apparut face à nous. Derrière elle, deux vélos étaient accrochés au mur tandis que des objets en tout genre recouvraient quatre étagères en bois.

— Que cherche-t-on ? dit le chef de l'équipe d'intervention.

— Toutes les valises que vous trouverez et notamment les plus gros formats, répondit Parega, ainsi qu'un vêtement de protection pour la pluie. Manteau, K-way, sac plastique, peu importe.

— C'est noté. Je peux déplacer la voiture ?

— Non, appelez d'abord la police scientifique pour qu'ils la passent au peigne fin.

— OK. Vous avez entendu, les gars ? Au boulot !

Il attrapa son téléphone puis passa un bref coup de fil avant d'attaquer la fouille des étagères avec ses hommes. Je sentis la main musculeuse de Parega se poser sur mon épaule.

— Inutile de rester là, Leclerc. Suivez-moi.

Il m'amena dans un café de la rue Daguerre qui se trouvait à cinq minutes à pied. Parega commanda un double expresso, je pris un allongé et nous nous installâmes à une table à l'écart des autres clients.

— Des nouvelles de Colleen ? lui demandai-je.

— Nos équipes sont en place. Ils l'interpelleront dès qu'elle aura déposé son fils à la crèche.

— Et pour l'interrogatoire ? On fait comme on a dit ?

— Chaque chose en son temps. D'abord, trouver les preuves matérielles.

— Que se passera-t-il si…

Parega comprit où je voulais en venir mais ne répondit pas. Mon salut et celui de sa carrière dépendaient sans aucun doute de cette opération. Je fis une grimace et reportai mon attention sur le café qui refroidissait devant moi.

Presqu'une heure passa pendant laquelle Peraga et moi restâmes sans rien dire, jusqu'à ce que son portable ne se mette enfin à vibrer bruyamment sur la table. Il décrocha, échangea moins de dix mots avec son interlocuteur puis se leva.

— L'équipe du parking a trouvé quelque chose.

Nous retournâmes sur nos pas et retrouvâmes le chef de la brigade d'intervention devant le bâtiment des Vuillemin. Un peu plus loin, ses hommes étaient en train d'envelopper des valises de différents formats dans du plastique transparent et de les charger dans l'un des deux fourgons. Il jeta sa cigarette en nous voyant arriver.

— Les blouses blanches ont découvert des résidus de sang dans le coffre de la voiture, dit-il. Vu la disposition, tout laisse à penser qu'une personne y était allongée avec une blessure à la tête. Ils ont envoyé les premiers échantillons au labo.

Parega acquiesça en me jetant un regard en coin.

— Ce n'est pas tout, ajouta le chef d'intervention. Suivez-moi.

Il nous conduisit devant la pile de valises autour de laquelle s'afféraient ses hommes. Leur tissu noir semblait neuf.

— Elles étaient sur une étagère, dit-il. Imbriquées les unes dans les autres, comme des poupées russes.

— Il n'y en avait pas d'autres ? demandai-je.

— Non, c'est tout ce qu'on a trouvé. Un problème ?

— Au contraire, ça confirme bien ma théorie.

— OK. On les embarque.

— Vous avez trouvé le vêtement de pluie ?

— Non, rien de ce type. Mais on a découvert ça.

Il attrapa un sac plastique qui laissait voir un petit carnet à la couverture en cuir marron.

— C'était planqué dans le double fond de l'une des étagères du garage. Pas facile à voir, mais les gars ont l'habitude.

— Je peux le regarder ?

— Oui, mais prenez des gants.

Il alla me chercher une paire dans le fourgon. Dans le même temps, le téléphone de Parega sonna de nouveau et il s'éloigna pour prendre le coup de fil.

J'ouvris le carnet et me mis à lire la première page. Je reconnus sans difficulté l'écriture de Nathan :

- 27 Octobre 2012 -

Léna : c'est le nom de la personne qui vient de bouleverser ma vie. Quand je l'ai vue pour la toute première fois, mon cœur a chaviré : ses cheveux, son visage, ses lèvres, ses yeux… Tout est parfait chez elle. Mais c'est au-delà de l'apparence physique : c'est une sensation plus profonde, chimique. Quand elle rit, quand elle rassemble ses cheveux et les met d'un seul côté de son visage, quand elle plonge ses yeux dans les miens… Elle me transporte dans un autre monde, tout simplement.

Cette sensation est aussi grisante que terrifiante. Cela fait très peu de temps que je la connais et pourtant, je ne peux plus m'empêcher de penser à elle, à chaque instant du jour et de la nuit. J'ai envie de la voir, de l'appeler, de passer du temps avec elle. Je n'ai jamais rien ressenti d'aussi fort pour quelqu'un.

Suis-je en train de perdre la tête ?

Parega venait de raccrocher. Il vint me retrouver et me dit :

— La seconde équipe a interpellé madame Vuillemin. Elle est au poste, dans une autre salle que son mari.

Je hochai la tête et tendit le carnet à Parega, toujours ouvert à la première page. Il le lut attentivement puis me regarda droit dans les yeux.

— Vous aviez vu juste, Leclerc.

— Allons l'interroger immédiatement, Parega. Je vous en prie. Je veux comprendre.

22.

Le soir de la récompense

"Je ne te pardonnerai jamais. Jamais."
— Léna

3 ans plus tôt – Samedi 20 juin 2015

— Tu es bientôt prête ? demandai-je, impatient.

— Pas vraiment, répondit Léna. J'ai encore besoin de dix minutes.

— Mais on est déjà en retard ! S'il te plait, Léna, fais un effort ! Tu sais à quel point cette cérémonie est importante pour moi !

— Ne t'inquiète pas, Marc, tu l'as assez répété pendant un an pour que je sache à quel point cette cérémonie est importante. Dis-moi, tu préfères la noire ou la bleue ? ajouta-t-elle en me montrant deux robes qu'elle venait de sortir de la penderie.

— Qu'est-ce que tu veux dire par là ?

— Je veux dire par là que j'aimerais ton avis pour ma tenue de ce soir. J'ai envie que tu me trouves belle, au cas où tu ne l'aurais pas encore compris.

— Pas la tenue ! Je m'en fiche de la tenue ! Tu insinues que je ne fais que parler de moi ? Et que je n'écoute pas assez les autres, c'est ça ?

— Très bien, ce sera donc la bleue, lança-t-elle sèchement. Et non, je n'ai pas dit ça. Je dis simplement que cette cérémonie est au cœur de tes préoccupations depuis plus d'un an et que tu as de plus en plus de mal à en détacher tes pensées pour voir ce qu'il se passe autour de toi.

— Mais c'est le moment le plus important de ma carrière, Léna ! Si je remporte le premier prix, toute ma vie va changer ! Tu peux le comprendre, quand même ?

— Je le comprends parfaitement. Mais je crois que c'est toi qui ne me comprends pas. À présent, laisse-moi tranquille, s'il te plaît. Je n'ai pas envie de me disputer maintenant pour des bêtises et j'aimerais finir de me préparer.

Elle claqua la porte de la salle de bain et je n'eus d'autre choix que de retourner l'attendre au salon, furieux.

Une dizaine de minutes plus tard, Léna ressortit et se posta devant moi. Je détachai mes yeux du 218ᵉ numéro du magazine *Architectural Talents* pour la regarder. Je faillis tomber de ma chaise. Des trois années que nous avions passées ensemble, je ne l'avais jamais vue aussi belle. Ses grands yeux noirs, crayonnés discrètement, me regardaient avec une intensité folle. Ses cheveux de jais, attachés au-dessus de sa tête, révélaient une nuque bronzée d'où l'on pouvait distinguer un tatouage discret *S&F* derrière l'oreille gauche. Sa robe, quant à elle, mettait en avant ses formes parfaites.

— Tu es… commençai-je.

— Prête ! coupa-t-elle. Allons-y maintenant si nous voulons avoir de bonnes places.

Nous arrivâmes devant le Palais des Congrès un peu avant 19 heures 30. Dehors, il faisait lourd et de gros nuages noirs menaçaient d'éclater en orage à tout instant. Le taxi nous déposa à la porte Sud et nous nous engouffrâmes sans traîner à l'intérieur du bâtiment. Juste avant d'entrer dans la salle de spectacle, nous tombâmes sur un comité d'accueil inattendu : Wallace et Nathan faisaient le pied de grue en arborant fièrement des T-shirts et casquettes noirs sur lesquels étaient écrits en blanc les mots *GO MARC*.

— Vous êtes complètement fous ! m'exclamai-je en ne pouvant m'empêcher d'éclater de rire.

— Tu ne pensais tout de même pas qu'on allait te laisser monter sur scène sans rien faire ? dit Nathan. Ce soir, c'est le couronnement de l'Architecte du Futur !

— Arrête un peu avec ce surnom. Tu sais bien que je le déteste.

— C'est dommage, moi je le trouve très vendeur.

— Où sont les autres ? demanda Léna.

— Colleen et Aliénor nous gardent des places à l'intérieur, répondit Nathan. Et Darhys est en retard, comme d'habitude.

— Dis donc, Marc, observa Wallace en baissant la voix, je ne pensais pas qu'il y avait autant de jolies filles chez les architectes. Il y a un pot de prévu après la remise des prix ?

— Oui, c'est écrit sur le programme, dit Léna en tendant un bout de papier. 20 heures : début de la cérémonie. 22 heures : cocktail dinatoire.

— J'espère qu'ils ont prévu assez de champagne, dit Nathan en m'adressant un clin d'œil.

Nous entrâmes dans un Palais des Congrès en effervescence. Des centaines de personnes de nationalités différentes s'agitaient çà et là pour parler avec enthousiasme de leurs projets respectifs. Sur la scène, un immense bandeau avait été déployé, sur lequel était inscrit :

20ᵉ Cérémonie du Golden Compass
Architectural Talents

Nathan nous indiqua des places au milieu de la salle où Colleen et Aliénor étaient déjà assises. Nous nous avançâmes vers elles lorsque j'entendis une voix familière crier mon nom derrière moi. Je me retournai et tombai nez à nez avec une dame au gabarit imposant qui portait une paire de lunettes rouge papillon et une robe chemisier à motifs fleuris.

— Maggy ! m'exclamai-je.

— J'ai bien cru que vous alliez être en retard ! s'emporta-t-elle en levant un doigt menaçant vers moi. Décidément, Marc, vous êtes incorrigible ! Oh mon Dieu, Léna, ajouta-t-elle en regardant par-dessus mon épaule, vous êtes magnifique.

— Merci, sourit Léna. Vous êtes très belle aussi.

— J'ai fait de mon mieux, dit-elle en rougissant. Après tout, c'est peut-être un grand jour.

— Où êtes-vous placée, Maggy ? demandai-je.

— Au troisième rang, avec les autres personnes de l'Agence. Nous vous avons gardé votre place.

— Ma place ?

— Oui, Jacques a insisté pour que nous soyons tous ensemble. D'après lui, cela donnera une meilleure impression visuelle si l'on est unis pendant votre possible victoire.

— Cela lui donnera surtout l'occasion de s'afficher devant les caméras sans rien faire, grognai-je. Et Léna, où est-elle ?

— Je crois malheureusement que Jacques n'a pas prévu de place pour elle, dit Maggy d'un ton embarrassé. Je suis désolée.

Je me mis à râler de plus belle, mais Léna posa une main sur ma joue et me murmura d'une voix douce que cela n'était pas très grave. Elle m'embrassa et suivit Wallace pour retrouver les autres un peu plus loin.

Après plus d'une heure de cérémonie qui présenta l'enjeu du premier prix et les différents projets qui avaient été soumis, nous arrivâmes au moment fatidique.

Le maître de cérémonie, vêtu d'un smoking noir sur mesure, monta sur la scène d'un pas solennel. Il se plaça derrière le pupitre et parla dans le micro avec un effet dramatique :

— Mesdames et Messieurs, j'ai l'honneur de vous annoncer que le 20ᵉ trophée du Golden Compass est attribué à…

La salle retint son souffle pendant qu'il décachetait avec une lenteur infinie l'enveloppe dorée qu'il tenait entre les mains.

— Marc Leclerc, pour l'Agence Berthelot Brothers !

Une explosion de cris retentit au fond de la salle. Je n'eus pas le temps de me retourner que les projecteurs se braquèrent sur moi et m'aveuglèrent. Steinberg en profita pour bondir à mes côtés et venir me féliciter de manière ostentatoire devant les caméras. Quand il eut fini de me broyer la main, Maggy me serra fort dans ses bras tout en laissant couler ses larmes derrière ses lunettes rouge papillon.

— Vous l'avez fait, Marc ! Vous êtes le plus jeune architecte à décrocher ce trophée. C'est tout simplement magnifique ! Je suis si fière et heureuse pour vous. Vous êtes le digne héritier des Frères Berthelot.

— Merci Maggy, mais je n'y serai jamais arrivé sans vous. Cette victoire, c'est aussi la vôtre.

— Oh, Marc…

Elle enfouit à nouveau son visage dans un mouchoir et souffla bruyamment. Sur la scène, le maître de cérémonie commençait à s'impatienter.

— On attend le gagnant pour un discours, annonça-t-il.

— Vous ne voulez pas y aller à ma place ? demandai-je à Maggy. J'ai horreur de ces grandes cérémonies.

— Ne soyez pas ridicule, Marc. Tout le monde vous attend.

Je me résolus à monter sur scène au milieu des applaudissements et des flashs qui crépitaient dans ma direction. Arrivé au pupitre, je levai les yeux vers le fond de la salle. Ils étaient là, tous les six, arborant fièrement les T-shirts et casquettes à mon effigie, hurlant leur joie à gorge déployée et applaudissant à tout rompre.

Je saluai le jury et fis un discours assez bref, faisant l'éloge de mes parents et de mes proches qui m'avaient permis d'en arriver là, sans quitter des yeux Maggy et le groupe du fond de la salle qui continuait de célébrer bruyamment ma victoire.

Après mon intervention, le maître de cérémonie clôtura la remise des prix et invita la salle à se diriger vers le cocktail. Je n'eus pas le temps de descendre que Steinberg bondit sur scène et vint m'écraser les quelques phalanges qui me restaient, en souriant à qui voulait bien le regarder.

— Bravo, mon garçon ! s'exclama-t-il. Vous avez fait du bon boulot !

— Merci, monsieur Steinberg.

— Bon, je ne vous cache pas que j'espérais que vous parliez un peu plus de l'Agence et de son savoir-faire, mais j'imagine que l'émotion vous a pris au dépourvu ?

— Oui, monsieur Steinberg. J'ai perdu tous mes moyens.

— Je comprends, je comprends… Mais rassurez-vous, je ne vous en veux pas ! J'ai été moi-même jeune et inexpérimenté, il y a bien longtemps. Je sais ce que c'est que d'avoir peur de s'exprimer en public.

— Si vous le dites, monsieur Steinberg.

— Mais trêve de bavardages ! beugla-t-il. Il est l'heure de faire des photos maintenant !

Il interpella des journalistes et photographes qui rangeaient leur matériel et les força à prendre des clichés de nous deux en train de nous serrer la main sous tous les angles. Une fois cette séance terminée, il aperçut mon groupe de supporters qui nous avait rejoint en bas de la scène avec leurs T-shirts et casquettes floqués *GO MARC*, et explosa d'un rire gras. Il les fit monter pour prendre d'autres photos, avant de m'envoyer une grande tape dans l'épaule qui manqua de me déplacer l'omoplate. Il fila ensuite sans se faire prier en direction du cocktail.

Nathan l'observa s'éloigner avec un air de dégoût puis se tourna vers moi et me prit dans ses bras. Il me félicita chaudement, accompagné par les autres qui se tenaient tout autour. Lorsqu'il me relâcha, j'aperçus sa femme qui n'arrêtait pas de lui faire des clins d'œil, le sourire jusqu'aux oreilles. Nathan lui répondit d'un signe de tête, puis se racla la gorge et nous annonça d'une voix aussi solennelle que celle du maître de cérémonie un peu plus tôt :

— Mesdames et Messieurs, j'ai l'honneur de vous annoncer que comme une bonne nouvelle n'arrive jamais seule, Colleen et moi avons également une annonce à vous faire.

Tous les regards se tournèrent vers Colleen qui, n'en pouvant plus, s'écria d'un seul coup : « Nous attendons un bébé ! ».

Une nouvelle explosion de joie eut lieu. Colleen leva les bras en l'air au comble du bonheur, et Nathan poussa des cris qui s'apparentaient assez curieusement à des incantations guerrières. Après avoir effectué plusieurs danses dans le même registre, il invita tout le monde à prendre la direction du cocktail pour fêter les deux bonnes nouvelles de la soirée.

J'allais les suivre lorsque je sentis la main de Léna me retenir. Je me retournai et découvris un visage sombre.

— Tout va bien ? lui demandai-je.

— Il faut que l'on parle, Marc.

— Que l'on parle de… ?

Léna laissa planer un long silence, la tête basse. Elle ouvrit la bouche à plusieurs reprises mais aucun son n'en sortit. Au moment où elle sembla enfin prête à se lancer, on entendit la voix de Darhys résonner plus loin dans la salle : « Marc, Léna ! On vous attend ! ».

— Je suis désolé, Léna, dis-je en faisant un signe à Darhys, mais est-ce que cela peut attendre un peu ? Je ne suis pas sûr que ce soit le meilleur moment pour parler seul à seul.

Elle plongea ses yeux noirs dans les miens et j'y aperçus une expression de grande tristesse.

— Comme tu veux, répondit-elle d'une voix éteinte. Allons retrouver les autres.

Pendant le cocktail, je n'eus pas une seule seconde à moi. Des personnes de tout horizon se succédèrent pour venir me féliciter et j'eus beaucoup de mal à m'échapper quelques minutes pour pouvoir profiter un peu de mes proches. Lorsque je réussis enfin à m'extirper de la machine infernale, je me mis en quête de chercher Léna, que je n'avais pas aperçue depuis la fin de la cérémonie. Elle n'était pas au cocktail, ni sur la piste de danse, ni aux vestiaires.

Au détour d'un énième couloir, je tombai, à ma plus grande déception, sur Steinberg :

— Leclerc ! hurla-t-il. Où étiez-vous donc passé ?

— Je cherche quelqu'un, monsieur Steinberg. Vous n'auriez pas vu une jeune femme brune avec une robe bleu nuit par hasard ?

— Allons, Leclerc, vous aurez tout le temps de vous amuser plus tard avec qui vous voulez. Mais pour l'heure, j'ai quelque chose de beaucoup plus important à vous dire !

Il m'attrapa par l'épaule et m'entraîna de force à l'écart de la foule. Dehors, en train de fumer une cigarette, se tenait un homme très élégant d'une quarantaine d'années, vêtu d'une veste en tweed bleu marine et d'un pantalon beige. Son allure laissait penser qu'il était étranger. Lorsqu'il nous vit arriver, il jeta sa cigarette, redressa ses lunettes en écailles et s'approcha de moi en m'adressant un sourire distingué.

Steinberg fit les présentations :

— Leclerc, je vous présente Niels Asgaard, Rédacteur en chef d'*Architectural Talents*.

— *Hello*, Marc, dit-il. Ravi de faire votre connaissance.

Malgré un léger accent étranger, son français était parfait. Il me serra chaleureusement la main et je ne pus contenir ma surprise. En plus d'être le Rédacteur en chef du magazine *Architectural Talents*, Asgaard était également le président de la cérémonie du Golden Compass.

— *Congratulations*, continua Asgaard. Cela fait plusieurs années que nous suivons vos travaux avec beaucoup d'intérêt, et je dois avouer que vos derniers projets ont été particulièrement innovants et bien exécutés. Les votes ont d'ailleurs été clairs : vous méritiez de gagner ce prix.

— Merci beaucoup, monsieur Asgaard.

— Merci à vous, monsieur Leclerc. Nous plaçons la barre très haut et sommes honorés quand de jeunes architectes talentueux arrivent à relever de tels défis.

— Leclerc est un très bon élément, formé à la meilleure école ! s'écria fièrement Steinberg. Depuis de nombreuses années, l'Agence Berthelot Brothers a démontré son savoir-faire dans le domaine avec notamment…

Asgaard leva la main d'un geste autoritaire, ce qui eut pour effet de clouer Steinberg sur place.

— J'aimerais vous proposer quelque chose, poursuivit Asgaard à mon attention. Comme vous le savez sans doute, le magazine *Architectural Talents* a vu le jour dans une petite ville côtière du Danemark. Malgré un succès international rapide, son fondateur Magnus Sørensen a toujours souhaité garder une attache à son pays, et c'est la raison pour laquelle la moitié du Conseil d'Administration – dont ma petite personne – est originaire de là-bas. Vous comprendrez donc que nous avons des liens très étroits avec ce pays. À ce titre, nous avons appris la semaine dernière que le gouvernement souhaitait réhabiliter l'un des quartiers désaffectés de Copenhague pour en faire une résidence étudiante 100% écoresponsable. Leur volonté est on ne peut plus claire : réaliser un projet audacieux et futuriste qui conforte Copenhague comme une des capitales mondiales de l'architecture. En tant que 20e lauréat du Golden Compass, nous souhaiterions que ce soit vous, monsieur Leclerc, qui pilotiez ce projet de A à Z. À l'issue de votre mission, nous publierons un magazine hors-série qui vous sera dédié et illustrera ce projet ainsi que votre parcours. Vous aurez bien évidemment droit de regard sur cet article avant sa parution, et nous vous rémunèrerons en conséquence.

Je restai bouche-bée. Asgaard réajusta les lunettes en écailles sur son nez et m'adressa un nouveau sourire.

— Il me semble inutile de préciser que cette proposition a été votée à l'unanimité par le Conseil d'Administration, ajouta-t-il. Vous êtes jeune et talentueux, monsieur Leclerc. C'est vous que nous voulons, et nous sommes prêts à y mettre les moyens.

— Écoutez, dis-je en passant une main dans ma nuque pour cacher ma gêne, c'est très flatteur et j'apprécie votre démarche, mais je ne suis pas sûr de pouvoir m'engager aussi rapidement. Je vais avoir besoin de temps pour réfléchir.

Steinberg m'attrapa aussitôt par le col et m'amena à l'écart en s'excusant auprès de Asgaard.

— Bon sang, Leclerc ! Qu'est-ce que vous fabriquez ?!

— Je vous demande pardon, monsieur Steinberg ?

— Vous avez le Rédacteur en chef d'*Architectural Talents* qui est en train de vous faire un pont d'or et vous, vous jouez les difficiles ! Est-ce que vous vous rendez compte de ce que ça représente ?

— Beaucoup d'argent, j'imagine ?

— Ce n'est pas le moment de plaisanter, aboya-t-il. Ce type est à la tête d'un des magazines les plus influents du monde, c'est une opportunité unique pour vous et pour l'Agence !

— Je ne lui ai rien demandé, monsieur Steinberg.

— Encore heureux, Leclerc ! On ne demande rien à ces gens-là, ce sont eux qui viennent à vous ! Et quand c'est le cas, vous leur faites un grand sourire, une courbette royale et vous leur cirez les pompes si nécessaire, mais surtout vous acceptez ce qu'ils vous proposent !

— Mais…

— Il n'y a pas de mais, Leclerc ! Si vous ne le faites pas vous, je m'en charge moi-même, c'est compris ?

— Bien compris, monsieur Steinberg.

Il hocha la tête d'un air satisfait et me tapa de nouveau sur l'épaule pour aller annoncer la nouvelle à Asgaard.

Plus de quarante-cinq minutes s'étaient écoulées lorsque je retournai à l'intérieur du Palais des Congrès. En arrivant devant les vestiaires, je tombai sur Léna qui attendait, seule.

— Léna ! Te voilà enfin ! Je te cherche partout depuis tout à l'heure.

— J'étais avec Colleen et Aliénor, au bar à cocktails. Les autres sont en train de danser.

— Ah, d'accord, on a dû se croiser alors. Tu ne devineras jamais ce qu'il vient de m'arriver : Niels Asgaard, le Rédacteur en Chef d'*Architectural Talents* et président de la cérémonie de ce soir, vient de me proposer une mission à Copenhague ! Je n'ai pas encore tous les détails, mais il s'agit d'un truc énorme. En plus, ils veulent publier un magazine hors-série sur moi à l'issue du projet. Steinberg a accepté par principe, mais je voulais d'abord t'en parler avant de m'engager définitivement.

— Félicitations, Marc. Je suis fière de toi.

Sa voix était triste.

— Merci pour ton enthousiasme, Léna. Ça me touche.

— Je viens de te le dire, je suis fière de toi.

— Excuse-moi, mais on ne dirait pas. Tu ne veux pas que j'y aille, c'est ça ?

— Non, Marc, ce n'est pas ça.

— Écoute, cette mission est la chance d'une vie. Elle va faire décoller ma carrière. Tu pourras me rejoindre là-bas dès que tu auras fini tes concerts à la rentrée. Je suis sûr que tu trouveras des salles de jazz à Copenhague. Et si besoin, tu pourras faire des allers-retours à Paris, ou dans n'importe quelle autre ville d'Europe. Ça marchera, Léna, j'en suis persuadé !

— Je n'en doute pas.

— Mais que se passe-t-il, à la fin ? Tu es bizarre aujourd'hui.

Elle me fixa de ses yeux noirs et je m'aperçus que son mascara avait légèrement coulé.

— Je ne veux pas me disputer ce soir, dit-elle simplement. Profite de ton moment, tu l'as mérité. Moi je vais rentrer.

— Déjà ? Mais la soirée vient à peine de commencer et on s'est à peine vus !

— Je suis fatiguée. Mais tu peux rester, toi.

— Tu m'en veux de ne pas avoir passé plus de temps avec toi ce soir, c'est ça ?

— Non, Marc.

— Qu'est-ce qui ne va pas, alors ? Il y a un problème ? C'est de ça dont tu voulais me parler tout à l'heure ?

Elle secoua la tête.

— Je viens de te le dire, je suis fatiguée. Amuse-toi bien et essaie de ne pas faire trop de bruit en rentrant à la maison.

Elle m'embrassa avec douceur avant de tourner les talons. Je la regardai s'éloigner lentement dans sa robe bleu nuit, élégante et majestueuse, avec une sensation désagréable au creux de l'estomac.

*

Il était minuit passé de quelques minutes lorsque Léna sortit du Palais des Congrès. Elle jeta un coup d'œil autour d'elle et repéra la borne de taxis, vide, qui se trouvait un peu plus loin, au milieu d'un torrent d'eau. À contrecœur, elle sortit de son abri et alla affronter le déluge pour récupérer le numéro de téléphone qui s'y trouvait. Elle revient s'abriter aussi vite que possible mais n'en était pas moins totalement trempée, puis appela à plusieurs reprises le numéro. Personne ne répondit.

Une dizaine de minutes plus tard, voyant qu'aucun taxi ne faisait son apparition, Léna décida de prendre son téléphone pour commander un chauffeur privé. Elle abandonna son idée aussi vite qu'elle lui était venue : le prix des courses avait triplé en raison d'une forte demande. Elle reporta donc son espoir sur la borne de taxi, qui resta irrémédiablement vide au fur et à mesure que l'heure tournait.

Après avoir attendu vingt minutes de plus sans succès, Léna commençait à désespérer. Elle hésita à retourner à l'intérieur pour se réchauffer, ou bien commander un chauffeur à un tarif exorbitant, quand une voix familière la fit sursauter :

— Léna ?

— Nathan ! s'écria-t-elle en faisant volte-face. Tu m'as fait peur !

— Excuse-moi, ce n'était pas le but. Mais qu'est-ce que tu fais dehors à cette heure-ci, seule et toute trempée ?

— Je suis fatiguée et j'ai envie de rentrer. Je suis allée à la borne de taxis mais aucun ne semble décidé à décrocher ou à venir dans le coin, et les chauffeurs privés sont hors de prix.

— Tu veux que je te dépose ?

— Non, c'est gentil. Profite de la soirée avec les autres.

— Ça ne m'embête pas, tu sais. De toute façon je dois aller chercher des médicaments pour Colleen à l'appartement. Je peux te déposer sur la route, c'est juste à côté.

Léna hésita quelques secondes. Elle aurait préféré tomber sur quelqu'un d'autre que Nathan. Cela faisait plusieurs mois qu'elle l'évitait, depuis ce qu'il s'était passé ce soir-là. Mais elle ne pourrait pas l'éviter indéfiniment, elle le savait bien, et il valait sûrement mieux qu'ils mettent les choses au clair entre quatre yeux avant de ne plus jamais parler de cette histoire.

— C'est d'accord, accepta-t-elle.

Ils prirent la direction du parking et arrivèrent devant la voiture de Nathan sans croiser personne. Léna s'installa dans le siège passager, Nathan derrière le volant. Il attacha sa ceinture et inséra la clé dans le contact. Mais il s'immobilisa avant de faire tourner le moteur.

— Il faut que l'on parle, dit-il calmement.

Léna ne répondit pas.

— Écoute, Léna. Depuis ce qu'il s'est passé, je n'ai pas eu une seule fois de tes nouvelles. Tu ne réponds plus à mes messages, tu ignores mes appels, tu ne viens plus chez nous pour boire un café. Je m'inquiète pour toi.

— Je vais bien, merci.

— Mais pas moi ! s'écria Nathan avec une rage soudaine. J'ai besoin que l'on parle de ce qu'il s'est passé, j'ai besoin que tu me donnes ton point de vue, j'ai besoin que l'on continue à discuter comme on le faisait avant !

Léna tourna les yeux vers Nathan. Voilà, c'était le moment qu'elle redoutait tant. Elle était fatiguée et n'avait aucune envie de reparler de ça maintenant. Mais il le fallait. Elle devait évoquer ce souvenir douloureux une dernière fois avant de le ranger dans les limbes de sa mémoire. Ce n'est qu'à ce moment-là qu'elle pourrait se projeter vers l'avenir. Un avenir qui semblait, enfin, lui tendre les bras : elle allait construire une famille avec Marc. Cette simple pensée suffit à la remplir de bonheur. Qui sait, avec un peu de chance elle finirait même par oublier ce qu'il s'était passé ce soir-là. Mais pour cela, il fallait d'abord qu'elle affronte Nathan. Qu'elle gagne ce dernier combat avant de quitter l'arène.

— Tu veux parler de ce qu'il s'est passé, hein ? lança-t-elle sur un ton de défi. Eh bien d'accord, parlons-en. Que veux-tu me dire, Nathan ?

— Je regrette, Léna, dit-il d'une voix agitée. Terriblement. Je pourrais nous chercher des excuses en disant que mon couple allait mal, que tu avais été bouleversée par la découverte de Salazar et que tu avais essayé d'en parler avec Marc mais qu'il était trop occupé à préparer son projet pour la cérémonie du Golden Compass. Oui, je pourrais dire que tu t'es tournée vers moi et non vers Colleen car tu cherchais une figure paternelle, car tu voulais affronter cette épreuve avec un homme. Oui, je pourrais dire qu'un concours de circonstances nous a amené à jouer avec le feu, et que nous avons fini par nous brûler. Mais la vérité, Léna, c'est que je suis amoureux de toi. Depuis le premier jour où je t'ai vue. Je pense à toi jour et nuit. Quand tu es là, je me sens bien. Quand tu n'es pas là, je suis misérable. J'ai tenté de voir un psy pour mieux contrôler mes émotions, mais en vain. Je suis attiré par toi, encore et toujours, et il n'y a rien que je puisse y faire. Je regrette donc ce qu'il s'est passé, Léna, non pas parce que c'était une erreur qu'il faut oublier, mais parce que j'ai goûté à ce que je désirais le plus au monde, et que désormais je ne peux plus imaginer ma vie sans toi. Malgré Colleen, malgré Marc, malgré mon futur enfant. Malgré tout le bon sens et la raison. Je suis fou de toi et je te veux.

Léna resta silencieuse un long moment, sans décoller son regard des yeux brillants de Nathan. Puis elle ouvrit la bouche, et les mots qui en jaillirent eurent l'effet d'une bombe :

— Est-ce que tu te rends seulement compte que tu m'as violée, Nathan ?

Le visage de Nathan se décomposa et il lui fallut plusieurs secondes avant de retrouver ses esprits.

— Allons Léna, fais attention aux mots que tu emploies !

— Contrairement à toi, je fais très attention à mes mots. Et si tu ne veux pas les entendre, je te les répète : tu m'as violée.

— Je t'en prie, arrête de dire des bêtises ! Nous le voulions tous les deux, et tu le sais pertinemment. Sinon, pourquoi se serait-on autant rapprochés ces derniers mois, hein ? Pourquoi te serais-tu confiée à moi au sujet de Salazar, et pas à Marc ? Pourquoi se serait-on retrouvés chez moi, quand ma femme n'était pas là ? Pourquoi aurait-on été aussi complices toute la soirée ? Pourquoi m'aurais-tu regardé de cette manière si tu n'en avais pas envie ?

— Tais-toi, Nathan, tu me dégoûtes.

— Je n'avais pas la sensation de te dégoûter ce soir-là.

Léna lui décocha une gifle à la vitesse de l'éclair. Nathan sentit sa joue s'embraser mais l'encaissa sans rien dire.

— Je croyais voir en toi un ami et tu m'as trahie, dit Léna. Je t'ai dévoilé mes secrets les plus sombres pour ne pas y mêler Marc, car il avait besoin de concentrer toute son énergie sur cette cérémonie. J'ai rouvert des blessures du passé en pensant que tu allais m'aider à les soigner, mais toi, tu as utilisé ma faiblesse du moment pour commettre un acte odieux. Je ne te pardonnerai jamais. *Jamais.*

— Ah oui, vraiment ? Laisse-moi te poser une question, Léna : si c'était à ce point odieux, pourquoi n'es-tu pas encore allée voir les flics ?

Léna resta silencieuse. Nathan esquissa un sourire et ajouta :

— C'est bien ce qu'il me semblait. Je vais te dire ce que j'en pense, moi : tu n'as rien dit parce que tu en avais envie. Et tu as honte d'avoir ressenti ça pour moi. Mais la réalité c'est que tu commences à te poser des questions sur ton couple. Je ne suis pas stupide, Léna, j'ai bien vu comment tu t'es comportée avec Marc ce soir. Il ne faut pas être un génie pour s'apercevoir qu'il y a un problème entre vous.

Pendant un instant, la main de Léna lâcha la poignée de la porte. Nathan crut avoir trouvé les mots justes, comme il l'avait si souvent fait dans son travail, et s'en félicita intérieurement. Mais lorsqu'elle rouvrit la bouche, ce fut un second coup de poing qu'elle lui asséna en pleine figure.

— Tu veux savoir pourquoi j'étais bizarre aujourd'hui ? Depuis quatre mois, je vis avec la douleur de cette soirée, la culpabilité de cet acte dont j'ai été victime. Je t'ai évité consciencieusement pour ne pas sentir ton regard, ta présence et tout ce qui pourrait me faire revivre ce moment, de près ou de loin. Il n'y a pas un jour qui passe sans que je souhaite te dire tout le mal que tu m'as fait, et tout raconter aux autres. Libérer ma parole pour avancer, enfin. Mais depuis quatre mois, je me persuade de ne pas le faire pour préserver Marc. Au-delà du concours, je craignais qu'il ne se rejette la faute dessus et que cela ne vienne tout changer entre nous. Je me suis murée dans le silence en me disant que je finirais bien par oublier. Mais le poids n'a fait que s'accentuer sur mes épaules, jusqu'à devenir trop lourd pour moi. Et aujourd'hui, juste avant la cérémonie, j'ai décidé de tout raconter à un ami. Il est devenu furieux. Il m'a dit que j'aurais dû porter plainte à la police, que les salauds dans ton genre ne pouvaient pas s'en sortir comme ça. Je lui ai expliqué mes raisons mais il n'a rien voulu savoir, et nous avons eu notre première dispute. Il m'aura fallu te voir faire tes cris et tes danses ridicules au moment où Colleen a annoncé que vous attendiez un enfant pour comprendre que l'heure était venue. Je ne peux plus continuer à vivre comme ça, je dois me libérer de mon fardeau. Pour moi, mais aussi pour Marc, pour Colleen et les autres. Ils doivent savoir ce que tu m'as fait et qui tu es vraiment. J'ai été incapable de le dire à Marc ce soir car j'ai vu tout le bonheur au fond de ses yeux, toute la joie d'avoir gagné ce trophée. Mais demain, c'est terminé. Demain, je dis tout à Marc et aux autres.

Le visage de Nathan blêmit à la lueur de la lampe intérieure.

— Tu plaisantes, j'espère ?

— Je suis parfaitement sérieuse.

— Mais tu étais consentante, voyons !

— C'est ce que te fait croire ta fierté masculine. Mais je t'ai dit non. Et quand une femme dit non, Nathan, c'est non.

— Arrête un peu avec tes leçons de morale. Je sais ce que je vois quand je le vois.

— Tu es désespérant. Pauvre Colleen…

De nouveau, Léna tenta d'ouvrir la porte de la voiture. Mais en vain. Elle repéra le bouton qui permettait de désactiver la sécurité, mais Nathan s'approcha d'elle avant qu'elle ne puisse appuyer dessus. Elle vit des flammes jaillir au fond de ses yeux.

— Tu veux parler de Colleen ? rugit-il. Eh bien parlons-en, de Colleen ! Tu réalises à quel point tous tes mensonges vont la détruire ? Et je n'ose même pas imaginer Marc !

— Ta femme est forte, Nathan. Beaucoup plus que tu ne le crois. Je sais qu'elle comprendra ma décision. Quant à Marc, ça risque de l'anéantir momentanément, mais lui aussi, il finira par comprendre. J'en suis persuadée.

— Et moi, dans tout ça ? Hein, tu as pensé à moi ? Ton petit manège ridicule va me coûter ma carrière !

— Je m'en fiche de ta carrière, Nathan !

— Tu as perdu la tête, Léna. Tout simplement perdu la tête. Ce que tu fais est cruel et irresponsable. Tu agis sans te rendre compte des conséquences sur notre avenir à tous.

— Notre avenir à tous ?

Soudain, l'attitude de Léna changea. Ses traits s'adoucirent et elle esquissa un sourire en direction de Nathan, en même temps qu'elle passait une main sur son ventre.

— J'ai confiance en l'avenir, dit-elle. Et tu sais pourquoi ? Parce que cette épreuve m'aura permis d'éloigner les derniers doutes que j'avais sur mon couple. Tu as raison, nous avons vécu des mois difficiles, mais c'est désormais terminé. Grâce à toi, j'ai compris que je suis infiniment amoureuse de Marc. Que j'ai *toujours* été amoureuse de Marc. C'est avec lui que je veux faire ma vie et personne d'autre. Et quand je me serai libérée de mon fardeau, plus rien ne nous empêchera d'être heureux. Nous allons construire un bel avenir tous les deux tandis que toi, tu n'as pas d'avenir.

Elle attendit quelques secondes avant de conclure :

— Adieu, Nathan.

Elle appuya sur le bouton qui désactivait la sécurité de la voiture et ouvrit la porte. Nathan la regarda faire sans un geste, cloué par les mots qu'il venait d'entendre. Il y avait d'abord ces accusations de viol : même s'il était persuadé que Léna avait inventé cette histoire de toute pièce, c'était une menace énorme pour le reste de sa carrière si cela venait à s'ébruiter. Il ne pouvait pas risquer de tout perdre maintenant alors qu'il avait travaillé si dur pour en arriver là. Mais surtout, elle le quittait. Cette femme qu'il avait tant désirée, tant aimée d'un amour impossible, lui filait entre les doigts. Alors qu'elle était faite pour lui, Nathan Vuillemin, et personne d'autre. Il leva les yeux vers cette silhouette qui partait loin, très loin. Et soudain, son sang ne fit qu'un tour.

Il bondit hors de la voiture, aperçut une pierre qui se trouvait le long du mur du parking et rattrapa Léna d'un pas vif. Juste avant qu'elle ne se retourne, il la frappa à l'arrière de la tête avec une force démesurée. Léna s'écroula d'un seul coup à ses pieds. Cette fois-ci, elle était à lui, et à lui seul. La respiration haletante, Nathan l'observa allongée ainsi pendant une longue minute, avant de réaliser la violence de son geste. Il se précipita à ses côtés et la prit dans ses bras pour s'excuser, mais c'est à ce moment-là qu'il s'aperçut que du sang coulait de sa tête, à l'endroit où il l'avait frappée. Pris de panique, il se mit à la serrer de toutes ses forces, puis l'embrassa, lui dit des mots doux et l'embrassa encore pour essayer de la réanimer. Mais rien n'y faisait. Le visage de Léna était éteint, son corps était inerte, sa respiration avait disparu. Il était déjà trop tard.

Un bruit à l'autre bout du parking ramena Nathan à la réalité. Il avait brièvement perdu la notion du temps, tétanisé par ce qu'il venait de se passer, le corps inanimé de Léna toujours blotti contre le sien. Mais il ne pouvait pas rester là comme ça. Il lui fallait agir.

Avec un regain d'adrénaline, il vérifia que personne ne se trouvait à proximité de lui, puis il souleva le corps de Léna et l'amena jusqu'à sa voiture, où il le cacha dans le coffre. Du sang avait coulé sur l'inscription blanche *GO MARC* de son T-shirt, mais pas sur ses affaires en dessous. Il l'enleva et le mis sous la tête de Léna, avant de fermer la voiture à clé et d'aller retrouver les autres à la soirée.

À peine revenu dans la salle où se tenait le cocktail, Nathan vit Colleen s'approcher de lui. Suspectait-elle quelque chose ? Non, elle était simplement fatiguée et lui disait qu'elle allait rentrer. Il lui donna les clés de la voiture avec un pincement, mais en se rassurant sur le fait qu'il n'y avait aucune raison pour qu'elle ouvre le coffre — elle ne le faisait jamais. Elle l'embrassa et quitta le Palais des Congrès.

Nathan aperçut Aliénor, Marc et Darhys en plein milieu de la piste de danse, hilares. Ils lui adressèrent un signe pour qu'il vienne les rejoindre, mais Nathan en était incapable. Il déclina en affichant un sourire de façade, avant d'aller faire un tour pour retrouver ses esprits. Sur le chemin, il entendit des bruits suspects s'échapper d'une boutique de prêt-à-porter dont la porte était restée à demi ouverte. Il jeta un coup d'œil et y trouva Wallace, bien occupé avec la jeune architecte panaméenne qu'il avait rencontrée un peu plus tôt. Il s'éclipsa discrètement puis alla s'enfermer aux toilettes.

Ses mains tremblaient sans qu'il ne puisse les contrôler. Tout était similaire et en même temps, tout était différent. Il venait de tuer la source de tous ses désirs depuis plus de deux ans et le grand amour de son meilleur ami. Plus rien n'avait de sens. Et c'est justement à cette idée que le sang se remit à couler dans ses veines : il *devait* trouver un sens à cet acte fou. C'était la seule solution pour s'en sortir. Il repensa alors aux discussions qu'il avait eues avec Léna au sujet de l'homme qui avait tué ses parents quand elle n'avait que six ans, Max Salazar, et il décida que cet homme devait payer pour tout ce qu'il avait fait. Après tout, si Salazar n'avait pas refait surface dans la vie de Léna quatre mois plus tôt, cette dernière n'aurait pas été aussi bouleversée, elle ne se serait pas autant éloignée de Marc et toute cette histoire ne serait jamais arrivée. Oui, tout paraissait désormais clair dans son esprit : Salazar était le vrai responsable du meurtre de Léna. Pas lui, Nathan Vuillemin, qui n'avait été qu'une parenthèse du récit, mais bel et bien cet homme.

La suite vint comme un déclic : il allait faire croire que Léna avait tué Salazar avant de disparaître dans la nature pour ne pas être prise par la police. Il lui fallait donc tuer Salazar, cacher le corps de Léna, enlever toutes ses affaires de chez elle et écrire aux personnes qui comptaient le plus dans sa vie (Marc, son oncle et sa tante) pour expliquer son geste, avant qu'ils ne posent trop de questions à son sujet. Et comme tout le monde faisait la fête, c'était le moment idéal pour mettre son plan à exécution sans être vu.

Après avoir refait une brève apparition à la soirée pour être certain que l'on remarque sa présence, Nathan commanda un chauffeur privé à un prix exorbitant pour rentrer chez lui. Il ouvrit discrètement la porte, entendit que Colleen ronflait dans la chambre – elle avait tendance à ronfler depuis qu'elle était enceinte, elle qui était d'habitude si discrète – puis attrapa les clés de la voiture et fila au parking. Par chance, c'était l'endroit où ils stockaient leurs vieux K-way et leur collection de valises, héritées de la mère de Colleen. Il n'avait jamais aimé ces valises car elles étaient lourdes, vieilles et moches, mais elles feraient parfaitement l'affaire ici. Il les rangea les unes dans les autres comme des poupées russes afin de gagner de la place, puis les déposa sur le siège arrière de la voiture et fila jusqu'à chez Léna et Marc. Il prit les clés de leur appartement dans le sac à main de Léna et monta chez eux avec les valises. Il trouva toutes les affaires de Léna dans ses placards et remplit ses valises, qu'il alla déverser dans les poubelles des rues voisines. Deux allers-retours suffirent à tout vider.

Une fois cette étape réalisée, Nathan enfila un K-way et sa casquette avec les mots *GO MARC* pour aller se poster, malgré la pluie battante, devant le Harlem Café, le club de jazz privé qui se trouvait juste à côté de chez Marc et Léna. Il savait peu de choses sur l'homme qu'il pourchassait, si ce n'est qu'il avait des cheveux longs et grisonnants, une mâchoire carrée, et qu'il fréquentait ce bar depuis longtemps. Cette description que lui avait faite Léna était assez floue et il faisait nuit, mais Nathan allait devoir s'en contenter. Il jeta un coup d'œil à sa montre : cela faisait plus de trente minutes qu'il était parti et s'il restait trop longtemps dehors, son absence au Palais des Congrès allait finir par se faire remarquer. Il décida donc de rester cinq minutes de plus avant de s'en aller. Au pire des cas, il pourrait revenir enterrer Léna un peu plus tard et s'occuper de Salazar le lendemain. Les cinq minutes passèrent et Nathan était sur le point de partir lorsqu'il entendit le vigile du Harlem Café dire : « À la semaine prochaine, l'Albanais ! ». Nathan se retourna et découvrit que l'homme qui sortait du club correspondait à la description de Léna : cheveux longs et grisonnants, mâchoire carrée, habitué des lieux. Et Salazar, ça sonnait bien comme un nom albanais. Il lui fallait donc agir, et vite.

Nathan attendit que le vigile rentre à l'intérieur du club et que l'homme s'éloigne un peu dans la rue, puis il s'approcha à pas de loup et lui sauta à la gorge. À cet instant précis, une seule pensée motivait ses actes : éliminer cet homme qui était responsable de plusieurs morts et qui avait brisé la vie de la femme qu'il avait tant aimé. Il serra ses mains un peu plus fort autour de sa gorge et attendit qu'il ne bouge plus pour finalement relâcher son étreinte. Il venait de commettre un second meurtre. Mais celui-ci, c'était pour le bien de la communauté, et le repos éternel de Léna. *La fin justifie les moyens*, comme aurait dit Wallace.

À présent, il lui fallait réaliser l'étape la plus difficile : dire adieu à Léna. Cette simple pensée tétanisa Nathan, une fois de retour dans sa voiture, mais il était désormais trop tard pour faire demi-tour. À quel endroit l'enterrer ? Il pensa immédiatement à la place de l'arbre tordu qui se trouvait tout près et sur laquelle il y avait des travaux de végétalisation. C'était l'endroit idéal pour deux raisons : d'une part, il savait qu'il pourrait y trouver de quoi creuser car il avait commandité ce projet avec la Mairie du 14ᵉ arrondissement et il avait été sur les lieux pour le lancement des travaux. D'autre part, Léna aimait beaucoup cet endroit qu'elle considérait comme son petit havre de paix. Nathan n'hésita pas une seconde : il voulait que Léna repose ici pour l'éternité.

Toujours vêtu de son K-way et de sa casquette floquée *GO MARC*, il se rendit dans le square afin d'inspecter les lieux et vérifier qu'il puisse bien mettre son plan à exécution. Mais à peine arrivé, une voix l'interpella. Il se retourna par réflexe et aperçut Jojo, le SDF qui vivait ici et qui avait posé beaucoup de problèmes pour l'exécution du projet de végétalisation, marcher dans sa direction. Pris de panique, Nathan s'enfuit en courant avant que le SDF n'arrive à sa hauteur. Une fois à l'abri, il réfléchit à toute vitesse et estima qu'il valait mieux repartir au Palais des Congrès ; il reviendrait plus tard pour enterrer Léna, quand Jojo dormirait.

Il déposa sa voiture chez lui et revint en taxi à la soirée. Cela faisait un peu plus d'une heure qu'il était parti et il craignait que son absence n'ait été remarquée. Sur le parvis, il tomba sur Aliénor qui fumait une cigarette. Il lui fit un signe de main mais elle ne répondit pas ; à la place, elle manqua de tomber en allant jeter son mégot dans la poubelle la plus proche. Elle avait visiblement trop bu, ce qui était une occasion rêvée. Il alla la voir comme si de rien n'était, échangea quelques mots avec elle et la ramena à la soirée avec lui. Elle s'accrocha à son bras en articulant des remerciements confus, puis ils retrouvèrent Marc et Darhys sur la piste de danse, qui avaient été rejoints par Wallace et l'architecte panaméenne. Nathan balaya rapidement des yeux le visage de ses amis et n'y aperçut aucune trace d'inquiétude. Il pouvait donc souffler : son escapade était passée inaperçue.

À 4 heures du matin, Marc décida de mettre un terme à la soirée et les autres semblèrent d'accord avec cette décision. Marc prit le premier taxi, puis Wallace et l'architecte panaméenne prirent le second et Aliénor, Darhys et Nathan le dernier. Il fallait déposer Aliénor chez elle car elle n'était pas en état de se débrouiller seule, donc Darhys et Nathan avaient accepté de s'en occuper. Le taxi fit plusieurs pauses pour éviter un drame, ce qui rendit le trajet infiniment long. Lors de l'une d'elle, Nathan regarda sa montre et réalisa que Marc allait trouver son appartement vide, et il voulait à tout prix éviter qu'il ne se mette à paniquer et n'alerte la police sur la disparition de Léna car à cet instant, son corps se trouvait encore dans le coffre de sa voiture. Heureusement, il avait eu la lucidité de prendre le portable de Léna avec lui. Il rédigea en toute hâte un SMS qui ressemblait à un message de rupture et l'envoya à Marc, puis il fit de même avec son oncle, enregistré dans le répertoire à « Oncle Richard », en laissant sous-entendre qu'elle s'était vengée de Salazar et qu'elle devait disparaître pour ne pas être appréhendée par la police.

À 5 heures du matin, après avoir déposé Aliénor et Darhys chez eux, le taxi arriva enfin chez Nathan. Il le paya et alla récupérer sa voiture pour retourner sur la place de l'arbre tordu. Sur le chemin, il croisa un convoi de la police qui allait dans la direction opposée. Dans l'une des voitures, il reconnut le visage de Jojo. Cela signifiait probablement qu'il avait découvert le corps de Salazar et que la police l'embarquait au commissariat pour l'interroger. Nathan s'inquiéta : et si Jojo l'avait reconnu quand ils s'étaient croisés quelques heures plus tôt ? Non, c'était impossible : il faisait noir et il avait sa casquette sur la tête. En revanche, son absence était une opportunité en or : il allait avoir le champ libre pour enterrer Léna.

Nathan se gara à proximité de la place de l'arbre tordu et éteignit ses phares. Il n'y avait personne à l'horizon, et pas un bruit dehors. Il se dirigea vers la zone où il y avait les travaux de végétalisation, y trouva une pelle et se mit à creuser comme un dément. La pluie avait rendu la terre molle, donc il réussit à réaliser son affaire assez rapidement. Une fois terminé, il sortit Léna du coffre de sa voiture et la déposa le plus doucement possible au fond du trou. Il regarda une dernière fois ce visage parfait puis l'embrassa avec tendresse, avant de se relever et de la recouvrir de terre.

Au loin, les premières lueurs du jour faisaient leur apparition et Nathan venait de dire adieu à une partie de sa vie.

23.

La vérité, rien que la vérité

"Fini ? Oh mais non, cela ne fait que
commencer."

– Marc

Vendredi 23 novembre 2018

Nathan avait longtemps résisté face à Parega, mais il avait
fini par craquer – le petit carnet trouvé dans son garage avait
eu raison de lui, au moment où Parega avait menacé de le montrer à sa femme. Nathan s'était alors effondré et l'avait supplié
de ne pas le faire. En contrepartie, il avait accepté de parler.

Il avait raconté le déroulement de la soirée du 20 juin 2015,
pendant laquelle il avait assassiné Léna Monacello et Jorik
Berisha. La première par amour, le second par erreur. Pendant
toutes ses explications, Nathan était resté calme. Il avait pris le
temps de faire des pauses et d'entrer dans les moindres détails,
afin que Parega puisse bien comprendre tout ce qu'il s'était
passé. Mais surtout, il n'avait cessé de remettre la faute sur
Salazar. Comme si, après toutes ces années, il avait fini par se
convaincre que ce n'était pas lui, Nathan Vuillemin, mais cet
homme le vrai coupable de ce meurtre.

À l'issue de son récit, Parega lui demanda :

— Pourquoi Jojo ?

— Une victime collatérale, répondit Nathan. Au mois de juillet dernier, il s'est présenté à la Mairie un dimanche matin en me réclamant. Le service de sécurité l'a éconduit, mais ils m'ont quand même appelé pour me prévenir. Je suis passé les voir et ils m'ont raconté le contenu de la conversation, en particulier le fait que Jojo mentionne à plusieurs reprises la place de l'arbre tordu. Je n'ai pas voulu prendre de risque et j'ai décidé d'aller le voir le soir même. Colleen était de garde et je devais rester avec Tom. Comme ses dernières nuits avaient été agitées, j'ai décidé de lui donner un petit calmant avant qu'il aille se coucher, ce qui lui a permis de dormir d'un sommeil de plomb et de me libérer pour une heure. Lorsqu'il m'a vu arriver, Jojo s'est levé et m'a dit : « Je t'ai reconnu, mon p'tit gars. Il y a trois ans, c'est toi qui traînais près de ma cabane, hein ? Et juste après t'avoir vu, j'ai retrouvé un type raide mort, en plein milieu de la rue. J'suis peut-être pas le couteau le plus affûté du tiroir, mais il va quand même falloir que tu m'expliques ça, mon p'tit gars ». Je n'ai aucune idée de la manière dont il m'a reconnu, mais je ne pouvais pas risquer de tout perdre pour un SDF qui avait eu une illumination divine. Mon couple allait mieux, j'avais désormais un fils et Marc semblait enfin avoir retrouvé le goût de la vie. Je n'avais pas le choix, il fallait que j'agisse.

— Vous ne vouliez pas risquer de tout perdre pour un sans-abri, mais vous avez gardé ce carnet chez vous.

— Il faut que vous compreniez quelque chose, lieutenant. Ce carnet, c'est le dernier souvenir qu'il me reste de Léna. M'en débarrasser revenait à définitivement l'effacer, à la ranger pour toujours dans une case du passé. Et ça, je ne pouvais pas m'y résoudre.

Un sourire nostalgique apparut sur le visage de Nathan. Parega ne témoigna aucune émotion à cet égard.

— Et la carte postale du Japon ? Pourquoi ?

— Cette carte, c'est vous qui m'avez forcé à l'envoyer. Suite à la mort de Jojo et la découverte de cette foutue casquette, vous vous êtes mis en tête que Marc et Léna étaient impliqués. C'était la dernière chose que je voulais : agiter les fantômes du passé devant mon meilleur ami et rouvrir la question de la disparition de Léna. Il me fallait éloigner les soupçons d'elle pour faire penser que Jojo avait été tué dans une bagarre de rue. J'ai eu l'idée de la carte postale au moment de partir aux Maldives, cet été. J'ai emporté une lettre que Léna nous avait envoyée de la Nouvelle-Orléans pour pouvoir mieux imiter son écriture, puis j'ai trouvé une carte postale du Japon à l'aéroport et le tour était joué.

— Mais Leclerc est tombé dessus chez les Beauchemin.

— Oui, sourit-il, j'avoue que je ne m'attendais pas à ça. Sacré Marc, il me surprendra toujours !

Parega marqua une légère pause avant de reprendre :

— Quand avez-vous su que Salazar était toujours en vie ?

— Cette année, au début du mois de septembre. Marc nous a raconté ses vacances et sa rencontre avec Salazar au Harlem Café. C'est comme ça que j'ai compris que cette ordure courait toujours dans la nature.

— Et que vous aviez tué un innocent à sa place. Mais puisque « la mort de Léna devait avoir un sens », vous avez agressé le commissaire Bozillon et vous avez donné le signalement de Salazar pour le faire accuser. Mais il s'était suicidé chez lui une semaine plus tôt, ce qui vous condamnait.

Nathan ne répondit pas immédiatement. Il commença par ouvrir de grands yeux, puis son visage se referma et une veine apparut sur sa tempe, preuve qu'il était plongé dans une intense réflexion. Il finit par dire d'une voix faible :

— Le commissaire Bozillon n'est pas mort ?

— Non, état stable. Il devrait se réveiller bientôt.

Nathan hocha lentement la tête et déclara avec calme :

— J'avoue tout. Léna, Jojo, l'homme du Harlem Café et… l'agression du commissaire Bozillon. C'était moi.

Parega nota ces derniers points sur son carnet puis quitta la pièce pour aller passer un coup de téléphone. Lorsqu'il revint dans la salle, il était accompagné de deux hommes. Ils détachèrent les menottes de Nathan qui étaient fixées à la table devant lui et le firent se lever.

— Nathan Vuillemin, dit Parega de sa voix grave, vous êtes en état d'arrestation pour triple homicide volontaire et tentative de meurtre sur un haut fonctionnaire de la police. Nous allons vous remettre au juge d'instruction afin qu'il statue sur votre sort. Souhaitez-vous dire un dernier mot avant que nous ne terminions cet entretien ?

— Oui, si vous le permettez. J'ai honoré ma part du contrat en avouant tout. Je vous demande à présent d'honorer la vôtre en préservant Colleen et Tom. Et si vous voyez Marc, dites-lui que je suis sincèrement désolé. J'aimais Léna autant que j'aime ma femme et mon fils. Je n'ai jamais voulu que tout cela arrive.

— Au-revoir, monsieur Vuillemin.

*

Colleen était assise en face de moi, de l'autre côté de la vitre sans tain. Son visage était épuisé et son regard vide. Parega venait de me rejoindre après l'interrogatoire de Nathan.

— Nous avons tout ce qu'il faut, Leclerc.

— En effet, dis-je sans quitter Colleen des yeux. Vous avez mené cet interrogatoire comme un chef. Je vous remercie, Parega.

— Vous tenez toujours à interroger madame Vuillemin ?

— Oui.

— Ce n'est plus nécessaire à ce stade.

— Pour moi, ça l'est. Vous avez votre coupable, j'ai besoin de mes explications. Mais il faut que ça se passe comme on l'avait dit.

Il regarda sa montre.

— D'accord, Leclerc. Vous avez dix minutes, pas une de plus. Ensuite, je rallume les caméras.

*

J'ouvris la porte et pris place dans la chaise qui se trouvait en face de Colleen. Elle tourna machinalement ses yeux vers moi et ses traits s'animèrent d'un seul coup.

— Marc ! s'écria-t-elle.

— Bonjour, Colleen, dis-je doucement.

— Oh, je suis si contente de voir une tête connue ! Tu as une idée de ce qu'il se passe ? La police m'est tombée dessus juste après avoir déposé Tom à la crèche et ils m'ont emmenée ici sans rien vouloir me dire.

— En effet, c'est moi qui leur ai demandé de le faire.

Son sourire s'effaça.

— Que se passe-t-il, Marc ?

— Je pense que tu sais très bien ce qu'il se passe.

— Non, pas du tout.

— Comme tu voudras. Nous savons que c'est toi qui as agressé le commissaire Bozillon à coups de couteau, samedi dernier.

Le visage de Colleen se figea.

— Je te demande pardon ?

— Oui, Colleen, et nous avons des preuves. Mais ce n'est pas la raison pour laquelle je suis ici. Tu vois la caméra qui se trouve derrière toi ? Elle est éteinte. Dans dix minutes, les hommes de la police viendront t'interroger et tu pourras leur dire ce que tu veux. Mais avant cela, je souhaite savoir. Que disaient les résultats des tests ADN ?

Elle commença par me défier du regard, droite et fière, pour comprendre si je disais la vérité. Voyant que je ne cillais pas, elle sembla avoir une hésitation. Elle lança un coup d'œil furtif par-dessus son épaule et constata que le bouton rouge de la caméra ne clignotait pas. Elle reporta son attention sur moi, et c'est à ce moment-là qu'elle saisit que tout était terminé. Elle avait joué, mais elle avait perdu. Il n'y avait plus d'espoir.

Elle me sourit tristement.

— C'était bien toi, Marc, le père de l'enfant.

Je m'attendais à accueillir cette nouvelle avec soulagement, mais ce fut un profond sentiment de colère qui m'envahit.

Quel immense gâchis. Si seulement je n'avais pas été autant obnubilé par ce concours, si seulement j'avais été plus présent avec Léna lors de nos derniers mois ensemble, si seulement elle m'avait parlé de ce qu'il lui était arrivé, si seulement nous pouvions revenir en arrière… Mais il était vain de remuer le passé.

Je me levai pour prendre la direction de la porte quand Colleen m'interpella d'un air étonné :

— C'est déjà fini ?

— Fini ? répétai-je en me retournant vers elle. Oh mais non, cela ne fait que commencer. Un peu plus tôt, Nathan a avoué avoir tué Léna, Jojo et un homme du nom de Berisha, en pensant qu'il s'agissait de Salazar. Il risque au minimum trente ans de prison.

Le visage de Colleen se décomposa sous mes yeux.

— Mais… Je ne comprends pas… Si ce n'est pas lui le père de l'enfant, alors pourquoi…

— Je te laisserai lui poser la question quand tu iras lui rendre visite derrière les barreaux. Il a également avoué avoir agressé le commissaire Bozillon samedi dernier.

— Nathan a fait ça ?

— Oui, Colleen. Nathan est tout sauf stupide. Il a compris que c'était toi qui étais derrière cette attaque et il a voulu te protéger, ainsi que Tom. Je te donne un conseil : colle à cette version lorsque la police viendra t'interroger. Il est inutile que cette affaire fasse plus de dégâts qu'elle n'en a déjà fait jusquelà. Nathan est coupable, il a avoué, et toi tu peux vivre ta vie et voir grandir ton fils. Tu as une carte chance dans tes mains, utilise-la.

— Mais… Par rapport à Léna…

— Par rapport à Léna ? Eh bien disons que contrairement à toi, je n'ai pas eu cette même carte chance dans les mains. On m'a privé d'elle et désormais, je n'ai plus que mes yeux pour pleurer.

24.

Derniers détails

"Donc toute cette affaire est arrivée à cause
d'une simple coïncidence ?"

– Bozillon

Mardi 4 décembre 2018

— Leclerc, dit Bozillon en raffermissant le coussin dans son
dos, racontez-moi comment vous en êtes arrivé à la conclusion
que Nathan Vuillemin était le coupable. Oscar et moi avions
également des doutes sur lui, mais impossible de le coincer.

Quelques jours seulement après l'arrestation de Nathan,
Parega m'avait appelé pour me donner la bonne nouvelle : le
commissaire Bozillon venait de se réveiller. Il était encore assez
faible et devait rester en observation pendant une semaine,
mais il ne présentait plus que de légères séquelles et les visites
étaient désormais autorisées. J'avais retrouvé Parega au commissariat et nous nous étions rendus ensemble à l'hôpital.

— Les valises, commissaire. C'était la clé de l'énigme.

— Il va falloir que vous soyez plus explicite, Leclerc. Mon
cerveau fonctionne encore au ralenti.

Je pris place dans la chaise qui se trouvait à côté de son lit.

— C'était un point qui ne cessait de me tracasser depuis le
début, expliquai-je. Comment le meurtrier avait-il réussi à
vider les placards de Léna aussi rapidement ? Elle avait beau-

coup d'affaires, et il lui aurait fallu un temps infini pour tout enlever à la main ; temps qu'il n'avait pas. Le déclic a eu lieu lorsque Maggy m'a incité à faire mes valises et partir à la mer. En utilisant des valises, il était en effet *possible* que le meurtrier ait vidé ses placards à toute vitesse. Mais ce n'était pas tout. Cette anecdote m'a rappelé une dispute qui a eu lieu entre Nathan et Colleen l'été dernier : Nathan avait jeté leurs anciennes valises pour en acheter des nouvelles, ce qui avait mis Colleen hors d'elle car c'était un cadeau de mariage de sa mère. Une discussion anodine, en apparence. Mais quand on y réfléchit bien, pourquoi vouloir se débarrasser de valises lorsque celles-ci fonctionnent et qu'elles ont une valeur sentimentale pour sa femme ? La démarche logique aurait été au moins de lui en parler avant. Mais non, Nathan avait tout fait de son propre gré. Et puis j'ai réalisé que cette dispute avait eu lieu juste avant leur départ aux Maldives, mi-juillet. Soit quelques jours seulement après la parution du numéro d'*Architectural Talents* dont l'une des pages a été retrouvée dans la main de Jojo le soir de sa mort. Et c'est là que les morceaux se sont assemblés : Jojo avait reconnu Nathan dans l'article d'*Architectural Talents* comme l'individu qu'il avait croisé le soir de la mort de Berisha, sur la place de l'arbre tordu. Jojo est allé confronter Nathan à la Mairie et, même s'il a réussi à l'éviter avec son service de sécurité, Nathan a fait le lien avec la mort de Léna. Il s'est donc empressé de jeter les valises avec lesquelles il avait vidé les placards de Léna et qui pouvaient encore contenir des traces de son ADN, puis il est allé assassiner Jojo.

— Tous ces efforts pour ensuite garder un carnet qui l'incriminait directement...

— Cela n'a pas de sens pour nous, mais j'imagine que cela en avait pour Nathan. Ce carnet était sa thérapie pour Léna. En le conservant, il se remémorait leurs souvenirs heureux et effaçait, d'une certaine manière, tout le mal qu'il lui avait fait ensuite.

— Sûrement, oui… En tout cas, il nous aura permis de le faire parler. En revanche, il y a toujours des points qui sont flous pour moi sur le déroulé des faits.

— Je vous écoute, commissaire.

— Vous avez parlé du temps. Malgré le coup des valises, Je ne comprends toujours pas comment Nathan Vuillemin a fait pour quitter le Palais des Congrès, aller chercher des valises chez lui, tuer Léna, vider ses placards, l'enterrer, tuer Berisha et enfin revenir à la soirée sans être remarqué. Sans oublier qu'il pleuvait dru, donc il a dû repasser chez lui pour se changer avant de revenir à la soirée, car il devait être plein de boue. Il était impossible de faire tout cela en moins de deux heures.

— Effectivement, il fallait bien deux heures pour réaliser tout cela. Mais deux, c'est aussi un plus un.

Bozillon fit une grimace.

— Merci pour le cours de mathématiques avancées, Leclerc. Mon cerveau fonctionne au ralenti, mais je ne suis pas au point mort non plus.

— Je n'en doute pas, souris-je. Laissez-moi donc vous le dire différemment : ces actions ont bien eu lieu, mais *séparément* les unes des autres. C'est de cette manière que son absence est passée inaperçue. Un : Nathan tue Léna dans le parking du Palais des Congrès, puis il repasse à la soirée pour se faire remarquer. Il part ensuite avec sa voiture pour prendre ses valises chez lui, vider les placards de Léna, tuer Berisha et revenir à la soirée. Inutile de se changer car il n'avait pas encore mis les pieds dans la boue et car il avait pris un K-way pour la pluie. Deux : à la fin de la soirée, Nathan quitte définitivement le Palais des Congrès et rentre chez lui, puis il récupère sa voiture et va enterrer le corps de Léna sur la place de l'arbre tordu.

Les yeux du commissaire s'embrasèrent d'une couleur que je ne lui connaissais pas.

— Brillant, Leclerc, tout simplement brillant ! Comment avons-nous fait pour passer à côté de cette possibilité ?

— Nous avons été aveuglés par la déclaration de Jojo, qui avait vu un individu traîner sur la place de l'arbre tordu à 2 heures 30 du matin. Il s'agissait bien du meurtrier comme nous le pensions, mais là où nous imaginions qu'il venait d'enterrer Léna, il procédait en fait à un tour de reconnaissance *avant* de l'enterrer. Vérifier que s'il le faisait à cet endroit, ça passerait inaperçu.

— Cela explique donc deux de mes trois points : la pluie et le temps d'agir. À présent, qu'en est-il du meurtre de Berisha ? Comment avez-vous fait le lien ?

— En rendant visite à sa femme. Une vieille dame éminemment sympathique, qui m'a confirmé que son mari entretenait de très bonnes relations avec Léna. Au détour de notre conversation, j'ai découvert une vieille photo de lui au Harlem Café et j'ai été frappé par sa ressemblance avec Salazar. Des cheveux longs et grisonnants, une mâchoire carrée. Alors je me suis demandé si ça ne pouvait pas être Salazar qui avait été visé ce soir-là, et non Berisha. Et là encore, tout collait. Si Salazar était assassiné, cela donnait une explication à la disparition de Léna : l'histoire de la jeune fille qui se venge de la mort de ses parents vingt ans plus tard et qui prend la fuite pour ne pas être arrêtée par la police, c'était crédible. Nathan savait qui était cet homme, Léna le lui avait décrit, et c'est ce qui lui a donné cette idée. En revanche, il ne l'avait jamais vu en vrai. Pris par le temps, il a tué un homme qui lui ressemblait. Mais il s'est trompé.

— Mais Salazar a quand même fini par trouver la mort… Oscar m'a dit que vous ne croyiez pas à son suicide ?

— Je pense raisonnablement qu'aucun de nous ici ne croit à son suicide. Cet homme était une véritable ordure et il n'a jamais éprouvé l'ombre d'un regret par le passé lorsqu'il a causé la mort de plusieurs personnes.

— Mais alors, qui l'a tué ?

— Je dirais sans trop m'avancer qu'il s'agit à nouveau de Nathan. Dans sa déclaration, il n'a fait qu'insister sur le sens que devait avoir la disparition de Léna. Cela lui permettait de se déculpabiliser et d'accepter le geste qu'il avait commis. Ce sens, c'était selon lui la mort de Salazar. Il n'a pas pu supporter de découvrir qu'il s'était trompé de personne et que Salazar était encore en vie, car cela remettait en cause tous les mensonges derrière lesquels il s'était caché. Il a donc mis en scène le suicide de Salazar, en ajoutant ce mot pour se protéger par la même occasion.

Bozillon inclina plusieurs fois la tête d'un air appréciateur.

— C'est de cette manière que vous avez découvert que ce n'était pas lui qui m'avait agressé en pleine rue, n'est-ce pas ? Il n'aurait pas cherché à faire porter le chapeau à Salazar s'il venait de mettre en scène son suicide.

— Cela venait en effet confirmer ma théorie sur la psychologie des personnages – vous savez, commissaire, celle qui vous est si chère. Le meurtre de Léna, la disparition de ses affaires, les SMS, la carte postale, le meurtre de Berisha, le meurtre de Jojo… Tout depuis le début était parfaitement orchestré. Nous avions affaire à quelqu'un de méthodique qui ne laissait rien au hasard. Tout l'inverse de ce qu'il s'est passé avec vous : une agression en pleine rue de bon matin, le signalement d'un homme qui ressemblerait à Salazar alors que celui-ci était déjà mort… C'était un travail bâclé, grossier. J'en ai donc déduit que la personne qui vous avait agressé n'était pas le meurtrier de Léna.

— Mais comment diable avez-vous fait le lien avec Colleen Vuillemin ?

— La question était : qui voulait désespérément connaître les résultats des tests ADN au point de vous attaquer et les voler, sachant qu'ils finiraient quand même par arriver tôt ou tard ? C'est là où j'ai compris que le mobile de cette agression n'était pas de protéger l'identité du meurtrier de Léna, mais simplement de *savoir*. Savoir avant tout le monde qui était le père de cet enfant. Lequel des suspects était prêt à s'en prendre à un commissaire de la police pour savoir ? Seule Colleen correspondait à ce profil : elle voulait savoir si Nathan, l'homme de sa vie, l'avait trompée et mis enceinte Léna.

— Je ne comprends pas : pourquoi ce doute soudain envers son mari ?

— J'ai la conviction que Colleen a toujours eu des doutes sur Nathan au sujet de Léna. C'était peut-être une phrase anodine, une manière de se comporter, un regard… Elle connaissait son mari mieux que personne. Pour autant, elle n'a jamais voulu admettre ses doutes et elle a décidé de les enfouir le plus profondément possible. Jusqu'au jour où Léna a été retrouvée dans ce parc et que vous avez commencé vos interrogatoires. Elle a compris que le coupable faisait partie de son cercle proche et que le bébé était peut-être le mobile. Ses doutes ont alors ressurgi et l'ont frappée de plein fouet, à lui en faire perdre la raison. Comme bien souvent, c'est quand on a enfoui quelque chose très profond qu'il en ressort avec le plus de violence.

— Mais comment a-t-elle su que les résultats des tests ADN étaient arrivés ce jour-là ?

— N'oubliez pas que Colleen travaille dans le secteur médical. J'imagine qu'elle a réussi à trouver une ancienne collègue ou connaissance de la fac qui est désormais à la police scientifique et elle lui a demandé de la prévenir aussitôt que les tests étaient disponibles.

— Évidemment, j'aurais dû y penser… Vous avez vu juste, Leclerc. En sortant du laboratoire, je suis tombé sur madame

Vuillemin qui était extrêmement agitée. Sous prétexte de vouloir vous protéger, elle a insisté pour savoir qui était le père de l'enfant de Léna et elle est devenue hystérique lorsque je lui ai dit que ces éléments étaient confidentiels. La dernière chose dont je me souviens est de la voir prendre un couteau dans son sac et de me sauter dessus.

— Qu'allez-vous faire par rapport à elle ?

— Je dirai que je n'ai pas vu le visage de mon agresseur.

— Vraiment, commissaire ?

Il poussa un long soupir.

— Vous savez, Leclerc, j'ai longuement discuté avec ma femme et j'ai compris que tout n'était pas aussi simple qu'on pourrait le croire. Comme vous l'avez dit, si madame Vuillemin en était venue à commettre cet acte désespéré, c'était à cause de son mari. Les doutes sur sa liaison avec Léna, puis ceux du meurtre. C'en était trop pour elle. Et il y a également l'avenir de ce jeune garçon qui est en jeu. Doit-on le priver de sa mère, alors que son père paie déjà pour tous les deux ? Un père qui n'a d'ailleurs pas hésité à le droguer pour aller tuer un homme. Je crois que la réponse est non. Ce garçon mérite un avenir heureux avec sa mère.

— Merci, commissaire. Pour Colleen et pour Tom.

— J'adresserai vos remerciements à ma femme. Elle en sera ravie.

Je lui souris. Il se tourna vers la pendule qui était suspendue sur le mur en face du lit.

— Ma fille va arriver d'une minute à l'autre et je ne veux pas abuser de votre temps, Leclerc, mais il y a encore deux choses que j'aimerais savoir.

— Je vous écoute.

— Comment est-ce que Jojo a fait pour reconnaître Nathan Vuillemin, trois ans après les faits ?

— La réponse était devant nous depuis le début, commissaire. Vous vous souvenez de la coupure de magazine que Jojo avait dans sa main lorsqu'il a été retrouvé mort ? Il s'agissait d'une page de l'article consacré à mon projet au Danemark, paru quelques jours avant son meurtre. Sur cette page, il y avait une photo où je posais avec mes amis à côté du trophée du Golden Compass.

— Je me souviens de cette photo, oui.

— Et de ce que portaient mes amis sur la photo ?

Un éclair illumina le visage de Bozillon.

— Le T-shirt et la casquette à votre effigie !

— Exactement. Jojo avait une très bonne mémoire visuelle, mais rien n'aurait pu l'amener à reconnaître ce visage qu'il avait aperçu quelques secondes dans la nuit. C'est la casquette avec l'inscription blanche *GO MARC* qu'il a reconnue. L'article donnait les noms des personnes présentes sur la photo avec moi et sans savoir exactement laquelle il avait croisé ce soir-là, je suis convaincu que Jojo a jeté son dévolu sur Nathan car il connaissait la place de l'arbre tordu pour y avoir mené le projet de végétalisation. Il est immédiatement allé le confronter à la Mairie et… vous connaissez la suite.

— Encore une histoire de casquette, grommela Bozillon. Ce qui m'amène à ma dernière question : comment la casquette de Léna s'est-elle retrouvée en la possession de Jojo depuis tout ce temps ?

— Parce que le soir du meurtre de Léna, Nathan avait jeté toutes ses affaires dans des poubelles autour de chez moi, et Jojo l'a trouvée dans l'une d'elle juste avant son départ forcé pour Montparnasse.

— Donc toute cette affaire est arrivée à cause d'une simple coïncidence ? releva-t-il avec effroi.

— Non, commissaire, je ne crois pas que cela soit dû au hasard. Il a peut-être fallu un petit coup de pouce du destin, mais je suis convaincu que l'oncle et la tante de Léna auraient fini par poser des questions au sujet de leur nièce, et que Nathan se serait trahi d'une manière ou d'une autre. Et puis, vous le savez bien : les coïncidences n'existent pas.

Pour la première fois, je vis Bozillon m'adresser un sourire franc et amical.

— Merci pour tout, Leclerc. Sans vous, je ne sais pas où nous en serions aujourd'hui. Je n'ai pas honte de dire que vous feriez un très bon enquêteur de police. Et…

— Oui, commissaire ?

— Je vous présente mes excuses pour votre mise à pied. Je sais que ce projet était important pour vous.

— Ne vous excusez pas. Au contraire, je crois que c'est moi qui dois vous remercier. Vous m'avez fait comprendre qu'il y a plus important que le travail dans la vie. Et vous m'avez aidé à écrire le dernier chapitre d'un livre, pour le refermer définitivement et passer au suivant. Je crois donc que nous sommes quittes.

Bozillon me tendit une main noueuse, que je serrai avec force. Il fit un signe de tête en direction de son adjoint et nous sortîmes pour le laisser seul.

Nous étions arrivés devant les ascenseurs quand Parega réalisa qu'il avait oublié de demander quelque chose à l'aide-soignante. Il s'éclipsa et je m'assis sur une chaise dans le couloir pour l'attendre.

En repensant à tout ce qu'il s'était passé depuis le mois de juin, je me mis à éprouver une curieuse sensation de légèreté. Comme si les nuages étaient passés et que j'avais décidé de poser la pierre que je traînais depuis si longtemps dans mon sac à dos.

Un imposant bouquet de lys s'arrêta sous mes yeux et je levai négligemment la tête vers la personne qui se trouvait derrière.

— Vanille ?! sursautai-je. Mais que faites-vous là ?

— C'est plutôt à moi de vous poser la question.

— Je suis venu voir le commissaire Bozillon. Il s'est réveillé il y a quelques jours et nous discutions ensemble de l'affaire.

— Je suis également venue voir le commissaire Bozillon.

— Ah bon ? Mais, pourquoi ?

— À votre avis, Marc ?

J'écarquillai les yeux et elle éclata de rire.

— Oui, dit-elle, c'est mon père.

— Mais comment est-ce possible ?

— Cela vous paraît si improbable ? Réfléchissez bien.

Je fronçai les sourcils avant que le déclic ne se fasse.

— C'est pour ça que vous avez été embarquée au commissariat le soir où je me suis battu avec Salazar au Harlem Café !

— Exactement. Après que ses hommes m'aient vu discuter avec vous, mon père m'a fait une sacrée leçon de morale. Il m'a défendu de vous approcher car vous étiez suspect dans une affaire de meurtre, donc potentiellement dangereux. Ce que j'avais pu éviter au Bistrot de la Place s'est produit au Harlem.

— Attendez un peu…

— Oui, Marc. Je n'avais pas eu d'empêchement personnel ce soir-là. Ne vous connaissant pas, j'étais arrivée en avance et vous avais observé depuis le café d'en face, pour voir si vous aviez une tête de méchant avant de me jeter dans la gueule du loup. Je m'étais convaincue que ce n'était pas le cas quand j'ai reconnu l'homme qui est entré juste après vous. Un flic en civil, fidèle à mon père. J'ai préféré m'éclipser pour nous éviter des problèmes.

— Le type au blouson de cuir…

Les dernières pièces du puzzle venaient de trouver leur place en s'imbriquant parfaitement les unes aux autres.

— Je note quand même que vous avez désobéi à votre père, puisque vous êtes venue me rendre visite chez moi quelques semaines seulement après l'altercation du Harlem Café.

— Je dois bien admettre que vous aviez piqué ma curiosité. J'ai repéré la voiture des hommes qui vous surveillaient et j'ai attendu le roulement entre deux équipes pour venir discrètement dans votre immeuble.

— Il y a vraiment un air de famille. Et moi qui pensais que vous étiez impliquée dans l'agression du commissaire Bozillon puisque vous aviez disparu de chez moi ce soir-là en laissant un mot mystérieux.

— J'ai reçu une avalanche de messages de ma mère et mes sœurs au petit matin, juste après l'agression. Je suis venue ici aussi vite que j'ai pu.

— Je comprends mieux pourquoi je n'ai pas eu de nouvelles de vous par la suite.

— Désolée, Marc. Mais j'aimerais que nous rattrapions le temps perdu.

— Maintenant que je sais que le commissaire Bozillon est votre père ?

— Sauf si cela vous pose un problème.

Je réfléchis une seconde avant de lui répondre :

— Je crois que je l'aime bien, en fait.

— Il vous aime bien aussi, Marc.

— Vraiment ?

— Oui, vraiment. Mais ne lui dites surtout pas que je vous en ai parlé, ça risquerait de le rendre bougon. Enfin, encore plus bougon que d'habitude.

J'éclatai de rire.

— Nous parlons bien de la même personne.

— Alors ? relança Vanille.

— C'est d'accord.

Un sourire radieux illumina son visage.

— Je file retrouver mon père, mais je vous appelle très vite. À bientôt, Marc.

Elle s'engouffra dans le couloir qui menait à la chambre de son père et disparut, en laissant derrière elle le parfum des lys. Parega réapparut une minute plus tard.

— Désolé, Leclerc. Vous êtes prêt ?

— Je n'ai jamais été aussi prêt.

Il me regarda sans comprendre et appuya sur le bouton de l'ascenseur.

25.

Souviens-toi demain

"La vie est plus forte que la mort, Marc.
La vie est plus forte que tout."

– Vanille

Samedi 8 décembre 2018

C'était une journée d'hiver, belle et froide.

Nous étions réunis dans le cimetière communal de la petite ville de la Sarthe dans laquelle avait grandi Léna, jusqu'à l'accident de ses parents. En dehors des employés des pompes funèbres qui restaient à l'écart pendant cet instant de recueillement, nous étions huit : Richard et Rosalie Beauchemin, Charlie Stendhal, le barman du Harlem Café, Félix Bouchard, le premier professeur de saxophone de Léna, Aliénor, Wallace, Darhys et moi. D'autres avaient voulu faire le déplacement comme le commissaire Bozillon, son adjoint Parega, des amis des Beauchemin et d'anciennes camarades du Conservatoire que Léna avait semble-t-il connue (je n'avais personnellement jamais entendu parler d'elles). Mais les Beauchemin avaient insisté pour que cette cérémonie ait lieu en comité réduit. C'était, selon eux, la manière dont Léna aurait aimé que cela se passe. Et je pense qu'ils avaient eu raison.

Au milieu des arbres sans feuille, la tombe des Monacello était simple mais élégante, décorée de plusieurs bouquets de fleurs de couleurs vives. En dessous des prénoms de Francesco et Sophie était désormais gravé celui de Léna, leur fille bien aimée. Ces quatre lettres brillaient dans ce soleil d'hiver, doux et réconfortant, et nous nous tenions en cercle autour d'elle, comme pour lui signifier que nous étions à ses côtés lors de ce dernier voyage.

Rosalie fit un premier discours qui rappela à tout le monde ce que Léna avait de si beau en elle. Cette douceur, cette vitalité, cette passion pour la vie qui lui avait été si injustement enlevée. Pendant qu'elle parlait, les têtes acquiesçaient lentement et les regards se perdaient au loin, ou restaient rivés au sol. Quelques reniflements s'élevaient çà et là, mais qu'importait ; toutes les larmes du monde n'étaient pas un mal.

Vint ensuite le tour de Richard, qui fut submergé par l'émotion pendant la lecture de son texte, lui, le chef d'entreprise à succès qui avait rencontré tous les plus grands industriels de la planète. Devant sa difficulté, sa femme glissa doucement sa main dans la sienne et posa sa tête sur son épaule. Richard y trouva le réconfort nécessaire pour aller au bout de son texte et témoigner tout l'amour qu'il avait pour sa nièce, et toute la tristesse que son cœur éprouvait de la voir partir ainsi.

Aliénor, Wallace et Darhys lurent également un petit mot qu'ils avaient préparé, qui eut le mérite d'apporter des sourires embués dans l'assemblée. Ils avaient, eux aussi, partagé de nombreux moments avec Léna, et rares étaient les fois où cela ne s'était pas terminé en fou rire. Leur joie de vivre était communicative et elle avait trouvé un écho puissant dans les yeux, le sourire et la personnalité rayonnante de Léna.

Enfin, Rosalie avait insisté pour que ce soit moi qui clôture cette cérémonie. Je n'avais jamais été très à l'aise dans cet exercice, trop empreint de cette forme de pudeur qui m'animait lorsqu'il s'agissait de témoigner ses sentiments en public. Et pourtant, ce jour-là, peu m'importait vraiment. Je laissai

couler les larmes le long de mon visage en évoquant les souvenirs merveilleux que j'avais partagés avec Léna. Mais il n'y
avait pas que des larmes de tristesse, il y avait également des
larmes de reconnaissance. La reconnaissance d'avoir fait cette
rencontre qui avait changé ma vie et à qui je devais tant de
choses. La reconnaissance d'avoir connu cet amour simple,
beau et fort, et d'avoir été aimé de la même manière. La
reconnaissance d'avoir croisé sa route, tout simplement. Car
même si elle allait infiniment nous manquer, je savais qu'elle
continuerait de vivre en chacun de nous. Et finalement, c'était
peut-être ça, le plus important.

Rosalie m'adressa un sourire ému lorsque je regagnai ma
place dans le cercle. Puis elle se tourna vers les employés des
pompes funèbres et leur fit signe que nous étions prêts. Quatre
hommes vêtus d'un costume vert foncé et d'une cravate rayée
bleu et blanc vinrent prendre position autour de la tombe, puis
soulevèrent le cercueil de Léna, retirèrent les planches qui
étaient dessous et le firent glisser à l'aide d'une corde au fond
du caveau. Une fois la manœuvre réalisée, ils prirent la dalle et
fermèrent le caveau dans un bruit sourd. Félix Bouchard sortit
alors un saxophone et se mit à jouer l'un des morceaux préférés
de Léna, *Hallelujah* de Jeff Buckley. Quand la mélodie s'éleva,
la brise tomba et le soleil se mit à briller un peu plus haut dans
le ciel.

Léna était parmi nous.

À l'issue de la cérémonie, je fis le tour du cimetière et allai
retrouver Vanille, assise sur un banc qui bordait une allée, entre
deux grands eucalyptus. Elle m'adressa un sourire et m'invita à
prendre place à côté d'elle.

— C'était une belle cérémonie ? me demanda-t-elle d'une
voix douce.

— Simple, belle et puissante. À l'image de ce qu'était Léna.

— C'est bien. Il était important que vous puissiez lui rendre hommage de cette manière, avec ses amis et sa famille.

Je poussai un soupir.

— J'ai du mal à réaliser que tout est fini. Qu'elle est partie, que je ne la reverrai plus jamais. Léna était toute ma vie. Je me suis construit avec elle, elle m'a fait devenir l'homme que je suis. Tout ce que j'ai aujourd'hui, c'est grâce à elle que je l'ai obtenu. Et pourtant, je l'ai abandonnée. Quand, à son tour, elle a eu besoin de moi, je l'ai laissée tomber alors que je lui avais promis de toujours veiller sur elle.

— Au contraire, Marc, vous ne l'avez jamais abandonnée. C'est grâce à votre amour, grâce à votre persévérance qu'elle a été retrouvée et que la vérité a pu éclater au grand jour. Sans vous, son oncle et sa tante seraient encore en train d'attendre de ses nouvelles. Sans vous, elle n'aurait pas reçu l'hommage vibrant qu'elle méritait aujourd'hui. Sans vous, elle ne reposerait pas en paix, tout simplement.

— Une bien maigre consolation. Si seulement je pouvais revenir en arrière, si seulement je pouvais changer le cours des choses avant qu'il ne soit trop tard…

— Mais c'est impossible. Personne, même les plus grands de ce monde, ne peuvent réécrire l'Histoire. En revanche, il vous appartient de décider de ce que vous voulez faire de votre vie. Et je crois savoir que Léna aurait aimé que vous continuiez à la vivre de la plus belle des manières. Pour elle et pour vous.

— La vie parait bien fade après avoir dit adieu à ceux que l'on aime.

— Adieu ? Mais non, ce n'était pas un adieu. Un au-revoir, tout au plus. Je sais ce que c'est que de perdre un être cher et la détresse qui s'en suit. Tout devient obscur, brumeux, et plus rien n'a de sens. Mais au final, la lumière se trouve toujours au bout du tunnel. Même si vous n'avez pas pu avoir cette dernière discussion avec elle, croyez-moi, Léna ne sera jamais loin. Et elle continuera à veiller sur vous, chaque jour qui passe.

Je jetai un coup d'œil vers la tombe de Léna. Elle ressortait nettement au milieu des allées de graviers blancs, grâce aux couleurs vives des bouquets de fleurs qui l'ornaient et que le soleil d'hiver faisait ressortir gaiement.

— Vous pensez que j'y arriverai, Vanille ?

— Arriver à quoi ?

— À continuer de vivre.

— J'en suis certaine, Marc. En acceptant ce qu'il s'est passé, aussi difficile soit-il, vous arriverez à faire la paix avec vous-même. Pour vous et pour Léna réunis. Ce n'est pas une simple phrase pour faire joli, c'est la vérité. Mon oncle, avant de nous quitter, m'avait dit une chose : « Le plus important n'est pas d'exister, mais de vivre. Souviens-toi des chemins que tu as pris et des choix que tu as faits, car ils t'ont façonnée pour devenir celle que tu es aujourd'hui. Et souviens-toi aussi que l'avenir est là, juste devant toi. Car c'est la vie avec un grand V qui te tend les bras. Vis chaque jour qui s'offre à toi pour tous ceux qui nous ont déjà quittés et qui reposent dans ton cœur. Sois fière de qui tu es, d'où tu viens, et souviens-toi que demain sera un jour heureux ». La vie est plus forte que la mort, Marc. La vie est plus forte que tout.

Une larme perla sur ma joue et vint se déposer délicatement sur le revers de ma main. Pendant une fraction de seconde, les rayons du soleil transpercèrent les feuillages des eucalyptus pour se refléter dans cette petite goutte d'eau parfaitement ronde, en illuminant nos deux visages. À cet instant, je compris que Léna m'envoyait sa bénédiction : le temps des larmes et de la colère était révolu, il était désormais venu l'heure d'avancer en paix et d'embrasser la vie qui me tendait les bras.

Épilogue

6 mois plus tard – Lundi 10 juin 2019

Je frappai à la porte en bois massif qui se trouvait devant moi. Quelques secondes plus tard, elle s'ouvrit pour laisser apparaître Vanille, vêtue d'une robe vert sapin aux imprimés floraux. Django se jeta sur elle avec une joie débordante. Elle le caressa avec tendresse puis m'adressa un regard de reproche en voyant le sac que je tenais sous le bras.

— Je t'avais dit de ne rien apporter, Marc.

— Tu sais bien que je n'aime pas arriver les mains vides.

— Bon, d'accord. Qu'est-ce que tu nous as pris ?

— Un assortiment de chocolats noir 90% et un vin hautement recommandé par mon caviste pour ses arômes de framboise, baies sauvages et une pointe de cèdre.

— Tout ça ?

— Je crois qu'il voulait justifier le prix.

Elle pouffa de rire.

— J'ai également un petit cadeau pour ton père, ajoutai-je.

— Ah bon ? Tu n'étais vraiment pas obligé.

— Je sais, mais crois-moi, ça me fait plaisir.

Elle m'adressa un sourire et vint déposer délicatement ses lèvres sur ma joue, avant de me laisser entrer.

C'était un grand appartement familial qui s'apparentait un peu à celui de Nathan et Colleen. Un long couloir partait de la porte d'entrée pour desservir des pièces de part et d'autre. Je suivis Vanille dans le salon, qui se trouvait derrière la première ouverture à gauche. Le commissaire Bozillon était assis dans un large fauteuil et discutait joyeusement avec Oscar Parega et une jeune femme qui ressemblait comme deux gouttes d'eau à Vanille, en plus âgée. Un peu en retrait, autour d'une longue table à manger en bois, deux enfants écoutaient avec la plus grande attention l'histoire que leur lisait un homme d'une quarantaine d'années.

— Marc ! s'exclama Bozillon. Je suis content de te revoir !

— Je ne pensais pas du tout dire ça un jour, mais moi aussi, commissaire.

— Arrête un peu avec ton « commissaire », s'il te plait. Tu peux m'appeler Hernin.

— D'accord, commissaire.

Il se leva et vint me serrer chaleureusement la main. Django, qui était resté sur le seuil, m'observa d'une mine sombre qui voulait dire : « Je croyais qu'on ne l'aimait pas, celui-là ? ». Mais lorsqu'il comprit que de l'eau avait coulé sous les ponts depuis notre dernière rencontre, il entra dans la pièce d'un pas volontaire et ne rechigna pas à se faire caresser par Parega.

Je tendis la bouteille de vin et les chocolats à Bozillon, qu'il accepta en sifflant d'un air appréciateur. Puis il ouvrit son cadeau et me regarda d'un air perplexe.

— *Cartes sur table*, d'Agatha Christie. J'imagine qu'il y a un message caché ?

— C'est un de mes livres préférés. Un huis clos parfaitement mené où la clé de l'énigme réside dans la psychologie des personnages.

Bozillon ne put s'empêcher d'esquisser une grimace avant d'étouffer un éclat de rire. Il me remercia de plus belle et se chargea ensuite de faire les présentations :

— Voici ma fille aînée, Noémie, son mari Matthias et leurs deux enfants, Rose et Maxence. Ma femme et ma deuxième fille, Zoé, sont actuellement en train de se battre avec un poulet rôti, mais elles seront là dans quelques minutes. Et je pense qu'il est inutile de te présenter Oscar ?

Après avoir salué les autres de la main, mon regard croisa celui de Parega. Nous savions tous les deux que si je me tenais dans cette pièce aujourd'hui, c'était grâce à lui. Il avait risqué sa carrière pour mon salut et il n'avait pas bronché lorsque Louveau s'était attribué le succès de l'affaire à ses dépens. Pour autant, il avait toujours refusé qu'on lui accorde un rôle majeur dans cette histoire. Lorsque j'avais tenté de lui témoigner ma reconnaissance, il m'avait ignoré avant de rapidement changer de sujet. J'avais compris que Parega était comme ça, et qu'il était inutile d'essayer de le changer. Nous nous contentâmes donc d'échanger un bref signe de tête, et cela valut pour moi tout l'or du monde.

Une fois les présentations faites, Bozillon m'invita à prendre place dans le canapé à côté de lui.

— J'ai entendu que le projet du Grand Cinéma de Paris est finalement revenu entre tes mains ?

— Oui, retour à l'envoyeur.

— Que s'est-il passé ?

— Je n'ai pas réussi à avoir tous les détails mais d'après Maggy, de nombreux dossiers à charge sont sortis contre les Darambert. Des histoires de malversations et de pots de vins qui remontent assez haut. Une enquête a été ouverte contre eux. De la même façon que j'avais été évincé il y a un an, mon directeur a cette fois-ci écarté Darambert pour me remettre aux commandes du projet, car il devenait trop « toxique ».

— Une idée d'où le coup est parti ?

— Sans l'ombre d'un doute.

Il comprit à qui je faisais allusion.

— Tu as des nouvelles ? me demanda-t-il.

— Colleen m'avait sermonné pour que je passe le voir à la prison. J'ai longtemps ignoré sa demande, mais j'ai fini par y aller il y a un mois. Nathan n'était que l'ombre de lui-même. Au milieu de ses excuses et de ses pleurs, il m'a dit qu'il allait faire tout ce qui était en son pouvoir pour se faire pardonner. C'est ce qu'il n'a toujours pas compris : je l'ai déjà pardonné. Comme je me suis pardonné à moi-même. Il me fallait cette rédemption pour pouvoir avancer. Mais Nathan a toujours raisonné différemment. C'est pour cela qu'il s'est employé à faire couler les Darambert en tirant les ficelles depuis sa cellule. Bien sûr, je peux le remercier d'avoir fait ce geste pour moi. Mais cela n'effacera en rien ce qu'il a fait.

— Comment vont sa femme et son fils ?

— Aussi bien qu'ils le peuvent. Tom commence à accepter ce qu'il se passe, après quelques mois très difficiles. Quant à Colleen… Je crois qu'elle s'est également mise à faire le deuil de Nathan.

— On passe à table dans quinze minutes !

Une dame blonde et assez bien portante venait de faire son apparition dans la salle à manger, vêtue d'un tablier à fleurs. Bozillon tendit le bras vers elle en arborant un sourire radieux.

— Marc, je te présente Bertille, ma femme.

— Oh, Marc ! Je n'avais pas entendu que tu étais arrivé !

Elle s'empressa de venir vers moi et m'étouffa dans ses bras avant que je n'aie réussi à placer le mot « bonjour », puis elle repartit aussitôt en cuisine. Noémie observa ma réaction d'un œil amusé.

— Maman considère que c'est grâce à toi que Papa s'est réveillé, puisqu'il a rouvert les yeux juste après l'arrestation du coupable.

— C'est gentil, mais vous me donnez un rôle trop important dans toute cette histoire.

— Je ne crois pas, rétorqua Vanille. Et en plus, grâce à toi, Papa fait attention à son foie maintenant.

Bozillon éclata de rire.

— Tu vois, si même mes filles considèrent que c'est un mal pour un bien…

Quinze minutes plus tard, nous étions réunis autour de la table de la salle à manger, un verre de champagne à la main. Hernin Bozillon porta un toast à mon nom, pour me remercier de tout ce que j'avais fait pour lui durant cette enquête. Bertille m'adressa un regard de reconnaissance, Parega m'observa sans ciller mais je crus discerner un infime sourire se dessiner au coin de ses lèvres, et Vanille me fit un clin d'œil discret. Je levai à mon tour mon verre en pensant à tout ce qu'il m'était arrivé depuis un an. Oui, il y avait eu beaucoup de coups durs, de peine et de tristesse. Oui, j'avais bien cru tout perdre, quand les vents étaient contraires. Mais une bonne étoile avait veillé sur moi et m'avait guidé dans la nuit. J'avais réussi à faire la paix avec moi-même et j'étais désormais prêt à affronter ce que la vie avait de plus beau à m'offrir, animé de cette force nouvelle. Et pour la première fois depuis longtemps, je me sentais heureux.

REMERCIEMENTS

Je tiens à remercier tous ceux qui m'ont accompagné durant cette aventure, et en particulier :

Guillaume, pour ses éclairages sur le monde judiciaire.

Nathalie, pour ses conseils généreux et son savoir infaillible sur la littérature policière.

Christian, pour son talent artistique qui traverse les années, son œil aiguisé et son humour contagieux.

Mes parents et mes proches, pour leur confiance indéfectible, leur optimisme débordant et leurs encouragements précieux.

Et enfin Hermine, pour son amour inconditionnel. Merci de m'avoir donné la force d'aller jusqu'au bout, merci de m'avoir soutenu dans le quotidien, et par-dessus tout, merci de n'avoir jamais cessé de croire en demain.

TABLE